Aquellas noches eternas

Aquellas noches eternas

Silvia Grijalba

B

Papel certificado por el Forest Stewardship Council®

Primera edición: mayo de 2025

© 2025, Silvia Grijalba
© 2025, Penguin Random House Grupo Editorial, S. A. U.
Travessera de Gràcia, 47-49. 08021 Barcelona

Penguin Random House Grupo Editorial apoya la protección de la propiedad intelectual. La propiedad intelectual estimula la creatividad, defiende la diversidad en el ámbito de las ideas y el conocimiento, promueve la libre expresión y favorece una cultura viva. Gracias por comprar una edición autorizada de este libro y por respetar las leyes de propiedad intelectual al no reproducir ni distribuir ninguna parte de esta obra por ningún medio sin permiso. Al hacerlo está respaldando a los autores y permitiendo que PRHGE continúe publicando libros para todos los lectores. De conformidad con lo dispuesto en el artículo 67.3 del Real Decreto Ley 24/2021, de 2 de noviembre, PRHGE se reserva expresamente los derechos de reproducción y de uso de esta obra y de todos sus elementos mediante medios de lectura mecánica y otros medios adecuados a tal fin. Diríjase a CEDRO (Centro Español de Derechos Reprográficos, http://www.cedro.org) si necesita reproducir algún fragmento de esta obra.
En caso de necesidad, contacte con: seguridadproductos@penguinrandomhouse.com

Printed in Spain – Impreso en España

ISBN: 978-84-666-8217-6
Depósito legal: B-4.623-2025

Compuesto en Llibresimes

Impreso en Rotoprint by Domingo, S. L.
Castellar del Vallès (Barcelona)

BS 82176

*A mi padre, Luis el Antillano,
que me enseñó a ser una verdadera
hija de Torremolinos*

1

2 de abril de 1963

A Maite se le daba bien fingir. Llevaba casi toda la vida haciéndolo. Pero aquella tarde, envuelta en esa alegría bulliciosa tan de los Morán, notaba que estaba flaqueando. No sabía cuánto tiempo habría permanecido ensimismada, de cara al ventanal, con la vista fija en las hortensias que casi tapaban la fuente de piedra rematada por el blasón familiar. Aquel día, en esa fiesta de noventa cumpleaños de su abuelo Gabino, no podía decaer, debía ser más que nunca la Maite afable que todos conocían. La mano de su tía Nené sobre su antebrazo la hizo recomponerse, adoptar la sonrisa encantadora que exigía la ocasión. Asintió con la cabeza a la mirada pícara de la otra hermana de su madre, Cova, sin saber qué estaban diciendo, y se unió a las carcajadas de ambas que Nené remató: «Y con eso te aseguro que este verano celebramos la pedida de mano». Maite intuyó que seguían con la conversación de hacía un rato, con su asesoramiento sobre cómo conseguir que su novio la llevara al altar. «Ya sabes cómo es Alfonso…

Yo no tengo ninguna prisa», respondió. Cova, cariñosa y directa, atacó: «Maitina, ya tienes veinticinco años, lleváis una eternidad saliendo». Maite iba a cambiar de conversación con un cumplido sobre lo bien que le sentaba a su tía ese traje de Pedro Rodríguez verde esmeralda. No fue necesario. Las risas que rebotaban en los altísimos techos se aplacaron y cesó el ruido de las copas, posándose sobre las bandejas de plata que trajinaban las doncellas. Covadonga había irrumpido en la sala. Pepón, el guardés de la finca, sostenía con esfuerzo la puerta de roble y ella permanecía sonriente en el umbral del salón.

Maite estaba acostumbrada a que la entrada de su prima mayor hiciera enmudecer una estancia. Lo había vivido de niña, cuando llegaba a sus fiestas de cumpleaños tan resuelta, con una seguridad tan dulce, tan natural. Lo había admirado en la adolescencia, con esa mirada embelesada de los chicos cuando, sin querer, los rozaba con su larguísima melena rubia o los observaba fijamente (por su miopía, no por interés) con esos ojos azul oscuro que jamás tuvo que maquillar. Lo peor de todo era que Maite se sentía incapaz de tenerle envidia; Covadonga no tenía que ver con otras compañeras de colegio, las que se consideraban guapas oficiales. Esas, a ojos de Maite, sí actuaban conscientes de su superioridad estética y sabían cómo embelesar y humillar con sus curvas irritantes. Lo de Covadonga era distinto, tenía que ver con su talante. No podía evitar ser así, como una pantera, con esa misma impronta regia y displicente, pero también protectora. Detallista, generosa y llena de chispa, rápida para bromear y hábil para consolar. Maite era consciente de ello porque sabía reconfortarla y coincidían en ese sentido del humor soterrado, lleno de ironía, que convertía a esas hijas únicas en unas casi hermanas cómplices.

Durante su primera adolescencia, había intentado imitar su gracejo distante, pero se dio cuenta rápido de que era una misión suicida. Maite carecía de ese hechizo natural. No es que fuera fea, en absoluto. Tenía una cara preciosa, unos pómulos envidiables y un pelo ondulado que en verano se cubría de esas mechas que otras buscaban en la peluquería. Pero Maite era incapaz de verse atractiva; envidiaba a las chicas que tenían caderas y pecho y que agitaban las pestañas, coquetas. En cambio, se había empeñado en agradar, lo cual, en ocasiones, consistía en no molestar. Así se lo habían enseñado. Su padre tenía cuarenta y cuatro años cuando ella nació (veintisiete más que su entonces jovencísima madre) y la paciencia no estaba entre las virtudes de don Pedro, el señor Velasco, el gran arquitecto, letrado y empresario inmobiliario, primogénito de la saga de abogados ovetenses. Su madre, Mila, la pequeña de las bellísimas hermanas Morán, alababa lo «callada, buena y obediente» que había sido siempre su hija.

Maite agradeció más que nunca que la entrada de su prima abriera un paréntesis en la reunión y que su no boda dejara de ser el tema del día. Era la primera visita de Covadonga a Asturias desde hacía cuatro años. La ausencia no se debía a una ruptura familiar (al menos no oficialmente); todos sabían de ella. Su madre, Cova, iba a verla con frecuencia a Londres, donde había trabajado en el atelier de Mary Quant, y también a Torremolinos, donde se había mudado un año atrás.

Pero aparte de su magnetismo y de la novedad, había algo más. Cova le había dicho aquella mañana: «Covadonga, cariño, ve lo más discreta posible, si quieres te presto algo», y ella le hizo caso. Había pensado ponerse un vestido *op art* de la nueva colección de Mary Quant, pero consideró que era demasiado corto, así que eligió un traje pantalón de terciopelo púrpura que había diseñado ella misma y una blusa de seda mostaza que le parecía menos llamativa que la de paramecios. Con la excusa de su pasión por la moda, los familiares más cercanos fueron laxos a la hora de juzgar su indumentaria, pero los primos lejanos, las amigas de su abuela, los conocidos de la sociedad ovetense y los directivos de la banca Morán, que habían sido honrados con la invitación a esa gran fiesta del presidente de la entidad, no podían ocultar su desconcierto.

Las conversaciones volvieron a la relativa normalidad, salpicadas de susurros. Covadonga hizo como que no se había dado cuenta de la atención suscitada y, después de abrazar a Pepón, buscó a su prima. Cuando, por fin, la vislumbró a lo lejos, le lanzó una mirada traviesa. En ese momento, la nuca de Alfonso, con su cabello castaño bien recortado, se interpuso entre ellas. Maite pensó en un símil del baloncesto que tan brillantemente practicaba Alfonso. Aquello había sido un bloqueo en toda regla. Dudó un instante entre darse la vuelta o seguir su camino hacia Covadonga, y decidió que no debía evitar a Alfonso. Que esa tarde tenía razones para ser más adorable que nunca.

Alfonso agarraba a Covadonga por los hombros con la familiaridad de dos viejos amigos que se conocen desde la infancia. Ella estaba incómoda. Nadie lo hubiera dicho, porque sonreía cautivadora al jefe de Alfonso y a su esposa. Maite se estaba acercando y la oía decir: «Por supuesto, es el momento clave para construir; todo el mundo va a querer ir de veraneo. La Costa del Sol es una maravilla, después de Londres no me puedo creer el tiempo que hace. Anteayer, antes de coger el tren, estuve bañándome en la playa». Alfonso vio a su novia acercarse y le hizo un gesto para que se uniera al grupo. Con el brazo que le quedaba libre, la atrajo hacia él. Covadonga aprovechó para zafarse de debajo de aquella axila; con el ademán se le despeinó el cortísimo pelo, pero no se molestó en atusarlo.

—Alfonso, van a decir que has bebido demasiado y que nos necesitas para sostenerte en pie —bromeó soltando una carcajada que todos secundaron—. ¿Queréis algo? Me muero por una copa de champán. Espero que el abuelo haya encargado suficientes botellas de Dom Pérignon para calmar esta sed...

Después de un par de minutos de comentarios de cortesía, Maite abandonó el grupo, con la disculpa de que su prima y ella tenían mucho que contarse después de tanto sin verse.

Pensó que ojalá aquello fuera cierto y de verdad tuvieran que ponerse al día. La noche anterior la habían pasado en vela, charlando en voz muy baja. En el mismo cuarto donde, cuando eran niñas, jugaban con la Mariquita Pérez que Maite cuidaba como a una hija y Covadonga trataba tiránicamente como a una clienta exigente para la que diseñaba estrafalarios estilismos. Quince años más tarde, Covadonga no se anduvo con rodeos. En el momento en que entraron en la habitación, cerró la puerta, se sentó en la cama, cogió la mano de Maite y se lo soltó: Alfonso la había llamado para contarle que Maite estaba embarazada (cosa que ya sabía por la aludida, pero no podía darse por enterada) y quería que ella la convenciera de que interrumpir ese embarazo era la mejor solución posible. Daba por hecho, además, que Covadonga conocería una clínica en Londres, discreta y de confianza.

Mientras Maite se dirigía hacia la barra de bebidas y rechazaba los canapés que le estaban revolviendo el estómago, repetía aquellas palabras y no paraba de pensar en el titular que Covadonga, la noche anterior, no había querido endulzar: «Pero lo peor no es eso, Maitina... Tiene la desfachatez de decir que él correrá con todos los gastos y que, si lo haces, promete casarse contigo». «Si lo haces, promete casarse contigo», esas seis palabras resonaban una y otra vez, como el estribillo machacón de una canción pegadiza. Se sentía culpable y estúpida. Tenía claro que ella, con su aguante, con perdonarle todo, con pedir disculpas por sus enfados cuando él desaparecía dos días sin dar explicaciones..., ella era la que había convertido en un premio inigualable que él la llevara al altar. Pero de lo que más se arrepentía era de no haber tenido el coraje de hablar con él meses atrás. De no haberle dicho lo que había asumido con certeza: que no quería casarse, que debían romper y que había perdido demasiado tiempo. Maldijo su cobardía porque, antes de atreverse a romper, llegaron las semanas de retraso de la regla, y las náuseas y el pecho hinchado, y la visita al farmacéutico de Castro Urdiales que conocía Alfonso «por cosas de algunos amigos», y la noticia de que estaba embarazada. Ese día se ilusionó con la idea de que todo cambiaría, de que el plan de romper había sido un berrinche y que el destino la unía a Alfonso y al hijo que iban a tener. Él parecía raro al principio, pero luego pasó a ser cariñoso, a estar pendiente de ella. Maite se había vuelto a entregar. Pero todo encajaba; su cambio de actitud había coincidido con la fecha en la que había hablado con su prima.

Absorta en su pesadilla, tropezó con Covadonga, que había ido a su encuentro.

—Toma esta copa de vino, aunque no la bebas, y vamos a la galería. Y sonríe —susurró, agarrándola del brazo.

No les resultó fácil esquivar a los que querían saludarlas, pero, tras varios «luego hablamos, que tenemos que coger una cosa...», por fin estaban en ese sitio donde las mujeres de la familia se habían reunido desde hacía cuatro generaciones para charlar, llorar, coser, tocar el piano, celebrar los triunfos de sus hijos y quejarse de las cosas de sus maridos. Las vidrieras con dibujos de calas protegían la sala acristalada de la vista de los hombres que fumaban en la explanada del jardín trasero, la que daba al hórreo. Maite, instintivamente, se sentó en el *tú y yo* que tanto le gustaba. Covadonga la siguió, sonriendo con nostalgia.

—¿Te puedes creer que no me acordaba del *tú y yo*? Creía que era de terciopelo verde, no dorado.

—Es que lo han tapizado —replicó Maite—. Oye, deberíamos volver rápido; les va a parecer raro que estemos aquí.

—Ya, bueno, tampoco importa tanto a estas alturas.

Covadonga escudriñó a Maite, que apartó la mirada.

—Maite, ¿estás convencida de lo que hablamos ayer?

—Sí, sí, claro… Tampoco tengo otra opción.
—Sí tienes más opciones. Ya sabes cuáles.

Maite se dio cuenta de que iba a agotar la paciencia de su prima. Estaba siendo injusta. Le había ofrecido que se fuera a vivir con ella a Torremolinos. Le había encontrado un trabajo en el Pez Espada, ese hotel de lujo del que tanto le había hablado. Aquel en el que Covadonga había coincidido con Ava Gardner, en el bar de la piscina, tomándose una copa de anís con cerveza. Por otra parte, Torremolinos tenía, según había oído y Covadonga ratificaba con pasión, todo lo que ella llevaba años asegurando que echaba en falta en Oviedo. A esos «cómo me gustaría», Covadonga le contestaba: «Pues hazlo, vente», y Maite musitaba que no era tan decidida como ella. A Maite cada vez se le hacía más insoportable la presión del qué dirán que obsesionaba a su familia y a Alfonso; las tediosas meriendas con sus amigas del colegio, ya casadas, que no sacaban el tema de su no boda porque «pobrecita»; la temporada de ópera en el Campoamor y las galas benéficas en el hotel Covadonga, en las que la única cara nueva era la de algún recién nacido.

Las dos veces que viajó a Londres con su tía Cova (sola no se lo permitían), volvió diciendo que había sido más feliz que nunca. Ella lo achacaba a la novedad, pero era absurdo engañarse. Disfrutaba del anonimato, de los personajes estrafalarios, de los paseos y de algo que no podía identificar y que, en una carta a Covadonga, calificó de «pellizco de plenitud».

—Perdona, tenías razón con lo de ayer. Lo del embarazo, al final, es lo de menos. Tengo que salir de aquí. Estoy enterrada en vida.

—Así me gusta.

Covadonga sacó un sobre del bolsillo interior de su americana y se lo dio.

—Con esto tienes para el tren y para cualquier imprevisto. Calla, no me cuesta nada. Ya me lo devolverás cuando te hayas hecho millonaria.

Maite fue a decir algo, mientras guardaba el dinero en su bolsito. No dejaría nunca de sorprenderle lo resolutiva que era su prima. Recordaba que ella también era así de niña; estaba convencida de que podría conseguir todo lo que se propusiera, pero llegó a la adolescencia y ese don se congeló. La noche anterior había vislumbrado algo de aquel arrojo de la infancia; por un momento se sintió capaz de ser lo que deseaba, pero las ráfagas de la duda y de los «no voy a poder» empezaban a acallar esa ilusión feroz.

En ese momento se abrió la puerta que daba al jardín. Era Alfonso, sonriente y un poco sudoroso. Se mesó el pelo con ese gesto cautivador que hacía desde niño.

—Ya imaginaba que estaríais aquí. Covadonga, tu madre te está buscando. Ha mandado una expedición para localizarte.

—Pensará que me he vuelto a Torremolinos. ¿Puedes decirle que me has encontrado? Que no se preocupe, ahora vuelvo a la fiesta. Prometo ser *charming* y saludar a todo el mundo, en particular a los que aborrezco.

—Vendrá enseguida, ya le he dicho que seguramente estarías en vuestra guarida, con Maite.

Alfonso se sentó en el sillón del abuelo Gabino y contempló a su novia con lo que cualquiera hubiera considerado devoción. Maite conocía esa mirada. Durante años había logrado derretirla, pero el resabio le advertía que lo siguiente sería alguna zalamería con la que borrar la culpa.

—Ese sillón es donde nos besamos por primera vez. ¿Te acuerdas?

Ella asintió ladeando la cabeza para dejar caer su melena ondulada sobre el hombro y fingió una sonrisa evocadora. Alfonso fue a besarla en los labios, el cuerpo de ella reaccionó apartándose, pero rectificó, le devolvió el beso y, levantándose, farfulló un «cómo no me voy a acordar, mi amor» que sonó a «en qué hora».

Maite aprovechó para levantarse y se encaminó hacia la puerta, pero notó que no la seguían. Se giró y allí continuaban callados, en sendos sillones, mirando el *orbayu* que caía sobre la hierba del jardín. Ella quería romper esa reunión cuanto antes. Tenía claro que Alfonso había ido a buscarlas para comprobar si Covadonga estaba cumpliendo su promesa de convencerla de abortar. Pero eso, en aquel momento, no era lo que más le preocupaba.

—¿Qué hacéis? Vamos, no podemos quedarnos aquí toda la tarde, es el cumpleaños del abuelo.

En vista de que no se movían, Maite dudó. Estuvo a punto de dejarlos allí solos, pero entre disgustar a su familia por esa prolongada ausencia y dejar hacer a Covadonga, escogió lo primero. Temía que Covadonga aprovechara para desenmascarar a Alfonso y, delante de él, volver a narrar su infecta propuesta. Maite sabía que aquello precipitaría todo, lo cual podía ser bueno, pero necesitaba tiempo para dar ese paso de baile que le parecía un salto mortal. No quería lanzarse esa tarde, con su familia detrás de la puerta. Así que se sentó en la esquina del sofá adamascado, lo más lejos posible de Alfonso, y decidió dirigir la conversación para no dejar ocasión de hablar a ninguno de ellos. Cruzó delicadamente sus larguísimas piernas, juntó un tobillo con el otro, posó una mano en la rodilla que apenas cubría su vestido y apoyó la otra debajo de la barbilla, acentuando la quijada perfecta, obsequio genético de su madre. Afortunadamente tenía una rapidez mental que la había salvado de algunos trances, pero no sabía cómo arrancar el diálogo; ningún tema le parecía procedente. Consideró que mostrar interés por la vida de su prima en Torremolinos podía dar pistas sobre su próxima escapada, así que decidió preguntar a Alfonso por el campo de golf que estaban planeando construir cerca de Somao. Él se regodeó encantado, detallando todo tipo de datos e insistiendo en que la idea había sido suya, aunque su jefe se llevara la gloria. Maite notó que su prima estaba a punto de soltar alguna de las suyas, así que cambió el foco.

—Esa habilidad tuya para los negocios va a resultar muy útil a Covadonga. No sé si te conté, creo que no, que va a lanzar una línea de moda.

—Claro, encantado de ayudarte —respondió Alfonso, mirando extrañado a su novia; era la primera vez que alababa su capacidad empresarial—. La gente se cree que esto de montar una empresa es abrir la tienda y listo. Pero exige un trabajo, una estrategia que no podéis imaginar.

Maite miró suplicante a su prima, que la entendió al instante, como era habitual entre ellas.

—No sabes cómo te lo agradezco. Ya sabes, la parte artística se me da bien, pero la de los negocios, fatal.

—Bueno, algo sabrás, en la empresa esa en la que trabajabas en Londres...

—Mary Quant —interrumpió Maite.

—Eso, perdón. Llevabas las cuentas, aparte de diseñar —dijo Alfonso, condescendiente.

—Sí, bueno, lo que llevaba era el departamento de apertura de tiendas. Pero aquello es muy distinto a España. De momento me está ayudando una amiga, pero seguro que acudo a ti, gracias por ofrecerte.

Alfonso no era tonto y no tenía claro si Covadonga estaba burlándose de él. Había alguna cosa en ella que le hacía sentirse inseguro. Con Maite le pasaba algo parecido; aquella mezcla de inteligencia, elegancia y sarcasmo era lo que le había atraído siempre de ella y lo que se empeñaba en dominar. Le había costado, pero parecía haberlo conseguido. Con Covadonga no podía y odiaba descomponerse. En esas ocasiones, lanzaba bromas de las que más tarde solía arrepentirse.

—Lo que necesitas es un novio que te guíe en estas cosas, Covadonga. Ya va siendo hora de que te busques un hombre al que hacer sentar la cabeza.

Covadonga le lanzó una mirada gélida, se levantó, se encaminó hacia la puerta y, cuando estaba a punto de abrirla, le contestó:

—Alfonso, querido, las mujeres de la Costa del Sol no somos de hacer sentar la cabeza a nadie.

2

24 de abril de 1963

Aquel miércoles, como todos desde hacía dos años, Maite se sentó en el banco de al lado de la Academia Álvarez y encendió un cigarrillo. Tuvo cuidado de volver a guardar el paquete de Bisonte en el compartimento interior de su bolso, para que su madre no descubriera ese vicio que estaba reservado a los hombres. Aquel día, su amiga, la también fumadora Luisa Zamora, se había saltado la clase de inglés. Se fue después de la de contabilidad para llegar a tiempo a la modista, que ultimaba los detalles de su vestido de novia. Maite estuvo tentada de no cumplir con el ritual del pitillo antes de regresar a casa; aquella tarde de mayo hacía frío, ella estaba destemplada y lo de sentarse sola en un banco le resultaba incómodo, era algo que sus tías habrían calificado de «cierta falta de decoro». La frase le pareció una ocurrencia, teniendo en cuenta las circunstancias. «Decoro, ay, decoro», murmuró echando la ceniza al suelo.

—Se lo voy a decir a tu madre.

Maite dio un respingo. No por la amenaza, sino por la voz. Miró hacia arriba y, efectivamente, no se había equivocado; era Alfonso.

—¿Qué ha pasado? ¿Qué haces aquí?

—Venir a buscarte —respondió Alfonso, con esa media sonrisa que remataba con una mirada carnal. La misma que lanzaba como un cebo que ella mordía, encantada, cada vez que iba a besarla o aquella vez, diez meses atrás, en la que, en la casona de Muros, había entrado en su habitación a escondidas. Lo había hecho en otras ocasiones, para besarse, tocarse, pero en ese encuentro sí habían llegado hasta el final.

Maite estuvo a punto de insistir, de repreguntar el motivo de su presencia. En circunstancias normales lo habría hecho; era la primera vez que iba a recogerla a la salida de la academia. Pero calló, aceptó la mano que su novio le tendía para levantarla, tiró el cigarrillo y dejó que la acercara hacia él, agarrándola por la cintura, para darle un beso en los labios que duró un par de segundos más de lo apropiado en público. Aquella tarde de miércoles, Maite decidió ni preguntar, ni comentar. Y así continuó durante los días siguientes.

Ese mismo sábado, tomaron un vermut en La Paloma con sus amigos, como cada mediodía de los fines de semana. Luisa preguntó a Maite a qué sesión prefería ir al cine Santa Cruz al día siguiente, ella respondió que a la de las cuatro y, para sorpresa de todos, Alfonso interrumpió diciendo que él ya tenía entradas, que había pensado en que fueran juntos Maite y él.

—¿No vas a venir a la partida de póquer? —preguntó desconcertado Fernando, el futuro esposo de Luisa.

—No, ya avisé a Nachín.

—A la que podías haber avisado es a mí —interrumpió Maite—, ya tenía planes.

—Mujer, por mí no te preocupes, que Alfonso quería sorprenderte —apuntó Luisa.

—Hace mucho que no vamos al cine juntos —dijo Alfonso.

Ella estuvo a punto de replicar con ironía, aludiendo a *Lo que el viento se llevó*, pero prefirió aceptar las cosas como venían y también esquivar la mirada suspicaz de su amiga.

Al día siguiente, después del cine, Maite pensó que Alfonso la llevaría a casa y se incorporaría a la última parte de la partida en casa de Nachín. Así que el «¿te apetece que vayamos a picar algo?» la hizo recuperar esa ilusión de los primeros años de su relación con Alfonso, cuando él se empeñaba en conquistarla y ella hacía como que no lo había conseguido. No recordaba cuándo empezó el desasosiego, pero en ese momento le daba igual. Sentada frente a él, en Casa Sabino, compartiendo el pastel de cabracho y la media botella de clarete, arrastrada por la risa contagiosa de Alfonso, era feliz. Él hablaba y Maite estaba absorta en la arruga que se le formaba en el carrillo derecho al reírse, la misma que creaba al fumar y que le daba ese aire a Jacques Brel.

—¿Nos vamos? —dijo él, mirándola fijamente y cogiéndole la mano.

Por un momento, en su ensoñación, pensó que esa pregunta, aparentemente inocente, equivalía a: «¿Nos escapamos, formamos una familia lejos de aquí y somos felices juntos el resto de nuestra vida?». Maite no iba tan desencaminada, porque la propuesta no era inocua. Ante su silencio, Alfonso le aclaró que se refería a la casina de Bobes. Una cabaña de labranza de la familia de Alfonso, que nadie usaba y de la que él tenía la llave. Maite adujo que era tarde, Alfonso dijo que no tanto y ella le dio la razón. Estaba deseando llegar, dejar que la besara de arriba abajo, ver su cara mordiéndose los labios mientras ella gemía. Y luego, fumar juntos y preparar un café en la cocina, y servirlo en las tazas de porcelana de Limoges que había comprado para ellos, como si fueran su hogar y su ajuar. Los momentos en la casina de Bobes suponían una burbuja en la que todo era como debía. El problema llegaba al día siguiente. Cuando, ya en su casa, con el olor de Alfonso impregnándole el pelo, se ponía a pensar.

Aquella mañana, Maite detestó a Covadonga. En el duermevela, absorta en la tela granate del dosel de la que fue la cama materna, imaginaba que todo estaría bien si su prima no le hubiera contado su conversación con Alfonso. Que hacerse la tonta, ignorar información, había sido una hábil táctica de muchas mujeres a lo largo de la historia. La última semana y pico habría sido perfecta de haber vivido en la inopia. Esos días, había recordado la frase de su tía Nené: «La ignorancia de una verdad dolorosa lleva a la tranquilidad». Nené, que, tras enviudar, se hizo la sorprendida cuando le notificaron que la herencia había que repartirla con los dos hijos extramatrimoniales de su «afortunadamente fallecido esposo» (así lo rebautizó ella).

Maite rememoró el día del regreso de su prima a Torremolinos. Alfonso había intentado, hasta el último momento, tener una conversación a solas con Covadonga, pero ella le había evitado. En una tentativa última, se ofreció a llevarla al tren esa mañana. Partía a las seis de la madrugada y Covadonga no quiso molestar a Pepón a tales horas, así que aceptó la propuesta. Con lo que no contaba Alfonso era con que la poco madrugadora Maite se apuntaría a la despedida, desbaratando intencionadamente su plan. Así que, *in extremis*, al darle dos besos, Alfonso musitó un «¿le has dicho algo?», a lo que la astuta Covadonga respondió: «Se lo está pensando». Maite lo oyó, pero hizo como que no.

Maite tenía claro casi todo el tiempo que esa frase de su prima había sido el hechizo que convirtió a su novio en un príncipe solícito. Jamás había sido tan cariñoso, tan atento. Maite estaba acostumbrada a sus detalles desmesurados cuando metía la pata y a su encanto natural, a su sentido del humor, pero lo de esos días era distinto; se trataba de una entrega inusitada, era exactamente lo que Maite anhelaba desde hacía años, lo que siempre estuvo segura de que algún día conseguiría. El problema residía en que, pese a su ceguera casi total, en el fondo era consciente de que ese pasar el fin de semana completo con ella, ese hacer planes a tres días vista, ese calmar la sensación de perpetua incertidumbre, todo eso tenía que ver con el «se lo está pensando». Alfonso se estaba comportando como ella durante el último lustro. Siendo otra persona, intentando complacerla para que no le estropeara su plan de vida, calcado al de su padre. Un programa vital que él esgrimía como un decreto ley cada vez que alguien abordaba el asunto de que diez años de noviazgo era demasiado tiempo. Su padre, Ramiro Uriarte de Gaspar, había contraído matrimonio a los treinta años y tuvo a su primogénito, Alfonso, a los cuarenta. Mientras tanto, según el propio Ramiro, había «vivido». A Maite le sacaban de sus casillas esos comentarios de su presunto futuro suegro. Pronunciaba la palabra «vivido» relamiéndose, como si su soltería hubiera sido una época de felicidad absoluta que tuvo que interrumpir por un maleficio llamado boda. Maite, ante esas exégesis, sonreía por no desentonar con las carcajadas con las que su potencial familia política recibía «las cosas» de Ramiro, aunque fuera la octava vez que lo hubieran oído en ese mes. Los Uriarte de Gaspar componían un público muy agradecido. Maite suponía que no era la única a la que le resultaba exagerada e inexacta esa hagiografía de su etapa prematrimonial. Si «vivir», como se intuía, consistía en emborracharse, ir al casino y acostarse con señoritas, el altar no había cambiado nada. Únicamente que debía buscar excusas algo más sofisticadas, porque a quien rendía cuentas era a su mujer y no a su madre.

Pero, por encima de la estricta planificación vital de Alfonso, estaban las habladurías. Maite sabía la importancia que su novio daba al qué dirán, y no podía casarse con ella embarazada. Hubiera sido una deshonra, para él.

Así que, durante esas casi dos semanas que habían pasado desde los susurros de despedida en la estación, Alfonso había consagrado su vida a hacer feliz a Maite. A que viviera la ilusión de sus dotes como esposo perfecto y supiera lo que le podía esperar si viajaba a Londres, a una clínica de confianza y discreta.

La ojeriza matutina a su prima y la idea de que la desinformación da la felicidad se disolvieron en cuanto Maite se metió en la ducha, el jabón de Heno de Pravia borró el aroma a Alfonso y empezaron las tradicionales arcadas matinales del último mes. El rito consistía en dejar correr el agua para silenciarlas. Con sus padres no había peligro, porque tenían su alcoba en la otra ala del enorme piso de la calle Uría. Pero su tía Cova llevaba un par de meses durmiendo en el cuarto de invitados, contiguo al baño que usaba Maite, así que intentaba ser cuidadosa.

Mientras luchaba por controlar las náuseas, se hacía la toga para alisar el pelo. La fijó con una horquilla y se cubrió con un pañuelo. A su madre no le gustaba que fuera así a desayunar, «hecha una zarrapastrosa», pero ese día tenía prisa, debía cumplir con un rebuscado plan que le permitiera hablar por teléfono, sin testigos, con su prima. La cita era a las diez en punto. Habían quedado en que, si no había novedades, hablarían entonces. Sabía que era cuando Pilarín, la doncella, salía a la compra, y que su madre y su tía tampoco estarían. Ellas dos y Maite tenían reservados todos los lunes a esa hora en Peinados Nieves. El resto de las señoras de Oviedo solían pelearse para acudir a ponerse los rulos los viernes o los jueves al salón de la calle Ventura Rodríguez, pero a Mila Morán ir a final de semana le parecía una vulgaridad. Prefería la tranquilidad de los lunes. Ese era el día de su partida de bridge en casa de los Herrero, donde un mechón fuera de sitio podía suponer el ostracismo social. Maite de vez en cuando faltaba al ritual con Nieves, pero debía justificarse con una razón importante. Ese lunes había explicado que acompañaría a Luisa a elegir su ramo de novia.

Al llegar al comedor, su madre y su tía estaban alargando el desayuno, tomando un café de más, supuso que esperándola.

—Qué mala cara tienes, ¿estás bien? —dijo su madre—. Ya me ha dicho tu tía que te ha oído vomitar.

—¿Dónde fuisteis ayer a cenar? —intervino Cova.

—A Casa Sabino. El pastel de cabracho que comimos debió de sentarme mal.

—O bebiste de más. Hija, te lo he dicho un centenar de veces, no puedes ni debes seguirle el ritmo al chico ese... Bebe demasiado.

—¿Cuándo vas a dejar de llamar «el chico ese» a Alfonso, Mila, por favor? —preguntó, sonriente, Cova.

—Cuando le pida la mano a mi hija. Pero... Maite, ¿a dónde vas? ¿No desayunas?

—Déjala —susurró Cova, buscando la mirada de su sobrina, que la rehuyó.

Maite hizo un gesto de que le dolía el estómago y se dirigió hacia el pasillo. Prefería que pensaran que padecía resaca a que sospecharan la verdad, aunque tenía el pálpito de que su tía intuía algo. Si esa mañana había oído sus ruidos guturales, no habría sido la única vez. Le extrañaba que ella, tan directa, no le hubiera dicho nada, pero tía Cova era, como su hija, imprevisible. Había sido como una segunda madre para ella. Enviudó pocos meses antes del fin de la guerra, cuando Covadonga tenía cuatro años y Maite dos, así que las acogieron en su casa. No es que les faltara nada, el tío Luis les había dejado una herencia sustanciosa, pero hasta que Covadonga no cumplió los siete años no la dejaron irse.

Maite se arregló rápido para salir a la calle antes que ellas, esconderse en la esquina con Fray Ceferino y, cuando viera salir a Pilarín, volver a subir. Abandonó la casa con tiempo más que de sobra, así que decidió dar un paseo para pensar. No sabía cómo explicar a Covadonga que no había avanzado ni un paso, que no había hablado ni con Alfonso ni con sus padres, y, desde luego, no se atrevía a mencionar que a veces, incluso, retrocedía. Todos los días era consciente de su cobardía, pero lo realmente dramático era enfrentarse a describirle con palabras que volvía a verse envuelta en las redes de Alfonso. Pasó por el escaparate de la confitería Camilo de Blas y le asaltó un apetito de dulce inusitado en ella. Se compró dos *éclairs* de chocolate que empezó a devorar en el momento en que los pagó, aún dentro de la tienda. Apurada, empujó la puerta de cristal con fuerza y estuvo a punto de estampársela a un chico alto y con gafas que, lejos de enfadarse por el golpe, sonrió al verla.

—¡Maite! ¡Qué alegría!

Ella dudó un momento y reconoció a Pelayo Alonso, un amigo de la infancia al que hacía tiempo que no veía. Le encontró más rubio y más fuerte. Recordó que estaba haciendo un doctorado en Estados Unidos y relacionó instintivamente una cosa con otra.

—No te había reconocido. Al verte me he dicho: ¿quién será este chico extranjero? Pareces un americano.

—Será la cazadora esta.

—O el rugby, que ya nos contó tu madre que estás hecho un jugador de los mejores. ¿Cómo estás? ¿Contento en...?

—Berkeley. Sí. Mucho, pero ya se acaba, vuelvo a Oxford y luego ya a...

Maite sintió interrumpirle, pero a lo lejos vio salir a Pilarín y no podía perder tiempo.

—Siento muchísimo tener que irme. Tu madre nos tiene al tanto de tu vida, no sabes cómo me alegro de que te vaya tan bien y la envidia que me das. Nos vemos pronto. ¿Te quedas mucho?

Pelayo balbuceó un «dos días», a lo que Maite respondió con un «ven a vernos cuando vuelvas» desde la calle, mientras se cerraba la puerta.

Siguió con la vista a Pilarín mientras esta doblaba la esquina, encorvada y con ese andar diligente que no se correspondía con su menuda complexión. Se encaminó hacia su portal y pensó en darse la vuelta. Las campanas de la catedral anunciaron las diez. Se estiró el *twin set* de algodón azul azafata, a juego con la falda al bies que empezaba a ajustarle en la cintura más de la cuenta, tragó saliva y cruzó la puerta de su edificio como si entrara en el despacho de la madre superiora después de haber copiado en el examen de matemáticas. Se miró en el espejo del ascensor de caoba. Luchó con la cerradura porque no estaba acostumbrada a usar su llave (siempre había alguien en casa), venció y marcó el número de Silver, la tienda en la que Covadonga trabajaba y vendía sus diseños.

—¡Qué puntual! Estuve a punto de llamarte ayer porque no podía esperar más, pero me contuve. No sabes con quién pasé el sábado y vino ayer a comer a casa. Nos hemos hecho íntimos.

—Pues no...

—¡Lennon, John Lennon!

—¿El de los Beatles?

—Sí, claro.

—¿Están en Torremolinos los Beatles?

—No, no, han venido John y Brian, Brian Epstein, el mánager. Los demás se han ido de vacaciones a Canarias. Resulta que Brian es amigo de Sharon, la inglesa que te conté que vive al lado de casa.

Maite asintió con un «ah, sí», pero no tenía ni idea de quién era. Le resultaba difícil recordar a todos los nuevos amigos de su prima. Que si una pianista alemana, que si un escritor inglés que había venido andando desde las Alpujarras, que si el hijo de no sé qué pintor amigo de Dalí. Maite no dudaba de la veracidad de las biografías de los vecinos extranjeros de Torremolinos, pero acababa por confundir unos con otros.

—Pues eso, que Sharon me dijo que a lo mejor venía Brian. El sábado nos invitó a Anja, a mí y a otros amigos de Madrid a cenar en su casa. Llego y me encuentro con él, ¡John Lennon! Es mucho más guapo en persona. Y muy muy *cute*.

—Pero ¿qué ha ido, de carabina con el mánager?

—¿De carabina?

—Sí, supongo que, si han viajado a Torremolinos, es porque el representante tiene un lío con tu amiga, ¿no?

—No, Brian es gay.

—¿Gay?

—Marica.

—Ah. Y ¿Lennon también?

—No, no, Lennon no, si acaba de tener un hijo hace unas semanas. Sí, yo tampoco lo entiendo, no sé qué pinta aquí en vez de estar con su mujer. Pero ya sabes cómo son las estrellas.

—No sé, pero veo que se parecen mucho a algunos abogados ovetenses…

Ambas soltaron una carcajada. Covadonga retomó la conversación.

—No te pregunto porque, si no me has llamado antes, supongo que no hay noticias.

Maite agradeció la falta de presión de su prima. Era algo que envidiaba de ella e intentaba imitar. Efectivamente, el pacto había sido que, si no telefoneaba antes del lunes, era que no había novedades. Maite tendía a sentirse culpable, a dar explicaciones y a esperar que se las dieran.

Su prima seguía desgranando detalles del encuentro con Lennon, uno de los cantantes del grupo que había descubierto durante su estancia en Londres. Covadonga le contaba que habían estado en el Black Pussycat de La Carihuela, que habían puesto el single que acababan de grabar, el «Please Please Me», pero que John no lo había cantado, le daba vergüenza. Que habían acabado la noche en el bar de

Anja coreando canciones de los Beatles, con John tocando la guitarra española. Maite asentía y pensaba en cómo habría reaccionado ella de ser la que intentaba ayudar a su prima. Tuvo que reconocer que le preguntaría con un reproche velado y le dio rabia, porque estaba claro que apremiar no servía para conseguir un propósito, era un simple alivio fugaz para calmar la ansiedad del que presionaba. Covadonga continuaba con su entusiasmada narración. Detallaba orgullosa cómo le había gustado a John la fabada que le había hecho y que aprovechó al día siguiente para desayunarla con salchichas («a la abuela le habría dado algo»); que después de comer se fueron a la playa del hotel Pez Espada y pasaron allí toda la tarde, y que Brian había prohibido a John tirarse del espigón porque tenían una gira próxima y no podía arriesgarse a romperse nada.

—Acabamos en el bar de la piscina del Pez Espada. Bueno, terminamos Anja y yo. John, Sharon, Brian y un chico que conocimos en la playa decidieron subir a la suite presidencial a seguir la juerga. Anja y yo nos fuimos a casa.

—Eso sí que le horrorizaría a la abuela.

En ese momento, Maite oyó que alguien trasteaba con la cerradura de la puerta.

—Está llegando Pilarín. Si no hablamos antes, el lunes a esta hora. Será antes.

—Eso espero.

Maite pasó todo aquel día inquieta. Esa tarde, en su paseo hacia la academia, le daba vueltas a la conversación con Covadonga. Imaginaba los relatos de su prima en tecnicolor, mientras miraba la elegancia austera y gris de la calle

Uría, a juego con la ropa de la gente con la que se cruzaba, y pensaba en el poder que tenía su costumbre de vencer la tentación; su empeño en rechazar el hedonismo y regodearse en el sufrimiento.

Aquel día, Luisa tampoco fue a la academia. Maite sospechaba que, aunque no lo había dicho, iba a dejar de acudir. Su futuro marido era uno de los ingenieros jefe de la mina de Mieres y, según los cánones sociales, Luisa ya tenía suficientes conocimientos de francés, inglés y algunas cuentas para lo que iba a necesitar en el futuro: vigilar que la criada no sisara, poder defenderse en algún viaje a París, organizar las cosas de la casa y educar a unos hijos que quizá podrían estudiar algún verano en Inglaterra, porque todo el mundo sabía que el futuro residía en el inglés. Maite estaba casi convencida de que no quería ese destino ni para ella ni para su hija. Unas noches atrás había soñado con su bebé; era una niña rubia, como Covadonga. La había imaginado saltando desde el espigón del Pez España, ese del que tanto le hablaba su prima y que se había convertido en un símbolo de vida semisalvaje. Recordaba poco del sueño, pero le había quedado el convencimiento de que engendraba una niña que, dentro de diez años, estaría jugando al minigolf en el Pez Espada, tirándose del espigón, revolcándose en la arena y ensuciándose con juegos que el resto de las madres verían inapropiados. Ya adoraba a esa chiquilla y cada vez tenía más claro que prefería criarla sola. Pero cuando parecía estar segura de ello, la poseía un terror que la llevaba a pensar que quizá lo mejor era ir a Londres y acabar rápido para empezar de nuevo, casada y desde cero. Esa fue la sensación (no podía llamarse pensamiento) que la paralizó al salir de esas clases a las que asistía sin saber para qué. Sabía que ese día Alfonso no acudiría a recogerla, había tenido que viajar a Madrid a cerrar un contrato para el nuevo campo de golf. El ritual de ir a por ella a la salida no podía calificarse como tal. Era recentísimo, pero Maite sintió esa mezcla entre abandono, miedo y tristeza que era incapaz de asimilar. No se sentó a fumar en el banco de siempre. Corrió hacia su casa porque Alfonso había quedado en telefonearla desde el hotel. No llamó. Ni al día siguiente. Ni el miércoles. Tiempo atrás, Maite habría temido, preocupada, por su vida. En esa ocasión prefería, sin duda, que hubiera muerto a que no cumpliera su promesa de llamar. Aquel silencio fue tejiendo una catapulta de razones que lanzaban a Maite a hablar con sus padres. Fue construyendo el discurso, pero le costaba; había elementos que no se atrevía a dar del todo por hechos. La mañana del viernes, durante el desayuno, sonó el teléfono.

—Señorita, es el señorito Alfonso —anunció Pilarín, intentando disimular el entusiasmo que le producía esa llamada, igual que a las otras tres mujeres de la sala. Nadie hablaba de ello, pero todas sabían que a Maite la consumía ese silencio. Por sus sobresaltos cuando sonaba el teléfono y por la pregunta que repetía durante esos tres días cada vez que volvía a casa: «¿Me ha llamado alguien?».

Maite dio un sorbo al café, se limpió lentamente los labios, dejó la servilleta de hilo sobre la mesa y, con una lentitud que a su tía Cova le resultó hilarante, se dirigió hacia el pasillo.

Treinta minutos después, irrumpió en el salón una Maite risueña y sonrojada que se lanzó a coger un carbayón.

—Por fin comes algo. ¿Qué cuenta Alfonso? ¿Cuándo vuelve?

—Ha estado trabajando muchísimo, salía del hotel a las seis y volvía a medianoche.

Su madre y su tía asintieron, haciendo que les convencía la explicación. Mila estuvo a punto de ironizar sobre la ausencia de teléfonos en las oficinas de los proveedores madrileños, pero se abstuvo.

—¿Cuándo vuelve? —repitió—. Mañana es la gala de la Cruz Roja, en principio ibas con él, ¿no?

—Ya, pero llega el mismo sábado por la noche. Iré con vosotros. Hoy se queda rematando cosas.

—¿Y Gustavo?

—No, él se vuelve precisamente para la gala.

Maite recuperó por un momento la sombra taciturna de días atrás, pero prefirió borrar su propia suspicacia, abandonando el comedor. No quería contagiarse de la desconfianza de Mila y Cova (y de Pilarín, que escuchaba, discretamente, mientras quitaba el polvo en el salón contiguo) ni continuar ese interrogatorio que sabía que acabaría con alguna alusión a que Gustavo, el jefe de Alfonso, debía volver para, por supuesto, acompañar a su esposa en el acto social de apertura de la temporada, «no como otros».

Una vez en su cuarto, en plena euforia, empezó a fantasear. Alfonso, tras disculparse, se había mostrado cariñoso, le había contado cómo la echaba de menos; que el domingo la llevaría a comer a Cudillero y luego, si le apetecía, podían pasar la tarde en «su casina, juntos, sin nadie más». Maite no se quiso hacer ilusiones, pero fue en vano. En su dormitorio, reclinada en la *chaise longue* de rayas de seda roja y dorada, veía a lo lejos los cerezos ya en flor que le parecían más brillantes que nunca. Pensaba (poniendo el escudo del «quizá» al comienzo de la frase) que quizá Alfonso había recapacitado durante ese tiempo de ausencia, quizá era cierto que la echaba de menos y quizá la sorpresa era un anillo de compromiso que posteriormente le daría de forma oficial cuando pidiera su mano a su padre. Alcanzado ese punto, empezó a dar vueltas a cómo organizarlo para que su suegra no se entrometiera, a si sería algo íntimo o una gran fiesta, a que esperaba que no se le ocurriera a Alfonso irse de juerga el día anterior con sus amigos y llegara tarde. En ese instante de paroxismo desbocado, paró. La euforia se aplacó y la imagen de su hija, saltando al mar y nadando hasta la orilla, donde ella la esperaba, le trajo paz. Se sintió a salvo.

Ese día y el siguiente se le hicieron infinitos. La noche del sábado se quedó en casa; la disculpa de que no estaba Alfonso encajó en la normativa social de su madre, que protestó levemente. Quería estar descansada para su reencuentro.

Por fin llegó el domingo. La recogida puntual en su casa, la comida, la conversación sobre lo solo que se había sentido sin ella, el paseo por el puerto de Cudillero, la excursión en el MG descapotable que Alfonso conducía con la palma de la mano, con una naturalidad viril que Maite adoraba... El día estaba siendo perfecto. Maite pensaba que quizá haría alguna alusión a la sorpresa que guardaba, pero, a medida que transcurrían las horas, concluyó que la desvelaría avanzada la tarde.

Efectivamente, al llegar a la casina, la atrajo hacia sí agarrándola de la cintura, mientras le sujetaba la nuca y se la mordisqueaba cada vez con más pasión en ese punto del cuello que le tapaba la melena. Lo siguiente fue besarla largo, fuerte y cerca. Ella correspondió, pensando que, como siempre, aquello sería la antesala de cogerla, sostenerla por las nalgas mientras ella le rodeaba con las piernas y los brazos y lanzarse en el jergón que hacía las veces de sofá. Pero esta vez Alfonso paró y, con su sonrisa de medio lado y un guiño, le dijo que esperara, que tenía su sorpresa en el coche. Volvió con una enorme caja envuelta en papel de regalo. A Maite se le congeló la sonrisa. Durante el tiempo que tardó en quitar el lazo y el papel, la mantuvo. En la caja se leía Elio Berhanyer. Sacó la prenda y dejó de fingir. Era un vestido de cóctel, sin mangas y de un tafetán buganvilla, ajustadísimo.

—¿Te gusta? Es para la boda de Luisa.

—Pero se casa en julio...

—Sí, es un vestido de verano. Y la talla es la tuya, porque tiene tus medidas del año pasado.

Maite dejó de escuchar. Estaba de tres meses, en julio estaría de seis. Obviamente ese vestido estaba diseñado para una Maite que hubiera viajado a Londres, y ella, en ese momento, supo que iba a practicar su inglés, pero muy al sur de Inglaterra.

Con una rabia que envolvió en frialdad, le pidió a Alfonso que la llevara a casa. Él no preguntó. Metió el vestido en la caja, fue a llevarlo al coche y Maite le pidió que lo dejara ahí. Lo siguiente, antes de subir en el vehículo, fue un discurso en un tono distante y casi en un susurro, como su padre hablaba a su madre cuando estaba realmente enfadado. Fue breve. Se limitó a anunciar que Covadonga le había contado sus planes, que le parecía humillante que no se hubiera planteado ni por un momento la posibilidad de tener un hijo con ella y que era un cobarde que no había demostrado el valor de exponerle cara a cara sus propósitos, por absurdos que fueran. Alfonso intentó farfullar algo, pero Maite le pidió silencio. Al bajarse del coche, antes de cerrar la puerta con un portazo que hizo temblar el automóvil y a Alfonso, remató:

—¡Ah!, y no te preocupes, me voy a Torremolinos con Covadonga. No voy a mancillar tu honor en Oviedo.

3

11 de mayo de 1963

«Esa ocurrencia de tu prima de irte con ella a sabe Dios lo que esté haciendo en el poblacho ese es lo más cabal que se le ha ocurrido en su vida». Esa fue la última frase que Maite oyó de su madre la noche antes de coger el tren rumbo a Madrid. Mila se negó a acompañarla a la estación. La llevó su padre. El proceso había sido rápido e incruento. Ni los Velasco ni los Morán eran de hacer escenas. Maite, en cualquier caso, la noche de aquel domingo que recordaría toda la vida, trazó una estrategia que le evitaría dar demasiadas explicaciones. Suponía un notable acto de cobardía, pero no estaba para más pasos heroicos. Decidió dejar de amortiguar el sonido de sus arcadas matinales; empezó a usar vestidos ajustados que permitían ver su creciente voluptuosidad; no disimuló su asco por los encurtidos que antes adoraba y su gula con el dulce que, hasta entonces, despreciaba. El momento llegó cuatro días más tarde. Su madre entró en su habitación, mientras hacía las tareas de contabilidad, cerró la puerta y Maite lo supo.

—¿Estás embarazada?

—Sí.

Mila la miró enfurecida y se dio la vuelta. Tardó quince minutos en volver y Maite no la dejó hablar. Fue escueta. Empezó aclarando que no tenía intención de casarse con Alfonso (omitió que él no se lo había pedido) y siguió con el asunto de que se iba a Torremolinos. Su madre se limitó a pedirle que la dejara a ella decírselo a su padre, «ya sabes que anda delicado de los nervios».

Maite recordaba aquellas palabras de su madre mientras el avión recorría la pista del aeropuerto de Málaga. Le venían a la memoria porque la reacción de su padre al despedirla la había paralizado. La abrazó con fuerza y, con una voz entrecortada, le dijo: «Escríbeme al despacho... Todo va a ir bien». Al separarse, Pedro lloraba. Maite no sabía cómo reaccionar. Jamás le había visto soltar una lágrima. Se volvió a estrechar con él y dudó por un instante si debía coger aquel tren.

«Bienvenidos al aeropuerto García Morato de Málaga. La temperatura actual es de veinticinco grados centígrados. Por favor tengan cuidado al...».

Maite miró por la ventanilla. El paisaje era entre verde y amarillo por los campos de caña de azúcar y los árboles que rodeaban la pista. También se atisbaba turquesa, dorado, fucsia y naranja; esos eran los colores de la llamativa vestimenta de los que esperaban, casi a pie de escalerilla, a los pasajeros. Entre todos los asistentes que entreveía por la ventana de su derecha le pareció distinguir a Covadonga. La acompañaba una señora que llamaba la atención por un enorme turbante esmeralda. El avión avanzó unos metros y las perdió de vista.

Minutos más tarde, corroboró que había acertado y la dama del tocado resultó ser Anja. A Maite le sorprendió más su edad que la indumentaria. Covadonga no había mencionado que su amiga rondaba los cincuenta años. De ella no podía decirse que aparentara ser más joven, pero tampoco lo necesitaba. Era de una extraña belleza rotunda. Sus ojos verdes, a juego con el turbante, eran lo que más impresionaba, un brillo de luz en un cuerpo enjuto, apergaminado por el sol, que competía con la claridad de su pelo largo hasta la cintura, de un rubio albino. El caftán indio de gasa y bordados dorados hasta los pies la hacía parecer más alta aún. Anja la miraba sonriente, mostrando una dentadura perfecta, mientras su prima la recibía con un larguísimo abrazo y la llenaba de besos. Covadonga olía a salitre, coco y algo penetrante, dulzón, que Maite no consiguió identificar. Vestía una camiseta sin mangas desteñida, un mini-short naranja y unas sandalias de cuero. El pelo lo llevaba todavía más corto que un mes atrás y estaba mojado de mar. Maite tuvo una sensación extraña con ese abrazo. Por un lado, se sintió protegida, acogida, pero por otro le costaba reconocer a su prima y tenía un vértigo terrorífico. Echó un primer vistazo a la gente que la rodeaba y estaba claro quiénes eran los recién llegados y quiénes, los anfitriones. Exceptuando a un par de hombres con camisa planchada y pantalón de vestir, que recogían a otros trajeados, el resto seguían ese aliño indumentario en la línea de Covadonga y Anja que Maite no acababa de descifrar. Ella, para el vuelo y la llegada, se había ataviado con un conjunto de Mary Quant obsequio de su prima. Un dos piezas de minifalda de rayas blancas y negras y un top de manga corta blanco haciendo juego. Pero estaba claro que Torremolinos tenía un estilo propio. Covadonga le dio una pista de inmediato.

—Perdónanos, pero venimos directas de la playa. Aquí una pasa por casa para dormir y poco más. Sales por la mañana y lo mismo vuelves de madrugada.

—Estáis guapísimas —respondió Maite mirando a Anja, sin poder disimular su intriga.

—Anja va así a la playa, sí. Bueno, hoy va discreta...

Anja le dio una suave palmada a Covadonga en la mejilla y las tres rieron mientras se encaminaban al 4 Latas rojo que tenían aparcado frente a la puerta de salida.

Maite se acomodó en el asiento de atrás, que estaba desordenado con toallas de playa, botes de crema solar, periódicos en alemán, alguna colilla y un par de cascos de Coca-Cola. Iba contando a Covadonga los últimos acontecimientos. Desde el episodio del vestido que había rechazado en la escena de la casina (cuyo relato Anja interrumpió con su acento alemán y su español particular: «Deberías haber agarrado el vestido, era tuya realmente»); la frialdad de su madre, que Covadonga tuvo que aclarar que era simple fachada, según le había contado la suya esa misma mañana: «Tu madre está arrepentidísima; no pensaba que fueras a irte de verdad. Cuando pasen unos días, llámala»; el llanto de su padre al despedirla...

—Sí, no sé, está raro. Lleva un año como preocupado. Pero sí, fue acongojante. No sabía qué hacer. Bueno, y lo que me llegó al alma fue lo de Pilarín. Se levantó la pobre a hacerme el desayuno y unos bocadillos. Y cuando fui a despedirme de ella a la cocina, me quiso dar un sobre... ¡con dinero!

—Nooooo...

—Sí. Me lo metió en el bolso y no me dejaba que no lo aceptara. Tuve que explicarle que tú me habías dado y que mi padre también. Me dijo que ella había pasado por algo parecido, pero su madre la había obligado a abortar... ¿Tú lo sabías?

—Algo intuía por una conversación que tuvo mi madre con la abuela hace años, y que pensaban que yo no entendía. Fue poco antes de casarse con Pepón. Por lo que oí, estuvo a punto de morir. Se lo hicieron en Pravia, una curandera.

—¿Qué años tienes? —se interesó Anja.

—¿Pilar? —apuntó Covadonga.

Anja asintió.

—No sé, como... —Maite estuvo a punto de decir «como tú», pero se dio cuenta de que era una impertinencia—. Rondará los cincuenta. He prometido mantenerla al tanto todo lo que pueda. ¿Crees que mañana podré telefonearla desde algún sitio? Sí, sí, a mi madre también la llamaré, no me mires así, pero dame tiempo.

—Sí, en mi bar tiene teléfono, puedes ir cuando tú lo prefieras.

Anja hizo un gesto, levantando el brazo, de coger un auricular y Maite se dio cuenta de que no llevaba bikini ni sujetador. No pudo evitar seguir fijándose, y quedaba claro que tampoco ningún otro tipo de ropa interior. Le pareció una indiscreción y decidió sentarse en la parte izquierda, detrás de ella. Pasó a concentrarse en el paisaje de ese nuevo mundo en el que acababa de aterrizar.

La carretera estaba rodeada de campo salvaje y casitas diseminadas. Pararon un momento para dejar cruzar a un lugareño montado en un burro. Un kilómetro más adelante, a la izquierda, apareció un edificio enorme que desentonaba con el resto. El cartel rezaba: CAMPAMENTO BENÍTEZ.

—Ahí es donde los chicos hacen la mili. Pobres —señaló Covadonga.

—Se me ocurren destinos peores. No sé, Huesca...

—Bueno, ya... Me refiero a la mili.

Atravesaron una zona con alguna villa y otra parte llena de vegetación, en la que los pinos y las chumberas casi cubrían la carretera.

—Esto es el Pinar, una urbanización preciosa. Vendremos un día a ver a unos amigos.

Pasaron una gasolinera y Anja le preguntó si tenía hambre. Eran las ocho de la tarde y Maite llevaba todo el día sin comer, así que asintió. Aparcaron el coche y abrieron el maletero para coger varias garrafas vacías. Le explicaron que había una fuente con agua directa del manantial y que era la que solían beber. El caño estaba enfrente de una tiendecita: TORTAS TÍPICAS DE TORREMOLINOS, DESDE 1908. La dependienta del establecimiento vestía de negro, iba con el pelo cano recogido en un moño y protegida por un delantal. Al verlas, gritó dirigiéndose a lo que debía ser el horno: «¡Caaarmen, ha venido la Anja! ¡Alárgate al almacén y le acercas sus cajas! ¡¡Caaarrrmen!!».

—No te oye tu hija... —dijo Anja—. ¡Caaaaarmensita!

Carmen por fin apareció. Llevaba un short vaquero y una camiseta parecida a la de Covadonga, de colores formando figuras fractales, en la que se leía Triumph.

—¿Y ese *t-shirt*? —preguntó Covadonga con confianza.

—Me lo ha regalado mi novio.

—Mi novio, mi novio —farfulló la madre—. El Richard se irá en septiembre y espérate tú que no nos deje un regalito.

—¡Mamá!

—No tiene calle el Richard ese ni na —replicó.

—Noniná... —apostilló Anja.

La carcajada fue general. El acento de la alemana tenía un deje mexicano de la época en la que había vivido en Oaxaca, pero estaba lleno de expresiones malagueñas. Maite no acababa de entenderlas, pero captaba el significado global.

Tras una breve charla sobre la irresponsabilidad emocional masculina, un par de alabanzas a la indiscutible belleza californiana del tal Richard y su moto y varios comentarios sobre los baches de la calle Hoyos que el Ayuntamiento de Málaga se negaba a arreglar, Carmen trajo las cajas de tortas. Anja las solía regalar a sus clientes al final de la noche, lo cual agradecían como un alivio para empapar el alcohol. Maite quiso comprar una bolsa para la casa, pero no la dejaron, «ya pagarás cuando empieces a trabajar». Se llevaron tres y Maite decidió probarlas. Era un sabor nuevo, como todo lo que la rodeaba. Se parecía al de unos dulces marroquíes que había llevado su tío de su visita a Tánger. Lo atribuyó al ajonjolí. En el breve trayecto hasta la fuente, engulló dos. Covadonga la miró asombrada: «Pero si tú odiabas el dulce». Maite respondió que ya no, acariciándose el vientre, y cogió otra, mientras esperaban a que llenaran unas botellas dos chicos con vaqueros desgastados, el flaquísimo torso descubierto y un pelo por los hombros, enredado con ese aire de perfecto desorden que da el agua de mar. Maite intentaba disimular su fascinación. Para empezar, si alguien hubiera ido vestido así en Oviedo le habrían, o detenido, o quizá donado una camisa por caridad cristiana. Pero en Torremolinos resultaba natural y cautivador. El más alto de ellos se giró y la sonrió, quitándose un mechón rubio por el sol que le cosquilleaba la nariz ganchuda y le impedía la visión. Maite evitó la mirada, se avergonzó de su falta de modales; pensó que había sido una descarada. El chico le dijo, en un inglés con acento raro y juntando la palma de ambas manos en señal de saludo: «Hola, soy Ingmar. ¿De dónde eres?». Maite contestó, tímida, por la situación y por practicar su incipiente soltura en ese idioma: «De Oviedo». Se dio cuenta de su falta de cosmopolitismo y rectificó: «De aquí, española, ¿y tú?». Ingmar le dijo que era de Borgen, en Suecia. Volvió a sonreír y se despidió con un «espero que nos veamos por el pueblo». Al irse, cargando sus frascos de agua, que le hacían marcar sus fibrosos antebrazos, volvió a girarse para simplemente sonreír. Maite miró a Anja y Covadonga aún un poco confusa, buscando complicidad, pero ellas estaban enfrascadas en una charla encendida sobre lo descuidado que tenía Málaga a Torremolinos. Covadonga le pidió su garrafa para llenarla y captó el desconcierto de su prima.

—¿Te ha gustado el sueco?

—No, no —respondió con exagerado énfasis.

Efectivamente, no era que le hubiera atraído; le despistaba esa espontaneidad que, además, no tenía el fin de un acercamiento. Era una especie de cortesía amigable que, como el «noniná», no terminaba de entender, pero deducía. Y le gustaba.

En el camino de vuelta al coche, se cruzaron con gente a la que fueron saludando. Aquello le recordó a sus paseos por Muros. Según el grado de efusión, quedaba claro si los conocían o no. Todos eran extranjeros. Maite respiró tranquila, porque ese código de etiqueta no le era ajeno. Lo que sí le asombró fue que ninguno de los hombres se ofreciera a ayudarlas a cargar las pesadas garrafas de cinco litros. Y también lo en forma que estaban sus acompañantes, que las portaban caminando a toda prisa, pese a la leve cojera de Anja. Covadonga ralentizó el paso y pareció leerle el pensamiento. «Aquí te vas a poner hecha una jabata en dos semanas. Sin darte cuenta. Entre la playa, ir a la compra y andar a todos lados, ya verás». Maite estuvo a punto de preguntar si no tenían servicio, pero le pareció innecesario.

Pocos minutos más tarde, ya subida al coche, se percató de que los chicos y chicas que se habían encontrado se encaminaban a los bares que rodeaban la carretera principal del pueblo. Toda la acera izquierda estaba llena de terrazas que abarrotaban chicas rubias con minifaldas, pantalones ajustadísimos y camisetas que dejaban el ombligo al aire, chicos ataviados de una manera parecida, clones de Ingmar, altos, delgadísimos, con chalecos de cuero con flecos, así como hombres con camisas remangadas hechas a medida y pantalones de tergal y mujeres con vestidos bien cortados, de colores vistosos. La mayoría no pasaba de los treinta y cinco años, y los que lo hacían eran como Anja: más llamativos que los chavales.

A Maite le daba la sensación de estar en otra dimensión; decir planeta se quedaba corto. El cansancio y su miopía le hacían percibir la escena como una sucesión de colores alegres a juego con las risas, la música y las conversaciones ininteligibles de una babel en la que captaba alguna palabra suelta en inglés y pocas en español. Apoyada en el quicio de la ventanilla abierta, cerró los ojos y disfrutó de la brisa húmeda y del calor templado. Cuando los abrió, la visión de un guardia de tráfico, subido a la plataforma redonda con barandilla, con su uniforme blanco y su casco parecido a un salacot, le hizo volver y darse cuenta de que estaba en mayo de 1963 y en España.

—Pero ¿aquí hay policía? —Le salió del alma.

—Sí, pero poca. Somos un barrio de Málaga, de aquí no se ocupan —contestó Covadonga, reconociéndose en su prima y recordando la excitada sorpresa de sus primeros días en Torremolinos.

—Algún beneficio iba a tener —apostilló Anja—. Mira, ese es Pasaje Begoña.

—Ahí es donde tiene el piano bar Anja. Ah, y en la parte de arriba está la consulta del doctor Fidalgo. He pedido hora, tienes que hacerte una revisión.

Maite asintió, desconcertada. Lo de la visita médica le daba cierto reparo. Nunca había pasado por una revisión de ese tipo. La luz roja del semáforo le permitió fijarse a fondo. El temor a la exploración ginecológica se disipó. Le sorprendió que ese callejón, con letreros luminosos de bares, estuviera en el mismo sitio que la consulta de un doctor. Cuando ya arrancaban, entre la muchedumbre que se agolpaba en las puertas de los locales de la callecita, le pareció ver a dos chicos de la mano. Se rio de su imposible ocurrencia. Pensó en la cantidad de malentendidos que podían producirse con eso de que los hombres llevaran el pelo largo. Volvió a cerrar los ojos y acercó la cara a la ventanilla. Los neones de la carretera eran flashes en sus párpados, y así se quedó dormida unos minutos. La voz de su prima diciendo «Bazar Aladino» la despertó, pero no tenía claro si seguía soñando. «¿Aladino?», murmuró. Abrió los ojos y vio un barco inmenso al lado de la carretera. Las luces de las farolas no le dejaban apreciarlo bien. Su prima le explicó que era una tienda. Un edificio recién construido en forma de barco, y que ellas vivían en la calle de enfrente. Doblaron a la derecha y subieron una cuesta.

La casa era la típica andaluza. Blanca, con rejas de hierro pintadas de verde. Al llegar, Anja, que iba cargada con las garrafas, abrió empujando la puerta, que estaba simplemente entornada. Maite preguntó si no cerraban y Covadonga le explicó que no, que Rondo, su perro, entraba y salía y no había problema de robos. Maite se sacudió el polvo de los zapatos en el felpudo de la puerta; las calles de tierra, sin asfaltar, le hacían entender que todo el mundo allí usara alpargatas y sandalias planas.

Nada más entrar, sin recibidor ni pasillo, estaba el salón, una estancia pequeña con dos sofás de escay verde oliva y una chimenea de obra. Reconoció el olor. Era el que había percibido en su prima. Claramente salía de una vara humeante que estaba apoyada en un cono de madera. A su lado, había una caja en la que se distinguía: NAG CHAMPA. Pensó que aquello debía de ser el incienso del que había leído en el libro de Kerouac que le había regalado su prima y le había aburrido tantísimo.

La estancia estaba llena de estanterías con libros y discos. Una alfombra oriental era el único detalle de decoración. Ni un adorno, ni un jarrón... Pero resultaba acogedora.

Covadonga abrió una de las puertas de la sala. Daba a una pieza con un piano y una cama turca, cubierta por una tela hindú. Sobre ella estaban dobladas unas sábanas sin planchar y unas toallas. Y al lado, un taburete de enea convertido en improvisada mesita de noche.

—Este es tu cuarto. Poco a poco lo iremos acondicionando... Organízalo como tú veas. Por las mañanas, Anja practicará al piano, pero tú estarás trabajando, así que no te va a molestar. Ven, que te enseño el resto de la casa —dijo Covadonga dirigiéndose a la puerta contigua, seguida por Anja.

—¿Cómo me va a molestar? Lo que siento es estar usando yo su dormitorio —respondió apurada Maite.

Entraron en un cuarto más grande, con lecho de matrimonio.

—No, mi aposento es este; no hay problema, ese es mi estudio. Nosotras dormimos aquí —aclaró Anja.

Maite dudó un momento. Pensó que Anja, con su deficiente español, había confundido los pronombres. Miró a su prima, que estaba doblando compulsivamente una colcha, sin levantar la vista, y supo que el «nosotras» era correcto.

4

16 de mayo de 1963

Algo húmedo en la cara y el sonido de un jadeo despertaron aquella mañana a Maite. Era Rondo, que la estaba saludando. Sus largas orejas pelirrojas le rozaban el cuello. Maite no estaba acostumbrada a esa efusión canina. Los perros que tenían en la casona no entraban a las estancias, como mucho al recibidor. No se asustó, aquel *setter* irlandés se veía amigable, contento, movía la cola y daba vueltas juguetón. Maite miró su reloj y vio que eran las once. Pese a las horas, se sentía agotada, no había pegado ojo. Recordaba que, cuando por fin se durmió, estaba amaneciendo. En aquella primera noche en esa habitación extraña, se mezcló la excitación de un mundo nuevo que la cautivaba con el recuerdo de Alfonso que ella intentaba apartar, pero que encontraba formas inusitadas para estar presente. El moratón del mordisco en la nuca de su último encuentro actuaba como un cilicio; al posar la cabeza en la almohada, cuando giraba el cuello, al ponerse por las mañanas la cadena de su primera comunión…, ese tatuaje de sangre le hacía volver a Alfonso. Afortunadamente el cardenal se iba curando y Maite tenía la esperanza supersticiosa de que, cuando sanara, cuando el morado que había pasado a verde y luego a amarillo volviera a rosado, su obsesión por Alfonso también habría cesado.

Ese dolor romántico, que ya había padecido antes, pero no tan intensamente, se había mezclado durante la noche con una sensación de abandono; algo parecido a cuando sus padres se iban de viaje y ella se quedaba al cuidado de Pilarín y su tía Cova. Aunque ellas la trataban con cariño, sentía un vacío como si estuviera sola en el mundo. Y ahora había vuelto a cuando tenía siete años. Como entonces y como siempre, las lágrimas la aliviaron. Maite era poco dada a dejarse llevar, y las pocas veces que se permitía el llanto tenía que dar la razón a Pilarín y a su «el agua salada todo lo cura».

Durante la noche había tenido tiempo de darle vueltas a lo que la intrigaba: la disposición de los dormitorios de Villa El Churumbel. Empezó estimando que dos amigas podían perfectamente dormir en la misma cama. Barruntó que ni su prima ni Anja tenían mucho dinero y que, al estar la casa amueblada, quizá no habían querido gastar en comprar dos camas. Luego cayó en que ella estaba durmiendo en una. Y en que había dos cuartos. No le dio más vueltas: eran pareja. El reproche a Covadonga por no haberle contado nada duró entre las tres y las tres y cuarto de la madrugada. Lo que le llevó más tiempo durante ese insomnio fue decidir si sacaba el tema o lo daba por sabido, sin más, como si fuera sueca, y en todos los sentidos. Esto la indujo a asumir que, honestamente, su prima era su única compinche, la persona con la que podía compartir casi todo sin sentirse juzgada. Tenía amigas, todas desde el colegio, pero la relación con ellas, en el fondo, había sido superficial, aunque llevara años engañándose. Pensando, por ejemplo, en que Luisa era su íntima, recordó la tarde en la que le contó todo de golpe: el embarazo, la amenaza o promesa (según se viera) de Alfonso y su viaje tres días más tarde a Torremolinos. La estupefacción de su amiga había sido notable y Maite quiso achacar a la impresión del momento la pregunta que le planteó cuando acabó su discurso: «Entonces ¿no vas a venir a mi boda?».

Mientras se desperezaba, oía ruido de cacharros en la cocina. Subió la ventana y sintió como el sol y la vista transmutaban esa nostalgia oscura de la noche anterior. En primer plano divisaba el edificio del Bazar Aladino. Ese barco que parecía estar emergiendo de un mar tranquilo, azul brillante, como nunca antes había visto. Frente a su ventana, una palmera le hacía percibirlo todo con un efecto caleidoscópico. Los ladridos de Rondo la obligaron a darse la vuelta. «¿Se puede?», preguntaba Anja desde la puerta del dormitorio, portando una bandeja con el desayuno.

—¿Cómo estás? Cave me ha dicho que tienes... ¿náusea? ¿Se dice así? Te he preparado un té de regaliz y romero, es perfecta para eso. Y *waffles* con miel de caña, te sienta bien, verás. Dejo aquí. Si quieres estar sola, toma aquí; si no, yo estoy en la terraza.

—No, no, voy a la terraza contigo. Muchísimas gracias.

—Las que tú tienes.

Maite sonrió ante la frase hecha. Estuvo en un tris de preguntar quién era Cave, pero, de nuevo, esperó una respuesta del contexto y la obtuvo. Claramente venía de Cova, Covadonga, «cueva», *cave* en inglés. Su prima, allí, era otra, y vio normal que la hubieran rebautizado.

—¿Seguro? Mi casa es tu casa, siéntete libre —añadió Anja—. Yo no soporto hablar recién despierta; si prefieres estar sola, no estés de visita.

—No, yo estoy encantada de desayunar contigo, pero, bueno, ¿tú te acabas de levantar? Quizá soy yo la que incordia.

Anja le cogió la mano a Maite y la miró sonriente.

—Si no quiero hablar, te lo digo. Espero que tú haces lo mismo. ¿Trato hecho?

Maite lo agradeció. Le parecía una forma perfecta de establecer una relación de convivencia y hacer que una invitada se sintiera cómoda.

La puerta corredera del salón estaba abierta, daba a una terraza amplia desde la que se veían a un lado el mar y, al otro, árboles de los chalets adyacentes. Se echaron en sendas tumbonas, mirando hacia el sol que aún no pegaba fuerte. Maite probó la infusión, que le asentó el estómago al minuto. Anja celebró que se encontrara mejor y le dio un *waffle*.

—El dulce es muy importante por la mañana en el embarazo. A mí me salvó mi vida.

Maite se sorprendió de que Anja fuera madre. Por una parte, en general, no lo habría sospechado nunca por su aspecto y su actitud; por otra, no acababa de entender: ¿no era lesbiana? ¿Cómo podía tener un hijo?, pensó.

—¿Cuántos años tiene tu hijo?

—Uno tiene treinta y uno, otro veintinueve y la pequeña veintiocho. Están en Alemania, pero Pía vendrá este verano, siempre acude para ayudarme en el bar.

Siguieron charlando un buen rato de los viajes de Anja por México, India, Egipto, de las bondades de Asturias y de algún truco natural para evitar las estrías del embarazo. Covadonga llegó alegre, como siempre, saludando en su tono cantarín con un «*Mooooorning!*» y precedida de los ladridos de Rondo. Venía con bolsas de la compra y metiendo prisa a su prima; quería enseñarle su próximo lugar de trabajo y luego llevarla a comer a La Jábega, su restaurante favorito de La Carihuela, el barrio de pescadores. Maite se arregló a toda prisa; era imposible resistirse al entusiasmo apremiante de Covadonga. Media hora más tarde, bajaban la calle Alegría en dirección a la playa. Entraron en el imponente Bazar Aladino, donde lo mismo se podía comprar jabón que una lavadora, una pelota de playa que un transistor. Maite se acercó al expositor de postales. No podía olvidar las palabras de despedida de su padre. Eligió varias de dibujos de flamencas y toreros, con las faldas y los capotes en tela cosidos al cartón, otra de la playa del Bajondillo y dos últimas del hotel Pez Espada y el propio Bazar Aladino, que se habían convertido en, como bien había definido Anja aquella mañana, los dos *landmarks* de Torremolinos. Siguieron cuesta abajo y, cuando se acercaban al hotel Miami, Maite supo que era el edificio del que le había hablado su prima. Un chalet de estilo andaluz y morisco, con vidrieras que parecían góticas.

—Este es el hotel que compró la bailaora granadina aquella que me contaste, ¿no?

—Sí, Lola Medina. Era un chalet. Ella vivía aquí, pero se arruinó.

—¿Este es el que había decorado el primo de Picasso? —interrumpió Maite—. Es que mezclo, me había hecho la idea de que debía estar a pie de playa.

—Estamos cerca, a dos pasos. Sí, Manolo Blasco. Cuando Lola tuvo que venderlo, lo compró Mercedes Gómez Delgado. Ella lo convirtió en hotel. Había vivido en Francia desde después de la guerra y se casó allí con uno que tenía varios hoteles. Ella quería volver a su tierra y montó esto. Un día venimos, te la presento y lo visitas por dentro, es precioso. Bueno, quizá precioso no es el término...

—Aquí, por lo que parece, es difícil encontrar palabras. Ahora entiendo cuando me decías: «Hay que verlo».

Ese «hay que verlo» se había convertido en una broma familiar. Era la respuesta con la que Covadonga zanjaba las preguntas a veces demasiado apremiantes de su familia sobre la vida en Londres, la gente de Torremolinos o los desfiles de Mary Quant. Maite lo adoptó para cuando alguien, especialmente su madre o su tía Cova, se excedían en sus interrogatorios sobre alguna excursión; ella contestaba con esa frase o, a veces, lo hacía su padre, para «salvarla» de los terceros grados de las Morán. Era como un sortilegio que acababa en una carcajada general. Maite añoró esa complicidad de su hogar. Pero se sobrepuso. Achacó su melancolía a la falta de sueño y atendió a su prima.

—Pues ya verás el Pez Espada…

—Pero no entramos, ¿no? Con estas pintas no quiero que me vean por primera vez.

—No, es para que lo veas desde fuera, pero, vamos, que vas estupenda… Sí, tienes razón, quizá aparecer con unos vaqueros cortados no es lo más adecuado. Pero así lo ves y te vas haciendo una idea para cuando tengas la entrevista, la semana que viene.

—Estoy un poco nerviosa, ¿crees que me cogerán?

—Te cogen seguro. Lo primero, porque tienes todas las condiciones: no es fácil encontrar a alguien español que hable francés perfectamente y bastante bien inglés. Y, por otra parte, están desesperados. Así que tranquila. Y lo del embarazo no importa, ya te dije. En septiembre es temporada media, lo importante es de junio a agosto.

—Espero hacerlo bien, no meter la pata.

—No digas tonterías.

Covadonga cogió a su prima por los hombros para transmitirle ánimos. Continuaron caminando en silencio. Ambas daban vueltas a lo mismo. Covadonga confiaba en la inteligencia y capacidad de Maite, pero lo cierto era que su prima no había trabajado en su vida y esperaba no haberse precipitado. El favor de que la contrataran allí se lo había pedido a la relaciones públicas del hotel, Ross, una amiga de Anja, con la que no le gustaría quedar mal. Por otro lado, estaba la autoestima de Maite; era importante que saliera victoriosa de esa prueba. Y, por último, un asunto del que no le gustaba hablar, pero que pesaba: el dinero, la supervivencia. Covadonga, con sus diseños y lo que le quedaba de la herencia de su padre, tenía para vivir, pero no podía permitirse mantener a dos personas más. Los temores de Maite eran parecidos. Días atrás, para tranquilizarse, se decía que siempre podía volver a Asturias, pero, una vez en Málaga, comenzó a tener claro que no era posible. La distancia le ofrecía lucidez; ejercer de madre soltera en Oviedo era impensable y, aunque de momento estaba llena de miedo y desconcierto, intuía que iba a hacerse pronto con la mecánica de Torremolinos.

—¿Aquí hay muchas madres solteras?

Maite soltó la pregunta sin contexto, pero Covadonga no lo necesitó. Se tomó un momento para reflexionar.

—Pues ahora que lo dices, no tengo ni idea, aquí nadie habla de «madres solteras». Por ejemplo, Ross tiene un hijo y no conocemos al padre, ni tiene pareja, pero no sé si es viuda, divorciada o lo ha criado ella sola desde que nació.

Cuando estaba terminando la frase, miró hacia arriba y señaló un edificio que se veía a lo lejos y que sobresalía de la copa de los árboles. Era una torre circular con cristales de pavés, rematada con la escultura de un pez espada. Llamaba la atención entre esas calles de chalets modestos. Sin duda imponía, y también lo que lo rodeaba. Había un Rolls-Royce aparcado en la puerta, y de un Jaguar verde inglés salía una señora que rondaba los cuarenta años, ataviada con un traje de chaqueta vichy azul y blanco que remataba con un moño italiano rubio.

—¿Quién es? —preguntó Maite con un nudo en el estómago. Aquello iba más allá del lujo que le había contado Covadonga.

—¿La del coche verde? Deborah Kerr, la actriz. Viene a veces a pasar el día. Suele estar en Marbella, pero la peluquera del Pez Espada es famosa y como muchas otras se acerca a disfrutar de la piscina y peinarse con ella. —Miró a su prima y soltó una carcajada—. No pongas esa cara, al principio impresiona, pero te acostumbras. Ya verás. Al final terminarás charlando con ella como si tal cosa. Anda, ven, que nos vamos a colar por el jardín y te enseño el famoso espigón.

Abrieron una puerta de hierro que había en uno de los laterales del edificio y entraron en la parte de atrás del bar de la piscina. En ese momento estaba vacío. Atravesaron el minigolf con sus laberintos de piedra, sus charcas y el croar de las ranas, pasaron por las canchas de tenis y ahí estaba, ese puente que unía la playa con alta mar, ese que había estado presente en los sueños de Maite y que era exactamente como ella imaginaba.

El césped de la piscina del hotel llegaba al rebalaje. Dos chicas extranjeras con bikinis floreados, casi a juego con el estampado de la tumbona, paliaban su achicharre bebiendo algo que, por la copa y la aceituna, Maite supuso que era un dry martini. Una pareja que debía de rondar los sesenta años se refugiaba debajo de una de las sombrillas de paja. Ella era la única que llevaba bañador (elegantísimo) en todo ese trozo de césped y él estaba descalzo pero vestido. Con pantalón, camisa y una americana blanca de lino. Ya en la zona de la arena, Maite reparó en dos madres jóvenes, acompañadas de tres niñas de unos cinco años. Llamaron su atención porque se imaginó a ella misma, en unos meses, con su hija, jugando en esa misma playa.

Covadonga ya se había quitado el vestido amarillo canario de felpa que eligió para ir a la playa. Maite tardó un poco más. Le daba apuro despojarse en público del short vaquero y la camisa de vestir blanca que llevaba desabrochada y hecha un nudo en la cintura. Hubiera preferido usar alguna de las casetas, como hacía en Asturias. Pero entendió que, si llevaban el bikini ya puesto, era para no perder el tiempo y poder actuar con espontaneidad. La playa, en Torremolinos, formaba parte del día a día. No se iba a ella, se pasaba por la playa para darse un chapuzón, secarse y volver a los quehaceres diarios. Eso era exactamente lo que estaban haciendo. Se lanzó al agua detrás de su prima, que la retó a competir nadando hasta el final del espigón. Covadonga ganó. Eso era una novedad, porque Maite era la gran nadadora de la familia. Mientras daba rápidas y perfectas brazadas a crol en esa agua templada y calma, se dio cuenta de lo feliz que era en el mar y de la de tiempo que hacía que no nadaba en serio, que no se limitaba, como una señorita, a bañarse y chapotear con cuidado de que no se le descolocara el gorro de baño antes de salir.

Llegaron al espigón y subieron por la escalera que daba a ese final de la construcción de madera y hierro. Varios chicos que parecían haber nacido allí bromeaban entre sí, jugaban a empujarse y se tiraban de cabeza. Covadonga subió ágil y se lanzó también al mar. Los muchachos aplaudieron y ella saludó desde el agua e hizo un gesto a su prima para que la acompañara. Maite estuvo a punto, pero reparó en que podía ser peligroso en su estado. Señalándose la tripa, dijo que no con la cabeza y esperó en la parte de la plataforma que daba a la escalinata que emergía del mar. A su lado estaba sentado, con una caña de pescar, un chico rubio de piel bronceadísima. Covadonga subió los peldaños apurada.

—Lo siento, no me había dado cuenta, es que no se te nota... Bueno, un poco aquí —dijo estirándose la parte de arriba del bikini—. Comemos y esta tarde vamos a comprarte ropa, que la mía no te va a caber dentro de nada.

Se percató de la presencia del joven pescador y, sacudiéndose el mar, se acercó a saludarle. Le hizo un gesto a Maite para que se acercara.

—Börj, te presento a Maite, es mi prima. Empieza en junio a trabajar contigo.

—Sí, me dijo Ross que íbamos a tener una nueva compañera. ¿Eres tú? Qué estupendo conocerte —dijo Börj levantando su metro noventa y cinco para estrechar la mano de Maite.

—Börj es el jefe de recepción.

—Encantada. Estoy deseando empezar. Pero, oye, ¡qué bien hablas español!

Börj se rio estruendosamente, todo en él era exagerado y afable.

—Pues claro, soy de aquí. Mira, detrás del chiringuito, se ve la casa de mis padres. La de las rejas verdes. Mi madre es sueca y mi padre de Mijas, pero yo me he criado en La Carihuela. No se puede ser más boquerón...

Börj se ofreció a enseñarle el hotel en ese mismo momento. Maite se lo agradeció y le tranquilizó la campechanía de ese vikingo con acento andaluz. Le explicaron que iban a comer a La Jábega y quedaron para la semana siguiente, después de la entrevista de Maite con Ross.

Atravesaron el puente, sorteando los listones de madera que faltaban, se tumbaron un rato para secarse y anduvieron por la orilla de camino al restaurante favorito de Covadonga. La playa estaba desierta. Las lanchas de los pescadores contrastaban con pamelas inmensas y gafas de sol escandalosas. Tras un par de kilómetros de caminata, atravesaron la arena para adentrarse en el barrio sin asfaltar. Las casitas tradicionales de las familias de Torremolinos, construidas en los años cuarenta alrededor de la pesca, contrastaban con otras decoradas con colores llamativos y azulejos rotos componiendo collages (claramente compradas por forasteros), las nuevas construcciones que anunciaban una era de prosperidad, según algunos, y de fin del encanto, para otros. Pasaron por el estanco para comprar un par de cajetillas de Bisonte, y Maite aprovechó para hacerse con unos sellos. Quería mandar cuanto antes la postal a su padre. Escogió la del Bazar Aladino y escribió, apoyada en el mostrador del establecimiento: «Padre, estoy muy bien. Esto hay que verlo». Siguió la recomendación de su prima y dejó allí la tarjeta para que los empleados del estanco la llevaran a Correos. La asaltó, de nuevo, una congoja que intentó disimular. Covadonga hizo como que no se daba cuenta y empezó a hablar de las bondades de la dorada a la sal que había encargado y de lo sabrosas que eran las coquinas.

El restaurante estaba lleno de españoles. Hombres de negocios bien trajeados y un par de parejas. En poco tiempo, Maite se había dado cuenta de que en Torremolinos había distintos mundos y también de que Covadonga formaba parte de todos ellos. Los camareros, uniformados con pantalón negro y camisa blanca, la saludaron con un «buenos días, señorita Cave» y las acompañaron a su mesa, al lado de una de las ventanas abiertas que daban a la arena.

—¿Esperamos a la señora Anja o vamos con la comanda?

—No, no vendrá —respondió Covadonga, un poco apurada por esa pregunta que corroboraba lo obvio.

—¿Qué va a ser entonces, familia? —preguntó el *maître*.

Covadonga pidió coquinas y una ensalada de pimientos, además de la dorada a la sal que había encargado. Esperó a que el camarero se retirara para explicar a Maite lo que sabía que iba a preguntar.

—Lo de «familia» se lo dicen a todo el mundo; no saben que somos primas.

Ambas se concentraron en devorar el pan y el alioli que les habían puesto de aperitivo. Ninguna sabía cómo abordar lo que les rondaba por la cabeza. Siguieron en silencio un rato, hasta que Maite lo rompió con algo trivial, preguntando cuánto tardarían hasta el bar de Anja; eran ya casi las tres y quería llamar a Pilarín antes de las seis, que era cuando volvía su madre de la partida en casa de los Herrero. Covadonga acometió. Le había dado el pie perfecto.

—Hablando de tu madre...

Maite le hizo un gesto de que parara y negó con la cabeza.

—Ya, ya sé que ahora mismo estás dolida. Pero no me quedo tranquila si no te cuento. Anteayer llamó mi madre a la tienda. La tuya pensaba que no ibas a irte, que era todo una provocación. Está destrozada.

—¿Cómo que no iba a irme? Si ella mismo me animó. Que no mienta. Me llevó mi padre a la estación.

—Ella pensaba que tío Pedro te convencería... Yo te entiendo, pero creo que...

Maite rodeó la mano de su prima con las suyas.

—Vamos a dejarlo, por favor. Va a saber de mi por ti y por Pilarín, que está claro que no podrá ocultarle que llamo... No sé si mi padre le contará que le escribo. Supongo que no; ya sabes cómo es, se enfadaría. No quiero que se preocupe, pero tampoco hablar con ella.

—Te entiendo. Cuando terminemos, nos cogemos un taxi y te dejaré en el bar, con Anja, porque hoy me toca abrir la tienda. ¿Quieres que le diga que se venga conmigo? ¿Prefieres estar sola cuando llames a casa, a Pilarín?

—No, no. Hay confianza. Anja es de la familia, ¿no?

Covadonga aprovechó la llegada de la ración de ensalada de pimientos para recibirla con exagerado entusiasmo y eludir el mohín de Maite, quien tenía planeado, en un juego muy de ellas, hacerse la ofendida por la falta de confianza de su prima.

Era el mismo gesto que Maite al final le dedicó esa misma tarde, cuando Anja, al volver a casa para arreglarse de cara a sus planes nocturnos, dijo, tras lanzar el capazo de paja al sofá: «Estoy rendida, ¿nos echamos un rato, *honey pie?*». Esa vez Covadonga le devolvió una mirada cómplice y se acercó a abrazarla. «Te quiero, primita». Un «no me llames primita» zanjó la conversación omitida.

Maite se tumbó en la terraza, con los pies en alto apoyados en la barandilla. Estaba derrengada, pero por nada del mundo se habría perdido esa primera noche en Torremolinos. La tarde ya había sido intensa. La conversación con Pilarín fue serena. Maite pensaba que rompería a llorar, pero Pilarín tenía la facultad de hacerla sentir segura, tranquila. Hablaron poco tiempo, no quería abusar de la generosidad de Anja, consciente del precio de una conferencia; tampoco había demasiado que contar. Colgó con una sensación de estar donde debía. Aprovechó que Anja y Covadonga estaban ocupadas para pasear por la calle San Miguel. Muy cerca del bar de Anja, el Pink Note, había una joyería. Nunca había visto piezas como esas: enormes, toscas, de bronce, plata y piedras semipreciosas. Se quedó mirando el escaparate y, cuando estaba a punto de entrar, atisbó a un gato persa que paseaba por el establecimiento adornado con un collar de la colección. Se fijó mejor y creyó ver a una chica ataviada con un traje pantalón blanco, elegantísima, sentada en una LC2 de Le Corbusier idéntica a la que tenía su padre en el despacho, pero que allí tomaba otro sentido. Sostenía en brazos a otro persa aún más enjoyado. A Maite la cohibió ese grado de sofisticación, y también la reconfortó. Los minishort y esa moda que parecían haber importado de los hippies californianos no le acababan de gustar. No estaba cómoda. Después de contemplar esa tienda y de haber pasado por delante del famoso Pedro's, se dio cuenta de que su primera impresión había sido sesgada y que chicos como Ingmar convivían con otros con traje y corbata estrechísima y con chicas que le recordaban a las que la habían encandilado en el King's Road londinense.

Repasando su primera tarde en Torremolinos, se quedó dormida. La despertó su prima, echándole sobre la tripa y las piernas una manta de ganchillo rosa y negro.

—La he hecho yo, vas a coger frío. Mira, mira qué precioso —dijo señalando el crepúsculo.

Detrás de la palmera, a la derecha del Bazar Aladino, se veía la bola incandescente desaparecer poco a poco en el mar. Cuando se ocultó por completo, Covadonga, con su pragmatismo habitual, rompió el silencio:

—Báñate, que nos vamos enseguida. Te he dejado dos vestidos de la boutique para que elijas. Son prestados, luego los llevamos al tinte y los vendemos. Al que te pongas, no le quites la etiqueta.

Mientras la bañera se llenaba, Maite fue a inspeccionarlos.

—¡Pero si son de Berhanyer y de tu colección!

—¿De Berhanyer? Cave, ¿estás loca? ¡No puede llevarlo al Lali Lali si es prestado! —gritó Anja desde la terraza, donde estaba pintándose un rabillo de kohl ante un espejo de aumento.

—Ay, es verdad —dijo Covadonga, que salió a toda prisa de su cuarto con un mono mini de plástico rojo y unas botas hasta la rodilla del mismo color—. Ese no te lo pongas hoy. Es que Mercedes, la mujer de Elio, es la relaciones públicas. Bueno, de vez en cuando, porque está mucho en Madrid. Pero por si acaso...

—¿En serio? La mujer de Elio Berhanyer.
—Sí, es un encanto.

Dos horas más tarde, comprobaron que ese día no estaba. El local era diminuto, quedaba cerca de una torre pequeña y al principio de unas escaleras eternas que bajaban hasta la playa y que llamaban Bajondillo. La decoración era discreta. Parecía más bien el salón de una casa, pero lo llamativo era la gente. Nada más entrar, se acercó a recibirlas un chico de su edad, con un traje impecable, el pelo castaño peinado hacia atrás y una belleza refinada que acentuaba unos modales británicamente amanerados. No hacía falta que se lo presentaran; era evidente que se trataba de lord Timothy Willoughby, el dueño del local. En un inglés delicioso, saludó a Anja acercando a su barbilla la mano que esta le tendía, y a sus acompañantes con un efusivo apretón de manos. A su lado estaba un joven rubio, con idéntico corte de pelo, camisa blanca remangada y un pañuelo de Hermès atado al cuello. Le presentó como Percival, compañero de Eton, que había ido a pasar unos días a Málaga, «antes de que llegue el temible verano». Anja le preguntó si tenía pensado algún viaje para esas fechas, como era habitual en él, y contestó que su idea era ir a los sanfermines, a Biarritz y luego viajar hacia Italia en su yate. «Por supuesto, estáis invitadas, no volveré hasta septiembre». Las tres lo agradecieron y Maite salió un instante del encantamiento de lord Willoughby para darse cuenta de que en septiembre estaría a punto de ser madre. Le dio un vuelco el corazón de amor y de terror. En ese momento, se acercó un hombre un poco mayor que ellos, con un atractivo que desencadenó en

Maite esa mezcla de ternura y peligro que había visto en Alfonso, y que en el caso de Kurt se mostraba con pleno esplendor. Llevaba unos vaqueros que parecían hechos a medida y una camisa azul, desabrochada hasta el esternón, que en otro hubiera resultado ordinaria, pero que en él era el colmo de un estilo natural, estudiadamente inconsciente, como si se acabara de levantar de la cama, de una sesión de amor salvaje, y no hubiera tenido tiempo de abrocharse ni de peinarse. Maite enmudeció como una quinceañera; tembló cuando la agarró de la cintura para saludarla con dos besos. En el intercambio entre uno y otra, la mirada azul camisa desabrochada del danés (eran de tono idéntico) y la de Maite se cruzaron. Maite la bajó y no volvió a levantarla en un buen rato. Lord Willoughby siguió su conversación explicando que Kurt le iba a acompañar en ese viaje, que estaba deseando vivir los sanfermines. Hizo una broma sobre la afición a la bebida de ambos y Kurt, recogiéndose el pelo trigueño en una coleta, se disculpó y abandonó el grupo. Al minuto volvió con una botella de vino dulce y unas copas pequeñas, que parecían de oporto. Las sirvió y las ofreció a las tres recién llegadas. Anja se bebió la suya de un trago y le pidió que le sirviera un gin-tonic «corto de tónica y sin limón, por supuesto».

—A ti te voy a traer algo especial, a juego con el color de tu pelo —dijo Kurt, retirando un mechón que rozaba el cuello de Maite.

Ella balbuceó algo que nadie, ni ella misma, entendió, y le siguió con la mirada, mientras se alejaba hacia la barra. En su camino se interpuso una chica morena con una melena hasta la cadera, una falda vaquera larga y un top de cuero diminuto. Le agarró por la cintura desde atrás para sorprenderle y él se giró para fundirse en un beso que a Maite le pareció eterno. Sintió una punzada de celos que reconoció ridículos y de los que se avergonzó.

Anja la miraba divertida. Se le acercó y le susurró: «Ya, es irresistible, aléjate de él».

5

2 de julio de 1963

Un mes y medio más tarde, Kurt se había convertido, a ojos de Maite, en un seductor de la Costa más. Cinco semanas en la recepción del Pez Espada la habían curtido con una celeridad inusitada en los usos del territorio e inmunizado a los encantos de los playboys como Kurt, quien, en ese momento, le guiñaba un ojo cómplice mientras ella entregaba a su rubísima, millonaria y curvilínea acompañante la llave de la habitación. Lo siguiente ya sabía Maite que sería una llamada para que, desde el *room service*, les subieran una botella de champán a cargo de la habitación de la señorita, la cual tres o cuatro días más tarde se volvería a su país convencida de haber encontrado al amor de su vida. Kurt era uno de tantos donjuanes malagueños. Lo único que le diferenciaba era su nacionalidad. La mayoría de los novios temporales de las chicas extranjeras que se alojaban en el hotel eran españoles, entre otras cosas porque ese exotismo era lo que las atraía, pero Kurt rompía con cualquier estereotipo y, con su *savoir-faire* internacional, competía con ventaja con los raciales jóvenes locales.

Börj se lo explicó a Maite el primer día de trabajo. La advirtió sobre la importancia de la discreción y de disimular su sorpresa, viera lo que viera. La gran regla de oro en el Pez Espada era no saludar con familiaridad a ningún huésped, a no ser que se tratara de una pareja que repetía estancia en el hotel. Ante su cara de desconcierto, Börj le recomendó que, durante las primeras semanas, no diera signos de conocer a nadie: «Ya entenderás por qué». Efectivamente, lo asimiló enseguida, así que, aunque era la tercera vez que Kurt se alojaba como acompañante en lo que ella llevaba trabajando en la recepción, Maite le pidió el pasaporte para poder registrarle. Daba gracias al cielo por haberse dado cuenta a tiempo de que las atenciones de Kurt hacia ella eran tics genéricos y que aquel consejo de Anja en el Lali Lali advirtiéndola del peligro sería el primero de una serie de recomendaciones que le ahorrarían meses de aclimatación a ese nuevo mundo. Un universo donde regían unas normas propias que no eran fáciles de adivinar.

Lo que le resultó más fácil fue lo que más la había asustado: adaptarse al mundo laboral. Maite estaba acostumbrada a obedecer, a seguir las reglas impuestas por su familia, así que le era sencillo acatar las de ese hotel de lujo que, como una metáfora de la Costa del Sol, transitaba entre la elegancia más exquisita de clientes como Deborah Kerr o Raniero de Mónaco con Grace Kelly con huéspedes canallas que mantenían el cartel de «No molestar» durante su semana de estancia. Maite se sentía útil, orgullosa de sí misma y segura. En pocas semanas, se había dado cuenta de que esa vocación suya por agradar con la que se había desvivido por retener a Alfonso podía enfocarla en su trabajo. Börj se lo hizo notar a las dos semanas de empezar. Era martes y le había tocado el turno de tarde. A eso de las siete, apareció Juan, el joven botones, desencajado, con el uniforme desabrochado y el gorro en el cogote y sujeto por una cincha que se le clavaba en la papada. Maite no necesitó que le explicara nada. Traía sujeto por la correa a uno de los caniches del general Perón, cliente habitual del hotel, que siempre viajaba con sus dos perros. Ella había visto salir a Juan una hora antes con ambos, así que estaba claro: el marrón se había escapado. La primera reacción de Maite fue llamar a su jefe, Börj, para preguntarle cómo actuar, pero reparó en que no había tiempo que perder. Llamó al encargado de seguridad del hotel, montaron un equipo de búsqueda y ella subió a la suite presidencial para informar en persona al temible general Perón de la situación y de las medidas adoptadas. Una hora más tarde, el perro apareció y aquel incidente le sirvió a Maite para percatarse de que tenía un temple que hasta entonces ignoraba poseer, y a sus superiores para considerarla definitivamente parte del equipo y felicitarla con un «la hostelería es lo tuyo». Por supuesto, había clientes desagradables, situaciones complicadas y compañeros insoportables, pero Maite cada día estaba más convencida de que había encontrado una misión en la vida, un camino que le proporcionaba dos cosas que nunca había pensado que podrían satisfacerla tanto: dinero propio y una determinación que la llenaba de energía. La confianza había borrado cualquier atisbo de temor. Se sentía preparada para encarar esa amenaza que Börj enarbolaba cada vez que se enfrentaban a una situación difícil. Ese «ya verás cuando llegue la temporada alta».

En Torremolinos todo el mundo hablaba de la temporada alta como si fuera una entidad propia. Maite esperaba su advenimiento entre temerosa e ilusionada. Si aquello «no había hecho más que empezar», le intrigaba lo que estaba por venir. Efectivamente, a finales de junio Torremolinos se transformó. Maite, como el resto de los residentes permanentes, se debatía entre la queja por la aglomeración de turistas y la alegría por su llegada; sí que era incómodo no encontrar una sombrilla en la playa o que el Lali Lali se llenara de extraños, pero tenían que ser conscientes de que vivían el resto del año de lo que ganaban entre junio y septiembre. En cualquier caso, a Maite le fascinaban ese trasiego de gente, en el hotel y en todas partes, y ese espíritu vacacional, liviano, feliz de los veraneantes, que resultaba contagioso.

En uno de los cambios de turno, cuando solía tomarse un café con Börj y su prometida Adela (también recepcionista), Maite comentó esa impresión. Ambos la miraron sin entender a qué se refería y ella se dio cuenta de que ellos, nativos de la Costa del Sol, habían crecido con ese temple. Ignoraban lo que era convivir con gente estresada que llegaba tarde al trabajo por un retraso del tranvía, o el drama que podía suponer no estar invitada a la inauguración de temporada del Náutico. Aquel día recordó algo que su prima le había explicado al poco tiempo de llegar a la Costa.

Covadonga afirmaba que allí las clases sociales se diluían. Que, por supuesto, había una alta burguesía malagueña, pero que, en Torremolinos, con la llegada de los foráneos, con el incipiente grupo de familias formadas por suecas (se había convertido en un genérico para denominar a cualquier extranjera) y lugareños, el apellido, el colegio al que uno hubiera ido, el tamaño de la casa, el barrio de procedencia o el dinero no dividían a la gente.

Börj y Adela eran el resultado de esos matrimonios mixtos y probablemente por ello se adoraban, se entendían y estaban a punto de casarse. Adela venía de una mezcla poco habitual; su padre era holandés y su madre, malagueña y de la alta burguesía de la ciudad. Una vez trasladada su residencia a Montemar, a dos chalets de Villa El Churumbel, había dejado atrás las costumbres de su saga. De hecho, Nena Huelin, la madre de Adela, era mucho más moderna que Börj. En el poco tiempo que llevaba allí, Maite se había percatado de que aquel vikingo que arrastraba las eses y decía que estaba *arrecío* cuando soplaba el viento frío de levante era de lo más tradicional. Se manejaba con soltura con los Kurt, las suecas en bikini y las orgías más o menos encubiertas en las suites del hotel, pero esperaba a llevar virgen a Adela al altar y rechazaba con rotunda elegancia las insinuaciones de algunas clientas. Siguiendo esa impronta clásica, se convirtió en el único defensor (junto a Pilarín, que lo intentaba disimular) de que Maite volviera con el padre de su criatura.

Adela y él estaban al tanto de la existencia de Alfonso porque, durante las dos primeras semanas de trabajo había llamado a la recepción preguntando por Maite. Todo apuntaba a que sabía dónde estaba por la bienintencionada indiscreción de la romántica Pilarín. Adela, al corriente de toda la historia, al ver que era Alfonso quien preguntaba por su amiga, respondió que se había ido de viaje, mientras hacía señales a Maite de quién era su interlocutor. Maite estuvo a punto de arrebatarle el teléfono y desmentir el embuste, pero se despidió de su antiguo yo y le siguió la corriente a su nueva aliada. Alfonso se merecía que jugaran con él y se sentía preparada para hacerlo. A partir de ese día, no volvió a telefonear. Adela, a sus veinte años, tenía una inteligencia extraordinaria para lo sentimental y, semanas después, en una de sus charlas de ratos muertos en la recepción, definió con certeza la razón de aquel silencio que ella misma había provocado.

—¡Tanta llamada pa na! El majarón ese está hecho misto pensando que, a tu vuelta de Londres, le vas a pedir que cumpla su promesa. *Arfavó* de borrarlo de la cabeza, pero *right now*.

—No, si ya lo he borrado —protestó Maite.

—Pues no deberías, porque es el padre de tu hijo —intervino Börj desde su despacho, en el que había oído toda la conversación—. Y tú, Adela..., con aquella bromita de lo de Londres no ayudas a Maite, por muy perita que te creas.

—Tú déjanos a nosotras. Maite está mejor sola que con ese majareta —dijo Adela, agarrando a su amiga por los mofletes y plantándole dos efusivos besos.

Maite sonrió tímidamente, no acababa de acostumbrarse a las muestras de cariño de su compañera, aunque la reconfortaban. Le gustaba el grupo que formaban ellos dos y algunos compañeros del hotel, entre los que se encontraba Carmen, quien, durante el verano, dejaba de trabajar en el negocio familiar de Tortas Típicas de Torremolinos y ejercía de camarera en la piscina del complejo. Adela y Carmen era íntimas, y a Maite le encantaba charlar con ellas, contagiarse de la alegría que irradiaban, conocer los cotilleos sobre los otros trabajadores y seguir el apasionado romance de Carmen con Richard, el motero, con el que planeaba escaparse a California en otoño.

Ese ambiente la hacía tocar tierra. Era lo que en aquel momento, en pleno embarazo, necesitaba. Covadonga y Anja tenían una vida agitada que Maite adoraba, pero en su casi quinto mes de gestación era incapaz de seguirlas. De ir todas las noches al Lali Lali, de acostarse, como pronto, a las dos de la madrugada, de improvisar fiestas en casa o en la de su vecina Sharon que acababan con gente durmiendo y medio desmayada en el jardín. Se daba cuenta de que ambas intentaban llevar una vida más sosegada para cuidarla, pero, después de cobrar su primer jornal, decidió buscar un sitio para vivir ella sola e ir preparando el nido de su hija. Ambas insistieron en que esperara para mudarse, pero Maite tenía claro que esa vida yeyé (como el formal Börj la definía) no casaba con sus circunstancias, y bien que lo lamentaba, porque la atraía y también se sentía en ella bien acogida.

Los padres de Adela le alquilaron una casamata por un precio simbólico. Era modesta, con los muebles imprescindibles y un patio que a Maite le pareció perfecto para que su hija jugara cuando creciera. Estaba entre la iglesia de La Carihuela y la pastelería donde vendían unas medialunas de chocolate a las que se había aficionado. Desde allí podía ir andando al trabajo y a Villa El Churumbel.

Las primeras noches, Covadonga se quedó con Maite. Su prima estaba más temerosa que ella ante esa nueva etapa. Subieron un colchón a la azotea, desde la que se veía el mar, y durmieron al raso, como hacían algunos días de verano en la terraza de la casona de Muros. La diferencia estaba en el sonido suave del oleaje y el calor del terral, que en esos días pegaba inclemente. Maite agradeció el apoyo de Covadonga, pero estaba ansiosa por experimentar la sensación de dormir, por primera vez en su vida, sola en una casa. Le ilusionaba ocuparse de todo ella misma, descubrir que, si dejaba una horquilla tirada en el suelo del baño, al día siguiente seguiría allí o que, si se acababa el paquete de café, no se rellenaba por arte de las hadas de la playa. Pero lo mejor era decorar sin pensar en el qué dirán; escoger una lámpara para su mesilla de noche, imitación de la Tiffany, que parecía más propia de una discoteca que de una casa, o ir pegando conchas y cristales verdes de botella, limados por el mar, hasta crear el cabecero de la cuna de la habitación de su hija.

Esa primera noche sola en su guarida la asaltó el insomnio. Se mezclaban la inquietud por los ruidos desconocidos, la excitación de estar iniciando una nueva vida elegida y los recuerdos de momentos felices con Alfonso. Jamás imaginó que decoraría sola su primer hogar propio, ni que lo estrenaría en una cama de noventa centímetros. Desde que conoció a Alfonso y se volvió loca por él, había fantaseado con cómo sería su techo compartido (el de Oviedo y también el de la playa de Aguilar o el de Lastres, donde, por supuesto, tendrían una residencia de verano). Se había visto, en sus ensoñaciones románticas, entrando en brazos de su amado tras una luna de miel en Mónaco, y revivió esa sensación de confort que, desde la pubertad, había experimentado cuando imaginaba ese futuro predecible y seguro con Alfonso. Por mucho que se empeñara en aparentar que era agua pasada, no podía evitar regodearse en ese charco donde se mezclaban la ira por los desplantes, el egoísmo y la frialdad de Alfonso con la culpa por la sensación de no haberle sabido conquistar, que era lo que, en el fondo, entendía que le reprochaba su madre. A eso se añadía, en una ola que lo inundaba todo, la añoranza por las tardes tumbados en la cama de la casina de Bobes, charlando, abrazados, fumando y acabando con las botellas de sidra de la producción de los Uriarte de Gaspar, o por los besos adolescentes y furtivos en las rocas de la playa de Aguilar, durante los veranos familiares en Muros. En esos momentos, Maite dudaba si el entusiasmo por todo lo flamante que Torremolinos le ofrecía era autoimpuesto o real, si su cabeza le jugaba la mala pasada de fijarse solo en el lado brillante de lo que le había deparado el destino para amordazar lo que tenía planeado desde los quince años. Miró al despertador, que con su tictac, idéntico al de su dormitorio de Oviedo, la ayudaba a conciliar el sueño, y vio que eran las cuatro y veinte. Se intentó concentrar en dormirse, necesitaba descansar.

Era la víspera del concierto de un joven cantante que había ganado el año anterior los tres primeros puestos del Festival de Benidorm. Iba a actuar en el jardín del Pez Espada.

Se llamaba Raphael. El recital era todo un acontecimiento, pero para lo que realmente necesitaba estar fresca y descansada era para lo que traía consigo. Brian Epstein llegaba esa misma tarde y estaría en la fiesta posterior que daría Sharon en su casa. El encuentro lo había propiciado Anja. El representante del músico de Linares, Francisco Gordillo, era un viejo conocido que le había organizado algunos conciertos en Madrid, y allí la pianista había coincidido con el cantante. En cuanto se enteró de las fechas en las que Epstein volvería a Torremolinos, se lo notificó al avispado Gordillo, que decidió montar el recital. A Anja le encantaba aglutinar talentos y no podía negarse que sabía hacerlo. Ross ayudó con el concierto, Sharon estaba encantada de ceder su casa para el ágape posterior y a Epstein le enseñaron una foto del veinteañero Raphael y confirmó de inmediato su asistencia.

Aquel día y al siguiente, Maite no trabajaba, así que pudo disfrutar de los fastos tranquilamente. El evento suponía algo bastante peculiar: la unión del ambiente más selecto de la burguesía malagueña, que acudía a escuchar a la joven promesa de la canción melódica, con la también élite de la comunidad foránea de la Costa, los habituales del Lali Lali o el Pedro's, que se habían enterado de la presencia de Epstein, amigo de lord Willoughby y mánager del grupo que estaba causando sensación en Inglaterra. Había otra facción minoritaria e invisible para el resto, en la que Maite había entrado por medio de sus compañeros de trabajo. Se trataba de una camarilla de músicos que, gracias a los turistas que traían vinilos de bandas famosas en sus países, estaban más al tanto de lo que pasaba en las listas de éxitos de

Inglaterra o Estados Unidos que en las españolas. La mayoría eran *amateurs* y se limitaban a rasgar algunos acordes, imitar el corte de pelo de los Beatles o dejarse patillas como Elvis, con un leve tupé. Pero entre ellos sobresalía una formación, Los Tartesos, que tocaba en clubs de toda Andalucía y cuya ambición era impulsada por su mánager, Roberto, uno de los mejores amigos de Börj. El sueco los acompañaba, cargando el equipo de música, en sus giras cada vez más prolongadas. A su regreso, Adela y Maite escuchaban las anécdotas sobre los bares donde habían estado, en pueblos remotos de la región, la pasión de las *groupies*, a las que ni él ni Roberto se acercaban porque ambos tenían novia «y eso es sagrado», remataba (y ambas le creían), o las artimañas de su amigo para cobrar a tiempo y establecer relaciones con algunos extranjeros que pudieran introducirlos en el mercado anglosajón, que era su verdadero objetivo.

El concierto, alrededor de la piscina del hotel, a Maite le hizo rememorar una de sus películas favoritas, *Historias de Filadelfia*. Agradeció esa posición de casi recién llegada que le permitía conocer los entresijos de las distintas tribus sociales que allí se habían mezclado, aunque sin pertenecer aún a ninguna de ellas. Los invitados se repartían en mesas de seis u ocho comensales. La que llamaba la atención de todos era la de Sharon, lord Willoughby, Epstein, Kurt y dos chicos de una belleza andrógina que competían en estilo con otras dos jóvenes que escoltaban, una a cada lado, al danés. Los caballeros de esa camarilla vestían con traje y corbata, pese al terral imperante que había hecho que algunos de los comensales optaran por la guayabera o una camisa sin más. Maite entendió por qué le había venido a la memoria la película de Katharine Hepburn y Cary Grant. Sharon llevaba un vestido túnica blanco casi idéntico al de la actriz en la famosa escena de la piscina. Un moño alto y unas gafas de sol negras remataban el atuendo, que le daba una majestuosidad acorde con la de lord Willoughby y la de Epstein. El resto de los acompañantes rezumaban una belleza salvaje, carente de esa elegancia perversa del trío. Allí, en primera fila, componían un cuadro que desviaba la atención sobre el presunto protagonista de la noche, Raphael.

Maite había dudado entre sentarse en la mesa de su prima, Anja, Ross y otras amigas o quedarse en el fondo, de pie, junto a sus compañeros, Los Tartesos y su séquito. Finalmente se unió a las chicas; al fin y al cabo, su jefa, Ross, la había invitado, y el embarazo empezaba a pesarle, tenía las piernas hinchadas y se cansaba enseguida. Desde su posición, observaba la cara de admiración de todos ellos; aunque la banda torremolinense cultivaba el pop o el rock más que la canción melódica, el carisma de Raphael era arrebatador.

—Que dice Inga que el morenazo que está con Börj ¿quién es? ¿Tú lo conoces? —preguntó Covadonga a Maite, picando con la mano un crustáceo del cóctel de gambas de su prima. Lo había dejado casi intacto; no quería correr el riesgo de intoxicarse.

—No estoy segura, pero juraría que es Roberto, el que lleva a Los Tartesos. Dile a Inga que tiene novia y está enamoradísimo. Por lo que cuenta Adela, es el novio perfecto, casi tanto como Börj. Y no metas la mano en mi plato, usa el tenedor. Te estás asalvajando, Cave.

Maite había visto a Roberto alguna vez de lejos, cuando llegaba a la puerta del hotel, tocaba el claxon de su Triumph y recogía a Börj. Viéndolos juntos, parecían gemelos en altura, formas y complexión, lo único que los diferenciaba era el color de pelo y de ojos. Roberto era moreno y lucía un flequillo que le cubría unos expresivos ojos negros. Estaba fuerte, pero algo más delgado que Börj, y parecía huir del estilo deportivo de su amigo; vestía con un pantalón negro y una camisa del mismo color, que acentuaban una piel pálida extraña en ese campo de gente bronceada. Miraba concentrado a Raphael y, de vez en cuando, a Brian Epstein, que repartía su atención entre el cantante y el joven de su derecha, al que susurraba al oído para luego, ambos, soltar una carcajada.

Covadonga cogió otra gamba con la mano, para hacer rabiar a su prima.

—La novia es la morena del melenón, ¿no? —dijo, atrayendo la atención de Maite hacia la chica que en ese momento se acercaba a Roberto y se dejaba abrazar por él, para quedarse agarrados por la cintura.

—Parece que sí.

—Me suena, pero no sé de qué. Quizá de la tienda.

—Sí, a mí también. Pero no le pega comprar en tu boutique. Es más clásica, ¿no?

—Bueno, a lo mejor para alguna fiesta. La verdad es que hacen una pareja perfecta.

Era cierto, no solo por ese aire personalísimo de la palidez de ambos y el pelo oscuro y brillante, sino por la sofisticación austera del estilo. Ella llevaba un vestido marrón de punto de seda, midi, con escote cerrado redondo y unas mangas de campana. Su único adorno era un cinturón ancho de cuero con una hebilla dorada. La melena lisa le llegaba hasta la cadera y el corte recto le tapaba levemente las cejas y le remarcaba unas pestañas frondosas, embadurnadas de kohl y de rímel. Apoyaba su cabeza sobre el hombro de Roberto, que la abrazaba con dulzura, acariciándole el hombro. Maite pensó en Alfonso, en cómo le había gustado acurrucarse así con él, en una posición que la hacía sentirse protegida, a salvo. Viró la mirada hacia la mesa de Epstein, que era hacia donde dirigía su vista la novia de Roberto, y vio que la acompañante de Kurt adoptaba el mismo gesto. Maite sintió cierta lástima por la joven y también por ella misma hacía seis meses. Pero borró la autocompasión con una punzada de orgullo por no haber caído en ninguna de las estratagemas «del chico ese», que era como Covadonga y ella habían empezado a denominar a Alfonso, siguiendo la ocurrencia de Mila Morán. Alfonso no tardó en enterarse de que Maite no había viajado a Londres, así que había vuelto a intentar localizarla. Ella estuvo un par de veces a punto de caer, pero la mirada severa de Adela y el impulso de su nueva vida la ayudaron a vencer la tentación. Estaba satisfecha de sí misma.

El concierto acabó con tres bises y Raphael retenido por una audiencia que le rogaba un autógrafo. Mientras cumplía sus compromisos, algunos empezaron a encaminarse hacia la fiesta. Villa Gavilán estaba a quince minutos andando, así que se formó una peculiar comitiva que subía la cuesta hacia la carretera de Cádiz. El exceso de alcohol en algunos y los tacones en otras hacían que la procesión de tules, lamés, túnicas de seda y turbantes tuviera un aire onírico; así lo consideraron los vecinos de la recién construida urbanización Eurosol, que no acababan de acostumbrarse al jolgorio y la indumentaria de los clientes del Pez Espada.

Anja, Covadonga y Maite fueron de las primeras en llegar. Lo hicieron a propósito para ayudar a la anfitriona, aunque suponían que no iba a ser necesario. Unos camareros uniformados de esmoquin recibían a los invitados con copas de champán, oporto y agua con una rodaja de limón. Lo del agua era marca de la casa. Sharon, que había sido modelo de Yves Saint Laurent y Dior, justificaba su afición al vodka diciendo que entre copa y copa bebía dos vasos de agua con limón. Cuando Maite oyó aquel truco, consideró que eso explicaba las continuas visitas al baño de Sharon durante las cenas y las fiestas. Con el tiempo supo que no se debían a la diuresis, sino a su afición a la cocaína, y que aquello también explicaba su extrema delgadez y la extroversión un tanto exagerada que mostraba en los actos sociales.

El guateque no estaba claro si era en honor de Raphael, de Epstein o de lord Willoughby, que estaba a punto de emprender su periodo vacacional por el Mediterráneo y al que siempre ofrecían un festejo de despedida antes de su marcha hasta el otoño. En cualquier caso, los tres pensaban que eran ellos los homenajeados, así que mariposeaban entre las antorchas, las velas, las buganvillas y las palmeras, repartiendo sonrisas, atendiendo a sus admiradores y agradeciendo las atenciones. Maite sacó fuerzas, se tomó dos cafés y venció el sueño que últimamente la invadía a las diez de la noche. Los juegos de sociedad se le daban bien. Su madre la había educado para intuir el tiempo de charla intrascendente que debía dedicar a cada persona en una fiesta, sacar un tema de conversación con un desconocido o lanzar el cumplido exacto si quería agradar a alguien. Así que paseó grácilmente entre grupo y grupo. Le presentaron a Epstein y a Raphael, que estaban charlando con Anja, como médium, y se notaba que se habían caído bien. Cuando se acercó, oyó a Epstein decir al cantante: «Si te lo propones, lo conseguirás, estoy seguro. Yo te veo triunfando en el Madison Square Garden», a lo que Raphael, haciéndose el tímido, pero sacando su aura de estrella, respondió: «Lo anoto. Prometo invitarte». Todos rieron con la respuesta sobrada del artista y Epstein, mirando de mánager a mánager a Gordillo, le hizo un gesto de «llegará».

Maite, en su periplo, se acercó a Börj y a Richard, que andaban un poco fuera de lugar. Ni Adela ni Carmen habían podido asistir a la fiesta, sus padres no las dejaban salir hasta tan tarde. Ellos se habían atrincherado cerca de la barra, donde los camareros impedían que sus copas de ron con tónica quedaran vacías. Epstein y sus efebos se acercaron para pedir más champán, así que Maite aprovechó para presentarle a sus amigos, lo cual encantó al inglés, que recordaba a Börj de la recepción del hotel. Un instante después, Roberto y su novia se apostaron cerca de la barra, con la disculpa de pedir algo, y Börj, en una jugada perfecta, los incluyó en el corrillo.

—Tenéis que conoceros, Brian. Roberto es el representante de una banda que te encantaría. Están a punto de grabar su primer disco —dijo Maite, ejerciendo de maestra de ceremonias y arriesgando, porque no tenía ni idea de los planes de Los Tartesos.

Roberto, en un inglés perfecto, presentó a su novia, Reme, y conectó con un Epstein que agradeció la inteligente sutileza de que no le hablara de los Beatles (aunque estaba claro que Roberto conocía bien su trayectoria) y que la conversación versara sobre teatro, una de las grandes aficiones del inglés, que había estudiado Arte dramático en Londres. Roberto acaparó la conversación. A Epstein se le notaba a gusto con él. Tras un rato de charla casi exclusiva entre ambos, Reme, la novia del quinto Tarteso (así lo bautizó Epstein, en un juego con su propio sobrenombre) se disculpó y se alejó del grupo. Roberto dudó un instante si seguirla. Maite notó que no quería desatenderla y también que temía enfadarla, pero ella le hizo un gesto de que estuviera tranquilo y él siguió charlando con los chicos y con Maite, que tenía la sensación de que, si se iba, la reunión se rompería, y había decidido apoyar a Roberto en su acercamiento al gran mánager. Le había caído bien y valoraba su saber estar y su forma de manejar la situación. Tras una media hora de conversación y tres copas de champán, Sharon se acercó para reclamar la presencia de Brian.

—Os lo voy a robar un instante, tenemos un asunto... —dijo, sin terminar la frase, cogiéndole por el brazo y guiñando un ojo a los presentes.

Maite aprovechó para retirarse y dio por concluido el

horario de atención al público. Miró hacia la terraza de la segunda planta y, como suponía por la hora, allí estaba Anja, recostada en una de las camas turcas. La estancia reproducía las lujosas jaimas de los nómadas del desierto. Los colchones estaban decorados con tapices y suzani, rematados por cojines a juego con las alfombras persas, regalo de la repudiada princesa Soraya de Irán, íntima de Sharon. Anja se solía aislar allí del caos salvaje de los festejos de esa casa. Una lesión mal curada de rodilla de un accidente en las dunas de Siwa le producía un dolor constante que se acrecentaba si estaba mucho tiempo de pie. Así que se refugiaba en esa terraza que también se había convertido en el cobijo de Maite, donde disfrutaban del relax físico y mental que el lugar infundía. Desde allí tenían, además, una visión panorámica que les permitía analizar al detalle los entresijos de las reuniones.

Maite se escabulló discretamente y diez minutos más tarde estaba acurrucada sobre las alfombras, cubriéndose con una manta de cachemira granate, suave y despeluchada.

—Qué gusto levantar las piernas y que se esté yendo el terral —dijo estirándose.

—Hoy fue el sexto día, nueve no se aguantan más —respondió Anja.

Le dio un trago a morro a la botella de Dom Pérignon y acercó la tumbona a la baranda, más cerca de Maite, desde donde tenían una vista general del jardín.

—¿Qué contaba Brian? Le vi entusiasmado en conversación con el chico moreno guapo y vosotros.

—Sí, estaban charlando sobre grupos que, la verdad, no

conozco, y de teatro y de Londres, porque Roberto ha estudiado allí.

—¿Qué ha estudiado?

—Al parecer pasó varios veranos en un internado, en Oxfordshire, para aprender inglés, y luego ha estado temporadas en el propio Londres, con amigos que hizo.

—Es raro no haberle conocido antes. ¿Qué tiempo llevaba aquí?

—No lo sé seguro, pero creo que un par de años. Su familia se mudó desde Madrid porque su padre es un empresario inmobiliario. Creo que ha tenido que ver con algo de la empresa esa nueva, Sofico, por lo que me contó Adela un día. Pero no sale mucho; anda con el grupo de gira y con su novia cuando está aquí. No se separa de ella, al parecer. Adela dice que, después de Börj, es el novio más enamorado del mundo.

—Sí, me sorprendió verla hablando con Kurt.

—¿Con Kurt? ¿A quién, a la novia?

—Sí, la chica morena, muy bella.

Anja se incorporó, discreta, para comprobar si seguían al lado de la caseta de la piscina, que era donde los había visto un rato antes, pero hizo un gesto de que no los localizaba. Se levantó y se llevó la mano a la boca, exagerando su sorpresa. Maite se acercó. Kurt y Reme estaban aprovechando el resguardo de detrás de la caseta de madera para besarse y besarse una y otra vez. Era difícil distinguirlos porque estaba muy oscuro.

—No veo bien, pero son ellos, ¿no? Y, ahora que me caigo, ya sé de qué me sonaba. ¿No ella la que estaba besuquiándose con Kurt la primera noche que estabas en Lali Lali? Cuando llegaste.

Maite enfocó la vista de nuevo, aunque estaba segura de que sí, de que la cosa venía de largo. No cabía duda y no podía dejar de observar la escena. Instintivamente buscó a Roberto. Seguía charlando con Börj y Richard, y se les había unido Inga, a la que él no hacía ni caso; en cambio, a Richard se le veía muy interesado.

Se sintió identificada con Roberto. Recordó el guateque del decimonoveno cumpleaños de su compañera de clase Julia Pascual, justo el momento en que, camino del baño, se dio de bruces con Alfonso besándose con Ana María Castro. Ellos no la habían visto, así que vomitó, lloró, respiró, se lavó la cara y regresó sonriente al jardín. De aquello no habló con nadie, menos aún con su novio. Darse por enterada hubiera sido arriesgarse a oír: «Tienes razón, estoy enamorado de Ana María Castro, lo nuestro ha acabado». Al cabo de unos días del suceso, Ana María Castro y Rodolfo de Guitart anunciaron su compromiso, y Maite se convenció de que aquello había sido un arrebato momentáneo, cosas de la sidra. Con el tiempo, hubo veces que se planteó si realmente había ocurrido o si fue fruto de su imaginación, pero eso no evitó que le costara relajarse en todas las fiestas venideras. Cada vez que el sociable Alfonso desaparecía de su radio de visión, se le secaba la lengua y el corazón se le desbocaba.

Diez años después, el recuerdo de aquel presunto ardor puntual en la onomástica de Julia Pascual le produjo el mismo efecto. Se sirvió un vaso de agua de la jarra helada que había en la terraza, lo bebió de un trago y volvió a la baranda para fijarse en la caseta. Kurt permanecía ya solo, fumando. Reme caminaba hacia donde estaba su novio. Se acercó por detrás y le rodeó con los brazos; él se giró y la besó en la frente. Maite dio un respingo. Recordó el día que había conocido a Kurt, en el Lali Lali, y la chica que se le había acercado por detrás en actitud cariñosa. Era ella.

Maite no entendía ese malestar que la invadía. No conocía de nada a ese chico, pero estaba revuelta. Lo justificó con el cansancio propio de su estado, aunque, en lo más recóndito de su alma, estaba convencida de que aquello era una réplica de su pasado, de ese sufrimiento que Alfonso le provocó y que se le incrustó en las entrañas. Bajó al jardín para unirse a la fiesta y ver si socializando se encontraba mejor. Pidió una tónica y se acercó a donde estaba Sharon con Tim; había sido un poco descortés subirse a la terraza y quería estar un rato con la anfitriona. A medida que iba hacia ellos, bastante indispuesta, escrutaba a la pareja de amigos, que reían cómplices, claramente sobre alguna maldad. Viéndolos de perfil, con su copa de champán en la mano, su figura espigada y andrógina y ese estilo de elegancia desenfadada de una infancia en los campos de Brideshead y de cacerías en Balmoral, Maite concluyó que había algo en ellos que impedía a los «mortales» intimar con gente de su estirpe. Podían ser encantadores, cercanos, pero mantenían una distancia inexplicable que a ella le dificultaba ser del todo natural. Consideró que quizá se trataba de algo suyo, que era demasiado consciente de su comportamiento y eso la envaraba, pero en su presencia tenía la impresión de estar a punto de meter la pata con algún gesto, comentario o código oculto que estaba incumpliendo. Cuando se hallaba a un paso, dudando entre unirse o no, por si rompía esa fraternidad, Sharon le hizo un gesto para que se acercara. Efectivamente, como Maite sospechaba, estaban criticando a alguien, con ese tono quirúrgico tan de ellos con el que parecía que, en realidad, glosaban las virtudes del aludido.

—Tú, que le ves a diario, ¿no te parece que Börj está poniéndose muy fuerte?

—¿Fuerte? No sé, el pobre tiene poco tiempo para el surf y nadar, y todo el deporte que…

—Ensanchando —interrumpió Tim.

—Nada, estábamos comentando que, desde que ha formalizado su relación con Adela, se le ve muy feliz.

Maite entendía que se referían a que había engordado. Que ya no era el muchacho atlético y fibroso que ella había visto en fotos de un par de años atrás, pero no iba a entrar en esos comentarios sobre su jefe directo y amigo.

—Sí, hacen una pareja perfecta.

Sharon se apoyó en el hombro de Tim y le dio un breve beso en la mejilla.

—Como nosotros, nos lo acaba de decir Raphael.

—Vosotros mucho mejor.

Tim se separó dramáticamente de Sharon, murmurando un «no te hagas ilusiones», para, a continuación, besarle los labios y soltar una carcajada.

Covadonga apareció para salvarla de ese momento, que a Maite le estaba resultando embarazoso, especialmente siendo la única sobria del grupo. Iba a despedirse de Sharon, se retiraban a casa. Maite se unió a ellas. Había pensado volver dando un paseo, pero estaba agotada y prefería que la llevaran en coche.

Durante el trayecto, permaneció callada en la parte de atrás. A Anja le extrañó.

—Estás muy silenciosa —dijo dándose la vuelta—. Y qué mal rostro, ¿te encuentras buena?

—Muy cansada. Me duelen la espalda y la tripa.

—¿Por qué no te vienes a dormir a casa?

—No, estoy bien.

Al llegar a La Carihuela y levantarse para salir del coche, Covadonga pegó un respingo. Su prima tenía la parte de atrás del vestido empapada en sangre.

6

10 de julio de 1963

Covadonga intentaba entretener a Maite contándole detalles del culebrón de la última semana. Hablaba deprisa, como si, dejando un silencio entre palabra y palabra, contribuyera a destaponar el torrente de lágrimas que Maite intentaba retener con una sonrisa. Anja insistía en que riera porque, según se empeñaba en repetir, así engañaba al cerebro y la tristeza se esfumaba.

—¿Te imaginas la cara de Reme cuando Tim lo soltó? Pero es que también ella es una descerebrada. Si se pasaba el día en el Lali Lali con Kurt... Yo creo que, en el fondo, estaba deseando que Roberto se enterara y no tener que sufrir el mal trago de la conversación. Lo que me deja de piedra y dice mucho de él es el *charme* de Roberto. Al parecer, según Tim, se quedó impertérrito, ni miró a Reme; cambió de conversación y allí estuvo, media hora larga, charlando como si tal cosa. Hay que tener temple, que acababa de presentarle a su propia novia como la de Kurt...

—¿Quién es Tim? —dijo Maite, demostrando que no había prestado atención al sabrosísimo cotilleo.

—Lord Willoughby —respondió Covadonga mientras acercaba su silla de enea azul al sofá tapizado de flores en el que estaba tumbada su prima—. Cariño, no te has enterado de nada, ¿verdad? Espero que esta merma de facultades en el chismorreo sea temporal.

—Yo también —replicó Maite, intentando secundar la risa de su cuidadora.

Habían pasado siete días desde la fiesta de la revelación de la infidelidad de Reme y de la hemorragia de Maite. Anja y Covadonga la habían llevado de inmediato a la Residencia Sanitaria Carlos Haya y, cinco horas más tarde, perdía a su hijo. Cuando se lo anunciaron, ella respondió: «Vaya, ¿era varón? En eso también me falló la intuición». La enfermera no captó el comentario y lo atribuyó al lógico trauma tras un aborto. Maite lo que no entendió fue que la tuvieran ingresada en la unidad de obstetricia y que a su lado hubiera una chica con su bebé recién nacido. Covadonga tampoco, así que pidieron el alta voluntaria. El médico se resistía; aducía que, al menos, debía quedarse esa noche. Covadonga le respondió que se lo iban a pensar. Esperó a que acabara el turno de cenas, que sus vecinos de habitación rematabancon champán, y le ordenó a su prima, al oído, que se vistiera y anduviera lo más rápido posible. La esperaba en la puerta principal con el 4L en marcha.

—Gracias, no aguanto ni un minuto más aquí.

Así fue su fuga del hospital. Covadonga lo hizo porque tenía claro que Maite iba a estar mejor en casa, pero también por introducir un elemento tan disparatado que consiguiera sepultar en la memoria de ambas el sufrimiento de esa pérdida. Quería reescribir el recuerdo y también remover el fango de sentimientos encontrados de su prima para que, en el futuro, cuando rememoraran ese infierno, florecieran los nervios de la escapada y las risas por la travesura.

Los dos primeros días, Maite se mudó con Anja y Covadonga. Ellas se turnaban para cuidarla y despejar de su casa de La Carihuela cualquier rastro del dormitorio infantil. Las paredes rosas las pintaron de un naranja que, según Anja, era auspicioso en el universo budista; la cuna la cambiaron por una cama que Covadonga acuñó como suya y los juguetes los regalaron. En cuanto estuvo lista, las dos primas se trasladaron donde Maite. Ella insistía en que se encontraba bien y no necesitaba ayuda, pero Covadonga no la creía.

Maite consideraba que iba a sentirse mejor sin compañía, pero no dijo nada; le faltaban fuerzas para llevar la contraria. Se dejaba hacer. Los primeros días tenía la disculpa de que estaba dolorida y que el médico local, el doctor Fidalgo, le había recomendado reposo. En Villa El Churumbel se limitó a llorar noche y día. Paraba cuando el dolor del diafragma le impedía sollozar y, brevemente, en los momentos en que Anja entraba en la habitación, silenciosa, respetando su aflicción, para llevarle purés, arroz con leche y los medicamentos. Anja abría la puerta, sonreía, se sentaba a su lado, la abrazaba y se marchaba. Ese fue el protocolo que siguió Covadonga una vez instaladas en La Carihuela.

Durante ese tiempo de cama, persianas bajadas y desesperación, Maite fue pasando de la angustia del vacío a la tristeza. Había ocasiones en las que entendía el porqué de las lágrimas. Era cuando aullaba bajito, con un lamento animal. Le habían arrancado una parte de su cuerpo, lo que más había amado jamás, a su cachorro. El quejido le salía desde el alma, del útero, del corazón. Una pena sin tregua que se mezclaba con los calambres del vientre que la hacían retorcerse. Solo encontraba algo de alivio físico y de consuelo cuando adoptaba la posición fetal. Esa postura que le había recomendado su improvisada guía espiritual, Anja, aludiendo a lo metafórico del gesto. Los otros instantes en los que divisaba el foco de esa pena acontecían cuando pensaba, a su pesar, en su truncada vida con Alfonso. Le desesperaba que hubiera intentado convencerla de provocar lo que, de forma natural, le acababa de suceder. Lamentaba, abrazándose las piernas flexionadas, no poder comulgar su luto con él y no querer explicarle lo que estaba sufriendo porque sabía que sería incapaz de entenderlo ni sentir compasión. Esos pensamientos perseverantes sobre el padre de su hijo le producían lágrimas calladas, sin gemidos, y Maite lo achacaba a que no podía compartirlos con nadie. El resto de las horas pasaban con el llanto tras el llanto, sin sentido aparente, como necesidad fisiológica, como el que suda en una caminata sin meta por el desierto y es incapaz de parar.

Esa mañana del séptimo día, Maite, por fin, había podido dormir bien, pero no tanto como para seguir el chismorreo que, en ese momento, le contaba su prima. En cualquier caso, Covadonga, al verla algo mejor, dejó el asunto de Reme, Kurt y Roberto y aprovechó para preguntarle si le parecía bien que esa tarde la visitaran Börj y Adela; estaban deseando verla. Maite pensó que debía esforzarse en salir de ese estado catatónico, así que cedió.

Nada más llegar sus amigos, le quedó claro que habían recibido instrucciones de ignorar el elefante de la habitación y entretener a la convaleciente todo lo posible. Covadonga era poco de meterse en la vida de los demás, por la cuenta que le traía y por saturación de su infancia. Había pasado tardes y tardes oyendo a las mujeres de su familia analizar con un método científico las decisiones de sus conocidos, los gestos que delataban adulterios o los comentarios que hacían intuir alguna traición. A ella le sonaba como si estuvieran leyendo el horóscopo, porque raramente acertaban y le resultaba soporífero. Maite no llegaba al nivel de su madre o de su tía, pero sí tenía cierta afición a inventar historias a partir de los chismes, así que Covadonga abrazó el *affaire* Reme como si le apasionara (también debía reconocer que era tan rocambolesco que le intrigaba).

Maite los recibió tumbada en una de las hamacas del patio, aún le dolía estar sentada. Se pintó los labios y se puso una galabiya de algodón egipcio, gris perla, que le había regalado Anja. No podía decirse que el cómodo atuendo masculino le favoreciera, ya que el gris apagaba aún más su rostro, así que, cuando sus amigos entraron, hubo un minuto de silencio; se asustaron al verla tan desmejorada. Covadonga intervino para disipar la sorpresa y la tristeza. Mientras les servía agua de limón y unos cortadillos de cidra, lanzó el asunto:

—A ver si componemos entre todos las piezas. He puesto un poco al día a Maite esta mañana del tema de Reme y Kurt... —se interrumpió un instante—. Bueno, perdón..., y Roberto. Pero yo solo sé la parte de Tim...

—¿Qué sabes? —preguntó Börj a la defensiva. Al fin y al cabo, Covadonga era amiga de Kurt.

—Bueno, él fue quien, delante de Roberto, le dijo a Sharon, cuando se la presentó, que Reme era la novia de Kurt. Pero ¿tú no estabas cuando pasó?

—No, yo había ido a coger algo de comer. Estaba Richard.

—Lo que no entiendo es eso de «novia de Kurt» —dijo Maite, que empezaba a entrar en el asunto.

—Cuando me lo contó Tim pensé lo mismo: ¿«novia»? Se lo pregunté y dijo que sí, que, aunque Kurt estaba con otras, ella era la novia de esta primavera-verano...

—Pero ¿Kurt sabía que tenía novio? —preguntó Adela.

—Sí, ya ves tú... —respondió Covadonga—. Yo creo que realmente él nunca la debió de presentar diciendo: «Aquí Reme, mi novia», y que Tim, por una parte, lo dio por supuesto, porque ella se pasaba el día en el bar, y, por otra, lo debió de decir por cortesía y ese afán suyo tan de Eton de, a la hora de socializar, dar detalles para que la gente encaje.

Börj permanecía callado y taciturno. Maite intuyó que su amigo debía de considerar que estaban frivolizando en exceso sobre el tema. Roberto era su amigo del alma.

—¿Cómo está Roberto? —le preguntó Maite.

—Destrozado. Adoraba a Reme. No le entra en la cabeza que le haya engañado así.

—No se lo merece. Que la tipa esa se haya ido con semejante merdellón. Roberto, en las giras, podría haber estado con cualquiera. Iban todas loquitas por él, bueno, y por mi Börj, y siempre le fue fiel. La otra pingoneando en el Bajondillo... Y pa na, porque el Kurt ese se ha quitado de en medio en cuanto ellos han roto.

—Normal, menudo... —apuntó Covadonga.

—Dentro de lo malo o lo bueno, según se vea, porque imagínate que la pide en matrimonio, que es lo que él estaba pensando. Menos mal que al final parece que va a salir un concierto de Los Tartesos en el Cavern de Liverpool... —intervino Börj.

—¿En el Cavern? —interrumpió Covadonga—. Allí es donde empezaron los Beatles —quiso aclarar a Adela y Maite para que entendieran su entusiasmo.

—Sí, Brian es muy perita —continuó Börj—. Se lo está organizando para septiembre, y otro en Londres, aún no saben dónde.

—Eso tiene entretenido a Roberto, y muy ilusionado, pero intentamos sacarle y estar con él. Ahora, en julio, no tienen conciertos, porque medio grupo está trabajando en el Miami los fines de semana. Cuando estés mejor, organizamos algo juntos, a ver si se anima —dijo Adela.

—No sé yo si voy a ser muy buena compañía para animar a nadie —dijo Maite.

—Tú siempre lo eres, cariño mío, y en nada vas a estar hecha unas castañuelas.

Adela se acercó a la tumbona, con su efusividad arrolladora, para tomar a su amiga de las mejillas y darle un beso en la frente. Maite fue a levantarse, pero no pudo. Volvió a tumbarse con una mueca de dolor.

—¿Te has tomado la pastilla? —preguntó Covadonga.

—Sí, ya me lo has preguntado hace una hora, pareces mi madre.

—¿Se lo has dicho a tu madre? —inquirió Adela, enfocando al enorme elefante que había recibido instrucciones de ignorar—. ¡Uy, perdón!

Miró a Covadonga y se tapó la boca con ambas manos. Maite rio.

—Bueno, en algún momento había que abordar el tema… Sí, hablé con ella anteayer. Dice que tengo que volver, pero ni loca. Esta es mi casa. Quedé en que hablaríamos dentro de unos días. Me pidió que lo pensara, pero lo tengo clarísimo.

Adela ojeó a Covadonga con un gesto que dejaba claro que le estaba pidiendo permiso para desvelar algo que le quemaba la lengua. A Maite no se le escapó.

—¡Desembucha! —pidió.

—Sí, anda, cuéntaselo, como espía no tienes precio.

—Pues que ayer llamó Alfonso.

—¿Y qué le dijiste?

—Que esta semana librabas. ¿Se lo habrá contado tu madre?

—No creo, no es precisamente santo de su devoción.

—Santo no, desde luego —apuntó Adela.

—Ha debido ser cosa de Pilarín, que es una romántica y está empeñada en que volvamos.

Covadonga se había levantado y, como siempre que estaba nerviosa, se concentraba en ordenar frenéticamente. Dispuso en línea recta los jarroncitos de cristal de Murano que Anja le había regalado a su prima y que adornaban la repisa de la chimenea.

—Esta mañana he hablado con él —soltó Covadonga, enfadada, como si la hubieran obligado a decirlo—. Llamó a la tienda.

—¡Cuánto interés! —dijo irónica Adela.

—Mucho. Tras varios circunloquios absurdos, lo que quería saber es cuándo volvías, para ver si llegabas a tiempo a la boda de Luisa. Me ha advertido que no debes preocuparte, que nadie (excepto Luisa y Fernando) sabía lo de tu estado y que así seguirá. Que todos han justificado tu ausencia diciendo que estabas de vacaciones conmigo.

Se hizo el silencio. Maite intentó reprimirse, pero, tras un minuto hierática, rompió a llorar. Se mezclaba la rabia de volver a sentirse decepcionada con la de haber albergado un atisbo de esperanza, aventurando que la insistencia de las llamadas de Alfonso se debía a que estaba preocupado por ella. Pero no, de nuevo había sido tan tonta de caer. Lo que Alfonso quería era saber si tendría que ir solo a boda y, en su plan perfecto, ignorar lo que había sucedido, viajando en el tiempo seis meses atrás.

—Lo que tú necesitas es un novio nuevo —resolvió Adela.

Covadonga y Börj, que no sabía cómo reaccionar y se sentía fuera de lugar, le lanzaron una mirada de reproche.

—Pues claro que sí —continuó Adela—. La mancha de una mora se quita con otra, o como se diga. Yo me encargo.

Y no me vengáis con *chalaúras* de que tiene que encontrarse a sí misma y esas cosas astrales.

Maite soltó una carcajada entre los hipidos del llanto.

—Pues nada, a tus órdenes, a ver si eliges bien.

Las noticias sobre Alfonso de aquella tarde lanzaron a Maite a un remolino. Se debatía entre lo que Covadonga le había contado y esa voz que la acompañaba desde que habían comenzado los engaños de Alfonso y sus propios desengaños. Un runrún que intentaba convencerla de que los demás malinterpretaban a su novio y que ella era la única que realmente le conocía. Que él la quería a su manera, y que nadie entendía a ese chico rebelde, pero sensible y lleno de amor. Maite no era tonta y sabía que, en el fondo, aquello era un mecanismo de autodefensa para protegerse de la realidad. Pero le costaba no flaquear y considerarlo todo un malentendido. Se había jurado no contactar con él, pero, según pasaban los días, fue atribuyendo lógica a la idea de escribirle. Lo justificaba con el argumento de que debía explicarle el dolor que sentía porque, al fin y al cabo, él era el padre de aquel niño. Barajó la opción de llamarle, pero no se sintió capaz. Temía que, al oír su voz, acabaría derrumbándose y, como siempre, volvería con él. Su carta, se convencía, no esperaría respuesta; sería un final, un explicar, un sincerarse, un cerrar. Debía rematarla con rotundidad: «No me contestes, este es el final. Para siempre». Maite se repetía que esa parte estaba clara, pero, en el fondo, confiaba en que él no la obedeciera.

Cayó en la cuenta de que no tenía pliegos de correspondencia. El papel tela, con sus iniciales en relieve, lo había dejado en Oviedo. En La Carihuela no había papelerías y, tal como se encontraba, no podía ir hasta la calle San Miguel. Hacerle el encargo a su prima era impensable; aquello no se lo podía contar a nadie. Recordó las tarjetas postales que había comprado para enviar a su padre y decidió que redactaría la misiva en varias de ellas. Le parecía algo original que Alfonso apreciaría. Durante varios días estuvo armando el texto mentalmente. Iba apuntando frases en una libreta para, más adelante, componer ese escrito que se había convertido en el centro de su vida. En paralelo planeaba cómo se lo haría llegar. Decidió que lo ideal era que la intermediaria fuera Pilarín; ella aceptaría, estaba deseando que se arreglaran, y Maite no pensaba desvelarle el contenido. El fin de semana tuvo listas las tarjetas, pero debía ser cuidadosa a la hora de contactar con su niñera. Esperó al lunes y, a la hora que sabía que estaba sola, llamó desde el teléfono del estanco, que dejaban usar, previo pago, a algunos vecinos. Le contó el plan y Pilarín respondió entusiasmada.

—Pues claro, señorita. Qué alegría saber de usted y ver que está más repuesta. A la casina de Muros llegará. Yo voy los viernes, ya lo sabe. Diré a Pepín que no la abra, claro.

—Este viernes habrá llegado, creo, la mando ahora por correo urgente. Lo que no sé bien es cómo se la puedes dar a Alfonso...

—Usted no se preocupe, yo sé dónde encontrarle.

Pilarín se dio cuenta de que había metido la pata. Maite también, pero no dijo nada; en esa ocasión le venía bien que tuviera contacto con él. Después de ponerla al día sobre su madre («anda bien, ella siempre está bien, ya lo sabe usted») y su padre («pues no lo veo muy católico, en dos semanas no salió de su despacho casi ni para comer, pero pasará»), Pilarín se despidió ilusionada, prometiendo su apoyo.

—El jueves terminé una novena por usted, empiezo otra hoy mismo. Saldrá todo bien. Usted ya sabe que, siempre que las hice, le dieron suerte, señorita Maitina.

Cuando Pilarín llevaba tres días de novena, se vio obligada a seguir la instrucción de Maite para emergencias: llamar al estanco para que la avisaran y telefoneara de vuelta. Maite se temió lo peor, pensó que le había pasado algo malo a su padre. Temblando, marcó el número de casa y Pilarín le dio la noticia, sin saber por dónde empezar. Con la voz entrecortada, le relató que Alfonso estaba con Ana María Castro. Que se lo había contado su cocinera, por casualidad, y que el rumor se había empezado a extender. Maite era incapaz de pronunciar una palabra. Escuchaba a Pilarín, que intentaba ser lo más delicada posible y, claramente, ocultaba algo. Se armó de valor, acercando una silla de aquella trastienda oscura, se sentó y preguntó, en un susurro:

—Pilarín, dime todo lo que sepas, no te preocupes por mí.

—Es que no sé si es cierto, esa mujer es muy enredosa.

La cocinera de Ana María de Castro, Mercedes, le había chismorreado que llevaban juntos, en secreto, desde hacía años. Que lo de que su marido, Rodolfo, estaba trabajando en Alemania era un subterfugio.

—Marchó el año *pasao* porque descubrió el pastel. Y ahora, según dice, ella está empeñada en que se sepa, pero el señorito Alfonso no *ye convencío*. Mejor dicho, el canalla del Alfonso. Ay, señorita… ¡Qué disgusto llevo!

Maite, con un hilo de voz, intentó tranquilizar a su querida Pilarín. Sabía cómo debía de sentirlo, y más haber tenido que ser ella la que le contaba la novedad. Recordó aquel beso años atrás de Ana María y Alfonso y su silencio y su inocencia al convencerse de que la boda de su antigua compañera de colegio acabaría con lo que ella había considerado un arrebato.

—De verdad, Pilarín, es lo mejor que podía pasar…

—Pues sí, imagine que le doy la carta.

—Bueno, la carta era realmente de ruptura. Cuando llegue, quémala en cualquier caso, por favor.

—Claro, guarde *cuidao*. No vaya a ser el diablo que caiga en manos de quien no debe.

Quince días más tarde, el dolor físico de Maite había disminuido, y eso, en la última semana, le había facilitado el descanso, pese a los acontecimientos. Para su sorpresa, tras unas jornadas en shock, sin poder hablar del tema de Alfonso y Ana María, había ido asumiendo que la noticia era en cierta forma liberadora. No quedaba duda de la vileza de Alfonso, lo cual, extrañamente, la aliviaba. Aquel lunes se levantó al amanecer y decidió prepararle el desayuno a su prima. No podía decirse que estuviera recuperada; seguía despertando con la sensación de que el aborto había sido una pesadilla y con la imagen de ella y su bebé saltando del espigón del Pez Espada. Cuando pasaba la duermevela, recordaba la realidad, le atenazaba la angustia y se levantaba de un salto. Aquel día se repitió el rito, pero algo había cambiado: Maite sentía una fuerza que le encantó reconocer. Mientras mezclaba la harina con la leche y el huevo para hacer crepes, como las del pasaje del Goloso, retomó aquel pensamiento mágico que la había acompañado durante las primeras semanas en Torremolinos, aquella idea absurda que la llevaba a considerar que el día que se curara el cardenal del mordisco de Alfonso en su cuello, cesaría su obsesión por él. Maite barruntó que quizá esta vez sí se cumpliría, que en cuanto cesara el dolor de sus entrañas, acabaría el vacío del aborto. Ese tipo de sortilegios la tranquilizaban. Era un truco que practicaba desde pequeña, parecido a cuando evitaba pisar las líneas blancas de los pasos de cebra para que su padre se curara. Estaba convencida de que ese acto ayudaría a que acabaran aquellas veces en que su papá permanecía días en cama por «sus cosas de los nervios».

El «*Morning sunshine!*» de su prima, somnolienta, sacó a Maite de sus elucubraciones. Covadonga sintió un enorme alivio al verla tan activa. Hizo como si aquello no fuera un acontecimiento y le dio un beso. Sin decir una palabra (ella no era de hablar recién levantada), se tomó el zumo de naranja, el té con cardamomo y las crepes de azúcar y limón. Una vez desayunada, se animó a entablar una conversación.

—Ayer le conté a Anja lo de Alfonso y Ana María. No te importa, ¿no?

—¿Cómo me va a molestar? Anja es de la familia y, aparte, lo sabe todo el mundo...

—En Oviedo.

—Pues tampoco pasa nada porque la noticia traspase Pajares.

—Anja dice que eso de que la cocinera de Ana María se lo contara casualmente a Pilarín era para que te enteraras. ¿Tú lo crees?

—Pues no había caído, pero tiene todo el sentido.

Maite se quedó pensativa, mientras llenaba el termo de té que llevaba al trabajo.

—¿Sabes qué te digo? Que la entiendo. Con Alfonso es la única manera de actuar.

—Pues sí. Pero también podemos odiarla un poco, ¿no?

—Claro, claro, una cosa no quita la otra. Me voy, que llego tarde. Esta noche duermes en tu casa, ¿no? De verdad que no hace falta que vengas en días alternos, estoy bien.

—Esta semana y te dejo en paz. ¿Son ya las ocho? ¿Te llevo?

—No, llego a tiempo.

A Maite le gustaba ir andando todas las mañanas a su puesto de trabajo. Caminaba por la orilla y se encontraba con los pescadores que recogían el copo y la saludaban por su nombre. Al llegar, sudorosa, se duchaba en el vestuario de los empleados y, en cuanto se había abrochado el elegante uniforme de recepcionista, encendía el piloto automático de la responsabilidad y aparcaba durante diez o doce horas la tristeza profunda que acechaba insidiosa, pero que ella se negaba a atender. Aquel día no varió el ritual, pero la sombra de la pena parecía menos negra.

Al mediodía, Covadonga llegó a la recepción con cara de que algo pasaba. Había acabado la avalancha diaria de huéspedes del *check out*, pero Börj y Maite estaban con unos rezagados. Covadonga se sentó en los sofás de cuero negro del hall, mientras terminaban. El suelo blanco y negro de enormes paramecios, característico del hotel, le empezó a dar vueltas. En cuanto acabó de atender, Maite se acercó preocupada, pensando que le había ocurrido algo a Anja. Así que, cuando su prima le dio la noticia, tuvo que ocultar su alivio. Lord Willoughby estaba desaparecido. Habían encontrado su barco, a la deriva, entre Córcega y Cap Ferrat. Anja y ella se iban a Londres esa tarde, con Sharon, a arropar a la hermana de Tim. Necesitaban que Maite se quedara en su casa y cuidara de Rondo.

—Serán dos o tres días. Sharon está destrozada y nos ha pedido que la acompañemos. ¿Te ves con fuerzas?

—Claro, me quedo sin problema, pero ¿vais al funeral?

—No, el cuerpo no ha aparecido... Pero, vamos, hace cuatro días que perdieron conexión con el barco... Está claro. La idea es estar con Sharon y ayudar a la hermana en la investigación; al parecer, ella sospecha que no ha sido un accidente. No sé, a ver qué dicen.

Maite recordó la conversación que había mantenido con Kurt y Tim el día que los conoció en el Lali Lali. Hacía tres meses, pero tenía la impresión de que habían transcurrido tres años. Esa noche, Tim habló de sus planes de viaje para el verano y de que Kurt le acompañaría. La mañana que iban a emprender el periplo, Kurt no se presentó en el aeropuerto; se había cogido una borrachera monumental y, según había contado a Anja, despertó varias horas después de la salida del avión en una suite del Marbella Club, acompañado de dos personas. Anja recalcó lo de «personas» al reproducir la anécdota, que, en el caso de Kurt, no lo era tanto, porque la juerga y amanecer con gente desconocida en la suite de un hotel de la Costa formaban parte de su día a día.

Maite estuvo a punto de comentar la suerte que había tenido el playboy por su mala cabeza, pero Börj estaba escuchando la conversación desde el mostrador de recepción y el nombre del sujeto que había roto el compromiso de Roberto y Reme formaba parte, junto al de Alfonso, de las palabras tabú del grupo.

La información se publicó dos días más tarde en el diario *El Sol* de Málaga y, con posterioridad, en la prensa nacional y británica. El asunto tenía todos los ingredientes de una noticia de portada y los periodistas se encargaron de aderezar con «presuntamente» los cabos sueltos del suceso. Lord Timothy Willoughby de Eresby era el heredero de una inmensa fortuna. Los tabloides ingleses dejaban caer la posibilidad de que la élite aristocrática británica hubiera tenido que ver en ello; los malagueños, incluidos los corrillos de Torremolinos, tendían a apuntar a su afición al alcohol y a los chaperos. La mezcla de aristocracia, fortuna, homosexualidad y vida disoluta desataba la lengua y la pluma de todo el que abordaba el suceso. Maite se dio cuenta de que Tim era respetado y admirado por su fortuna, su origen, su belleza y su estilo, pero no demasiado querido por la gente de la Costa. Algo parecido ocurría con otros de su grupo, como Sharon. Descubrió que su sensación de incomodidad, de estar de visita, de temer no estar a la altura era compartida por muchos de los torremolinenses de nacimiento o adopción que se relacionaban con ellos. Y no era un asunto en contra de los extranjeros; era patente que se los acogía como uno más, un claro ejemplo estaba en Anja. Se trataba de esa condescendencia con la que algunos, como Tim, trataban a los locales, y en su caso también por su manera afilada de hablar de la gente. Maite debía reconocer que asistir a una sesión de «despelleje», como Tim y Sharon la calificaban, era muy divertido, pero salía de ella con la sensación de que la siguiente podía ir dedicada a ella misma. Al poco de conocer al lord, le vino a la cabeza algo que solía repetir su abuelo Gabino: «No confíes en quien habla mal de los demás, los demás un día serán tú misma».

Esa impresión de que Tim no era llorado resultó cristalina para Maite con las conversaciones que, durante esos días, se producían entre los habituales del Lali Lali. Se debatía, por encima de cualquier alusión emocional, sobre la decisión su hermana, lady Jane de Willoughby, de cerrar el local y no dejar a Kurt al mando, que era lo que todo el mundo esperaba. Maite sí estaba al corriente de los motivos, se los había contado su prima tras el viaje a Londres. Sharon y lady Jane le reprochaban a Kurt, en cierta medida, que no hubiera acompañado a Tim en su viaje. El lord sabía manejar la pequeña embarcación que le llevaría a encontrarse con su grupo de amigos en Córcega, pero el experto era Kurt, y ambas consideraban que, si hubieran estado juntos, lord Willoughby viviría. En poco menos de un mes, el playboy había pasado de ser el rey de la fiesta al ostracismo social. La tribu de excéntricos de Torremolinos se había quedado huérfana, sin local para rematar aquellas noches eternas. Pero sería por poco tiempo.

7

12 de noviembre de 1963

Ese invierno se volvió a abrir el Lali Lali, con Anja al frente y Maite como encargada. Esos cinco meses desde la desaparición de lord Willoughby habían sido determinantes para Maite. Jane había estado a punto de vender el local, cuando fue a hacer lo propio con El Volcán, el chalet de su hermano. Pero, como el cadáver no había aparecido, se resistía a liquidar todo lo relativo a Tim en Torremolinos. Jane Willoughby no tenía la belleza de su hermano, pero sí ese estilo arrebatador y un poco ambiguo que infundía admiración y respeto. Se había quedado sola en el mundo y, aunque tenía albaceas que la ayudaban a gestionar la herencia familiar, prefería administrar personalmente el asunto de Tim y lo que ella calificaba de «sus turbiedades»; no quería juicios morales ni revelaciones a la prensa.

Sharon se convirtió en su apoyo en la Costa del Sol y la acogió una temporada en su casa. En una de las interminables cenas en que se reunían ellas dos con Anja y Covadonga, Jane había propuesto a la alemana que gestionara el club. Anja no estaba segura de poder hacerlo, pero Sharon aportó una idea que a todas les pareció perfecta.

—Maite no puede trabajar eternamente de recepcionista del Pez Espada. ¿Por qué no le proponéis que sea la encargada?

Ante la mirada dubitativa de la pareja, especialmente de Covadonga, Sharon continuó:

—Ya, ya sé que no tiene experiencia. Pero en el hotel ha ascendido en tres meses. Es lista, encantadora, ambiciosa.

—¿Ambiciosa? —interrumpió Covadonga, sorprendida.

—Sí, tú la ves como a tu prima pequeña, pero se le nota que disfruta trabajando. Ross la adora. El problema es que, si pretende ascender más en el hotel, Ross tendría que morir. Perdón —se disculpó dirigiéndose a Jane—. Es una buena oportunidad.

—Va a decir que no —respondió Covadonga—, pero, vale, ¿por qué no? No obstante, proponédselo Jane y tú.

Jane se incorporó levemente y se apoyó en el cojín que le sostenía la cabeza. Había fumado demasiado hachís. Somnolienta, levantando una mano como si pidiera la palabra en clase, respondió:

—Me adhiero, todo sí. Pero se ocupa Sharon.

Pese a las consideraciones de Covadonga (que se alegró de equivocarse), Maite aceptó entusiasmada. Durante septiembre y octubre alternó su trabajo en el hotel con algunas horas en el Pink Note, el bar de Anja. Al mes siguiente estuvo lista para el nuevo reto.

A Maite le pareció una buena idea abrir en invierno, así

tenía tiempo para ir aprendiendo y amoldando el Lali Lali a su gusto. Convinieron con Jane en que, hasta que no apareciera el cuerpo de Tim o transcurriera un año desde su desaparición, no cambiarían el nombre ni harían oficial el traspaso. Ese acuerdo dejaba a todas tranquilas. Jane, en el fondo, albergaba la esperanza de que Tim estuviera en algún sitio de la Costa, haciendo de las suyas, y que un día apareciera en Torremolinos, como si tal cosa, sin dar explicaciones y retomando su vida. Anja y Maite no descartaban esa opción, pero, además, les convenía ese periodo de prueba en el que ambas podían comprobar si se sentían cómodas regentando el local.

Anja dejó claro que su papel era simbólico, que Maite estaba al mando. Ella lo apreció. Los fundamentos básicos de hacer pedidos a los proveedores o contratar un equipo adecuado no le costaron. Lo que le parecía importante eran los detalles. Esa frase de «Dios está en los detalles» que su padre solía repetir, citando a su admirado Mies van der Rohe, le resultaba esencial para el mundo de la hostelería.

Recordó algunas recomendaciones de su progenitor y decidió llamarle para consultar cuestiones para las que su consejo no era imprescindible, pero sabía que le haría ilusión que contara con él. Poco antes del aborto, Maite había dejado de enviarle las postales que le prometió en la estación de Oviedo y que echaba al buzón todas las semanas. Le parecía absurdo y triste seguir escribiendo sin obtener respuesta. Supuso que su padre no sabría qué decirle. Su dificultad para expresar sentimientos era proverbial, así que no se lo reprochó.

Después de la pérdida de su hijo, una vez aclarado que no iba a volver a Asturias, el contacto familiar se restableció y todos los domingos llamaba a casa. La noticia de que iba a encargarse del Lali Lali desagradó profundamente a su madre, que remató una retahíla de reproches, contras y vaticinios agoreros con un: «Pensaba que ya estaba curada de espanto contigo, pero ahora me sales con que te haces madama». Su padre entendió que una discoteca no era un bar de señoritas y, murmurando para que no le escuchara su esposa, a la que se oía lamentarse a lo lejos, le dijo a Maite que le llamara para lo que precisara. Maite le hizo una serie de consultas legales sobre una salida de emergencia y otros asuntos en los que, como arquitecto, podía asesorarla, pero lo que entendió que necesitaba realmente era trabajo de campo. Su experiencia en el mundo de la hostelería nocturna era nula, como empresaria y como cliente.

Gracias a aquellas conversaciones con Oviedo, se había enterado de que «el chico ese» (apelativo definitivo para Alfonso) había dejado a Ana María para iniciar una relación con otra. Su madre, que la tenía al día de todas las novedades de la sociedad ovetense, se lo contó con todo detalle:

—Con esta la cosa parece que es formal. No como con la mayor de los Castro. Con esa, en cuanto salió a la luz, hizo mutis por el foro. Compuesta, sin marido y sin amante quedó. Pero esta tiene veinte añitos y sí que la pasea. De menudo te has librado, Maitina. Mira que me pesa, pero hiciste lo mejor. Ya sé que estas cosas no te interesan, pero esto te lo tenía que contar. ¿Te dije que la pequeña de los Herrero se casa? ¿Sí?

Los monólogos de su madre eran eternos. Maite escuchaba paciente, con indiferencia. Ante la novedad de la nueva novia de Alfonso, se sorprendió por lo poco que la había afectado. Se limitó a experimentar una perversa alegría al ver que Ana María había sido tan poco espabilada como ella y comprobar que el truco de desvelar la relación había acabado por no resultar. También corroboró la inmadurez de ese hombre cuyo recuerdo seguía hiriéndola, pero ya únicamente en el orgullo; el desamor se había agotado.

Ese cambio la ayudó a centrarse en su futuro y a prepararse para ponerse al frente de su futuro negocio. Pasó horas en el Pink Note, empapándose del ambiente y preguntando la razón de los pormenores. Descubrió la importancia del tamaño de los hielos (debían ser grandes y así, al verter el alcohol, el vaso se llenaba más rápido); de la necesidad de salar los frutos secos que ofrecían de aperitivo, para que los clientes tuvieran sed; de las señales del resto de los bares cuando la policía se acercaba (debían apagarse los cigarrillos de hachís y tirar las colillas por el retrete). Pero Anja le recomendó que echara un vistazo a otros locales y que hablara con expertos hosteleros como Peter Kent, el dueño del Pedro's, al que encomendó que la atendiera. Al fin y al cabo, el Pink Note era un local casi familiar; su clientela era fundamentalmente femenina porque era de los pocos donde las lesbianas se sentían en casa.

Peter era un personaje singular; tiempo atrás tuvo problemas con la justicia porque intentó vender el bar a dos personas a la vez. Maite suponía que la anécdota se había ido exagerando con el tiempo, pero estaba claro que escondía algo de cierto. Al final quedó en casi nada, porque ambos compradores le habían entregado sendas señales que pudo devolver, pero eso daba idea del tipo de estrategias que aquel británico utilizaba para sacar el máximo rendimiento al establecimiento de más éxito de Torremolinos.

Maite se percató de que, por mucho que lo intentara, no iba a soltar prenda. Tras varios días apostada en la barra del bar, charlando con él del tiempo y del bien y del mal, Maite decidió ser directa. Anja le había dicho que debía ganarse su confianza, pero llevaba una semana de jornadas de nueve horas con él y no había manera.

—Peter, estoy encantada de estar aquí, contigo, todas las tardes, pero cada vez que te pregunto algo cambias de conversación. Solo con observar ya estoy aprendiendo muchísimo, pero entiendo que no estás a gusto con esto de que te vaya interrogando, ¿verdad?

—No soy bueno con las preguntas.

—Lo entiendo…, entonces creo que me voy a ir. Te agradezco mucho, en cualquier caso, estas tardes de charla.

—Te permito hacer una sola pregunta. Piénsala bien.

Maite, bastante harta, estuvo a punto de mandarle a freír espárragos y marcharse dignamente. Pero había algo que la intrigaba. Dejó a un lado su orgullo, como hacía siempre que consideraba que el bien iba a ser superior a su ego, y decidió jugar con el mago de la lámpara.

—Pues, mira, sí. En otros bares, y no me refiero al de Anja, porque allí es obvio el motivo, las camareras son chicas guapísimas, para atraer al público, se supone. ¿Tú por qué contratas únicamente a hombres, muy guapos, por cierto?

—*Good question*. Los bellos camareros atraen a las chicas, y un bar lleno de hembras hace que vengan los hombres.

—Muchas gracias, ha merecido la pena esta semana hablando del tiempo.

Maite extendió la mano para estrechar la de Peter y este se la besó.

—Ha sido mi placer.

Aquella noche de domingo, Maite había quedado para cenar con las que ya calificaba como sus primas. En Martín Fierro pidieron lo de siempre, tres entrecots: uno muy hecho para Covadonga, otro al punto para Maite y uno casi crudo para Anja. Covadonga lanzó la frase que siempre pronunciaba cuando cenaban allí:

—Lo que no entiendo es por qué no te pides el *steak tartare*.

Anja siguió el ritual con su respuesta habitual:

—Pues no se me ocurrió, la próxima vez.

Maite narró su conversación con Peter, divertida y con todo detalle.

—Ese hombre es una gilipolla —masculló Anja.

—Pues sí. Pero el consejo tiene mucho sentido —apuntó Covadonga.

—Sí, lo tiene —afirmaron Anja y Maite al unísono.

—Lo malo es que no podrás ser una madama —bromeó Covadonga, que no paraba de citar el comentario de su tía.

—Puedes mandar un foto a tu madre con el personal, todo chicos. Así estará tranquila —propuso Anja.

Todas rieron y Maite miró de reojo a Covadonga para

ver cómo reaccionaba. El comentario de su novia denotaba familiaridad. Era la primera vez que la oía decir algo así; Anja era discretísima y jamás entraba en las chanzas de las primas sobre las cosas de las Morán. A Maite le reconfortaba esa confianza y vio que a Covadonga también, porque le estaba besando la mano a Anja, muerta de risa.

Decidieron que el candidato ideal era Richard. Se había postulado porque planeaba retrasar su vuelta a Estados Unidos. Según Carmen, por su amor a ella; en opinión de algunas, por la enorme fortuna de Inga.

—A mí me parece un estudiante de Kurt, pero, si tú lo crees oportuno, adelante. Tú mandarás —apuntó Anja.

—*Darling*, es que, excepto Börj, que queda descartado porque no se lo vamos a robar a Ross y tampoco creo que le interese, no hay ningún chico en Torremolinos que no sea un aspirante a playboy.

—Roberto... —señaló Covadonga con una sonrisa pícara.

Maite se sonrojó y Anja salió en su defensa:

—No seas maléfica, Cave...

—No soy maléfica. ¡A Roberto le gusta Maite, a Roberto le gusta Maite!

—¿Qué tienes, ocho años? —replicó Maite pidiéndole que bajara la voz, con un manotazo—. Pues que sepáis que le he convencido para que ejerza de pinchadiscos los jueves.

—¡Ese es una gran noticia! ¿Por fin respondió?

—Sí, este mediodía.

—¿Habéis comido juntos? —quiso saber Covadonga.

—Sí.

Covadonga hizo ademán de sellar la boca con una cremallera, ante la carcajada general.

Del asunto de Roberto se había ocupado personalmente Adela. Consideraba que hacía una pareja perfecta con Maite y que, en ambos, se debía aplicar la solución de la mora verde que quita la mancha de la madura. Cuando consideró que Maite estaba preparada, se encargó de organizar encuentros entre los cuatro, pequeñas reuniones en las que afloraban temas que podían unirlos... Roberto, claramente, empezó a interesarse por Maite, aunque no lo reconocía ni siquiera ante Börj; andaba con pies de plomo para no lastimarse y entendía además que, después de lo que acababa de padecer ella, cualquier acercamiento romántico por su parte era precipitado.

Durante esos meses, Roberto había centrado su energía en el grupo, y parecía que la expansión internacional estaba dando frutos. En septiembre habían tocado en el Cavern de Liverpool, gracias al apoyo de Epstein. Para el año siguiente habían firmado otro concierto en Londres, así que andaban enfocados en los ensayos y el marketing, así como en cerrar más recitales en España que les ayudaran a llegar en plena forma a su debut londinense.

Maite se dejaba querer. Le gustaba esa sensación de recibir más devoción de la que ella profesaba a un pretendiente. Le resultaba extraño no sufrir y no estar obsesionada analizando cada gesto, cada frase del otro. La única relación que había vivido era la que mantuvo con Alfonso, la cual se había compuesto de altibajos extremos. Una mezcla de sufrimiento, incertidumbres, esperas banas, celos e insomnio había predominado frente a los instantes de éxtasis.

Con Roberto todo era tranquilo. Si quedaba en ir a recogerla, lo hacía; si estaba con ella, no miraba a otras... Era cauto, pero dejaba entrever que la admiraba, que le parecía la más guapa, que estaba deseando volver a verla. A Maite le parecía un hombre casi perfecto, disfrutaba estando con él, pero consideraba que eso no era enamoramiento y se resistía a permitir que lo fuera.

Roberto, entre sus virtudes, tenía la de empujarla a subir. La había animado a dar el salto como gerente del Lali Lali, esgrimiendo el don de gentes, la inteligencia y la capacidad de organización que había demostrado en el Pez Espada y, específicamente, en un concierto de Los Tartesos del que se había ocupado ella, a petición de su jefa. Era la primera vez que elogiaban esas capacidades y Maite lo agradecía; iba tomando seguridad, pero no acababa de creerse capaz de algunos retos.

Para la reapertura del local, Roberto y el grupo se ofrecieron a actuar gratis, pero Maite y Anja prefirieron optar por un perfil bajo; al fin y al cabo, era una inauguración extraoficial. Todos, especialmente Jane, albergaban la posibilidad de que lord Willoughby apareciera. Durante las primeras semanas, se confirmó algo que Maite sospechaba. Constató que el Lali Lali estaba lleno porque pocos de los habituales pagaban. Tim manejaba el bar como una prolongación de su casa. No necesitaba el dinero y a Maite le parecía estupendo que gestionara aquel crisol de artistas, de ideas innovadoras, de libertad y de excentricidad como quisiera. Pero ella sí debía vivir de ese negocio.

El segundo jueves de colaboración de Roberto como

disc jockey, Maite sacó el tema. Habían cerrado y Richard ya se había ido. Se sirvieron sendos gin-tonics y Roberto puso el nuevo disco de grandes éxitos de Cliff Richard, que acababa de traer de Londres. Quería que Maite lo oyera entero. Se habían sentado en uno de los sofás, cerca de la chimenea. La humedad del mar cercano y de aquella cueva calaba hasta los huesos, pero el fuego los reconfortaba.

—Lo raro es que Anja no estuviera al tanto, ¿no?

—Supongo que pensaría que a ella no le cobraba porque era de su círculo más cercano, pero parece que el núcleo duro era muy extenso —respondió Roberto, antes de devorar los cacahuetes que Maite había puesto para picar.

—Mi idea, desde antes de saber esto, era que también viniera gente de Torremolinos, españoles…, para ampliar un poco el público. Quizá era demasiado endogámico y había personas que se sentían intimidadas. Por ejemplo, Börj, tú…

Maite se dio cuenta de que había metido la pata. Él no era un asiduo del bar, pero su exnovia sí. Roberto soltó una carcajada y le hizo un gesto de que no pasaba nada.

—Bueno, tú me entiendes.

—Sí, sí, perfectamente.

—Una de las cosas que voy a cambiar es el horario, abriré antes. Börj no venía porque a Adela no la dejan salir hasta más allá de las diez. Habrá más clientes potenciales con ese problema.

—Me parece una gran idea. Mira el Pedro's, la gente quiere estar por ahí desde antes de cenar.

—Tienes toda la razón. Quizá puedo probar al principio

los sábados… ¿Quieres otro? —dijo Maite señalando el vaso de tubo vacío de Roberto.

—Pues sí, pero me lo pongo yo, no te levantes. ¿Tú?

Maite negó con la cabeza y se echó por los hombros un chal. Miró el carrillón que decoraba la pared de la chimenea y vio que marcaba las cinco y cuarto de la madrugada. No tenía sueño y estaba a gusto. Pensó en la última vez que había salido hasta esa hora y rememoró la boda de su prima Jovita. Realmente era la única ocasión en la que se había acostado tan tarde. Intuía que, en adelante, la excepción sería dormirse antes de las cuatro.

Roberto se servía una tónica, apoyado en la barra. El flequillo moreno le llegaba al prominente pómulo y ese escorzo dejaba que se marcara su quijada, perfecta. Con esa luz roja y el cigarrillo en la boca, Maite reconoció que no podía ser más atractivo. Él se percató de la mirada, giró la cara y le sonrió. En ese momento empezaron las primeras notas de «Fall in Love with You». Hizo un gesto con el dedo apuntando hacia arriba, para que ella prestara atención a lo que sonaba, cerró los ojos un momento, dio un largo trago a su bebida y se acercó a Maite, la cogió de la mano y la sacó a bailar. La agarró por la cintura, la atrajo hacia él; ella le rodeó con sus brazos el cuello y danzaron abrazados. Cuando, después de tres temas, Cliff Richard terminó de cantar «Nine Times Out of Ten», se quedaron un momento más estrechándose. El disco había acabado, no había excusa para seguir así. Roberto se separó un par de centímetros, miró a Maite a los labios, dudó un instante y la besó. Prolongaron el momento, en medio de la pista, con el local en silencio. Las campanas de la cercana iglesia de San Miguel dieron las seis. Ella murmuró confusa:

—Deberíamos irnos, dentro de un rato tengo que volver a recibir el pedido de la cerveza.

—Perdona, es muy pronto para… No sé qué me ha pasado —se disculpó Roberto.

—¿No lo sabes?

—Bueno, sí, estoy enamorado de ti.

Maite dudó un instante. Pero decidió quitarse la coraza. Esta vez fue ella quien se acercó y le volvió a besar.

8

15 de abril de 1964

Covadonga y Maite habían salido a las cinco de la madrugada de Torremolinos. Cuatro horas más tarde, un portero con casaca roja y sombrero de copa les abría la puerta del Jaguar que acababa de dejarlas en la puerta del hotel Dorchester de Londres. Al día siguiente, se celebraba el concierto de Los Tartesos en el Marquee Club. Maite había querido invitar a su prima a acompañarla en ese acto histórico. No podía decirse que fuera millonaria, pero el Lali Lali iba muy bien. En poco tiempo había conseguido sanear las cuentas del bar y las propias. La gran ventaja era que el alquiler, hasta que no se formalizara el traspaso, era muy bajo, pero el punto de inflexión del éxito estuvo en la idea de ampliar el horario. Le había costado la enemistad de, entre otros, Peter, el dueño del Pedro's, que aseguraba que le había quitado parte de la clientela. Pero ya se lo advirtió Anja con un «son gafes del oficio» que se quedó como una de esas frases geniales que los errores de la alemana producían y las primas Morán adoptaban.

Efectivamente, el éxito en los negocios tenía esos gajes, aunque Maite no acababa de acostumbrarse, con su carácter conciliador. Algunos la tachaban de blanda, pero descubrió que su temple era beneficioso para llevar una empresa. Parte del incipiente éxito del bar residía en su manera de relacionarse con los empleados: era flexible con los horarios, les pagaba bien, les enseñaba cómo quería que se hicieran las cosas (eso chocaba con los vicios enquistados de la hostelería de la Costa) y potenciaba su iniciativa. El modelo había sido su padre, que hacía exactamente lo contrario con su plantilla. Maite tenía claro que la mano dura no funcionaba y lo corroboró cuando dos de los mejores camareros del Pedro's le pidieron trabajo. En muy poco tiempo habían crecido su asertividad y la seguridad en sí misma. A ello contribuía la admiración que le demostraban Roberto y, a veces, Anja y Covadonga.

Esa nueva forma de encarar la vida había impregnado también su manera de enfrentarse a la relación con el que ya podía considerarse su novio. Maite estaba desconcertada por su desapego y lo achacaba a que, quizá, no estaba realmente enamorada. Mientras deshacían la austera maleta que habían llevado, para llenarla con las compras previstas, Maite pronunció esa frase del «no amor» que sacaba de quicio a su prima.

—De verdad, no vuelvas a decirlo, no es cierto. Y sí, te lo voy a repetir las veces que haga falta. Estar enamorada no es estar obsesionada, sufrir, no poder dormir... Lo de Alfonso era manipulación, lo de Roberto es amor. Que puedas decir no sin temor a que vaya a abandonarte (qué palabra más horrorosa) es estar enamorado; que confíes en él cuando se va de gira, también.

—Ya...

—A ver, ¿no te parece un logro estupendo por tu parte que le dijeras que no ibas a cenar con él y su familia en Nochebuena? En otras circunstancias habrías cedido, por tu ansia de ser aceptada...

—Hombre, acababa de anunciarle a mi madre que no la pasaría con ellos... La disculpa del bar era creíble, pero después de la que montó...

—No es solo eso, no seas tramposa. Roberto te ayuda a ser tú, le quieres bien y él a ti no digamos. Deja ya la tontería de que no estás del todo...

En ese momento llamaron a la puerta. Preguntaron quién era y la respuesta fue: «*Room service*». Abrió Maite y era Roberto. Se fundieron en un largo abrazo y un beso apasionado. Roberto se disculpó una vez más por haber tenido que mandar un chófer a recogerlas y no ir personalmente al aeropuerto. Su llegada coincidía con la prueba de sonido del grupo. Pero iba a llevarlas a comer al Scott's, donde esperaban Sharon, Jane y Epstein.

—¿Lo has organizado tú? —preguntó Covadonga, agradecida.

—No, no, Jane quería hablar con Maite. Iba a bajar a España para tener una reunión con ella y Anja, pero ya sabe quién corta el bacalao. Creo que quiere proponerle algo..., y también Sharon.

Maite, que estaba agarrada por la cintura con su novio, le dio un beso en la mejilla mientras murmuraba:

—Si es que no se puede ser más bonito.

—El espíritu saleroso de Adela te ha poseído —comentó Covadonga.

—¿Verdad? —rio Maite.

De repente se dio cuenta de que la sorpresa que le había preparado Roberto tenía un fallo.

—Pero no tengo nada para ponerme. Ay, Dios mío. Bueno, ni tú, Cave. No podemos ir así.

—Abre el armario, anda —pidió Roberto.

Había cuatro conjuntos perfectos para un almuerzo de trabajo aparentemente desenfadado en el Scott's.

—Lo he hecho lo mejor que he podido, ya sabéis que la moda no es lo mío…

—Pero ¿qué dices? Son una maravilla, deberías ser estilista. No me lo puedo creer. Muchísimas gracias. —Covadonga reaccionó entusiasmada. Adoraba a Roberto, pero ese detalle la había convencido de que era el hombre perfecto para su prima, en general, y para ella, como cuñado/primo.

Maite no sabía qué decir. Por supuesto, le entusiasmaban los vestidos y apreciaba el carísimo regalo, pero lo que más le emocionaba era el gesto. Que hubiera montado la comida, que cayera en que no tendrían tiempo de ir a comprar ropa. Estaba a punto de echarse a llorar, pero se contuvo.

—No, no, el mérito es de la novia de Miguel; ella es la que ha escogido. Como es modelo, está muy al tanto de todo. Bueno, yo fui con ella, porque si la dejo elegir sola os viste de Janis Joplin.

—Roberto, esto es precioso. El detalle. Todo. No sé...

Ante el amago de sollozo de Maite, la abrazó, la besó y le dio un azote en el trasero.

—Tenéis media hora para arreglaros, nos espera Mark en el hall a las doce. Tú sí que eres preciosa.

Roberto cerró la puerta y las primas pegaron un grito abrazándose. Covadonga se separó y cogió la cara de su prima. La miró muy seria y le dijo: «Por Dios, cásate con él».

Con una puntualidad digna del país en el que estaban, aparecieron en el hall del Dorchester ataviadas según el decálogo de la elegantísima abuela Morán. Su máxima era: «Ante la duda, opta por un punto más informal; no caigas jamás en ir demasiado vestida». Covadonga bromeaba sobre ese acertado consejo cuando se ponía algún estilismo en el que mostraba más cuerpo de la cuenta, aplicando el «vestida» a su sentido literal. Roberto les había dejado dos opciones y ellas apostaron por la sencillez dentro de lo que cabía, porque un conjunto era de Norman Hartnell y el otro, claro, de Mary Quant. El de Hartnell, que Maite había escogido, consistía en una falda de tubo azul marino con una chaqueta de rayas; lo acompañó con unas botas blancas de charol que daban un toque más transgresor a ese modelo que podría haberse puesto para una comida en el Casino de Oviedo. Se había cardado la coronilla de su larga melena, dejando el flequillo muy liso, y lo remató con una cinta azul marino, a modo de diadema. Covadonga, con su pelo cortísimo, tanto daba lo que se pusiera; siempre desprendía un aire moderno. Optó por un pantalón pitillo negro, unas bailarinas del mismo color y un jersey de mohair blanco que dejaba entrever su ombligo si levantaba los brazos.

Mientras iban hacia el restaurante, Roberto las puso al tanto de algunos detalles. Lo primero, que Brian había disculpado su presencia. La excusa era que le había surgido un asunto urgente en Abbey Road, pero Roberto barruntaba que, como buen hombre de negocios, no quería intervenir en esa charla que era más bien profesional, así que él también las iba a dejar solas a las cuatro.

—Yo no pinto nada realmente —remató.

—Entonces yo tampoco —dudó Covadonga.

—¿Estás loca? No se te ocurra dejarme sola —imploró Maite—. Además, vienes en representación de Anja. Listo. Te necesito moralmente y también por si se me escapa algo, que estas hablan muy rápido y a veces no entiendo bien su inglés. Pero, aparte de hablar de lo del bar, ¿qué quiere Sharon?

—Eso te iba a decir. Su idea es venirse a vivir aquí, aunque iría una vez al año, en invierno, a su casa de Montemar. Te va a proponer alquilarte la parte de abajo de la villa por un precio simbólico... —dijo Roberto.

—Pero tú ¿desde cuándo sabes esto? —preguntó Maite, molesta.

—Desde anteayer, que cenamos los cuatro. Pero no te podía localizar para contártelo. De todas formas, me pidió que no te adelantara nada...

—Lo que no entiendo es que te lo dijera a ti antes —insistió encendida.

—Mujer, es lógico, supongo que quería hacer un sondeo

previo. Es normal que le pregunte a Roberto, él te conoce bien.

Covadonga quería poner paz y, tras su apoyo a Roberto, aprovechó para cambiar de conversación, sin éxito.

—Y de Jane ¿qué sabes? ¿Qué tiene pensado?

—No tengo ni idea —contestó Roberto, enfadado, mirando desde el asiento delantero el atasco en el que estaban metidos.

Tras varios minutos de silencio, Maite intervino:

—Perdona, estoy muy cansada y nerviosa. Tenéis razón, es normal que te consulte antes. No debería molestarme, es como si le preguntara a Cave; no tendría sentido enojarme.

Roberto se dio la vuelta para lanzarle una mirada fulminante. No le hizo falta decir nada. A Covadonga tampoco. Afortunadamente habían llegado ya al local de Haymarket's Coventry Street. Roberto se bajó para abrirles la puerta. En ese lapso, antes de salir del coche, Covadonga tuvo tiempo de murmurar: «Lo has arreglado, primita...». Maite fue a despedirse de su novio con un beso en los labios, él le dio dos: uno en cada mejilla. Estaba lloviendo, así que el portero fue a recibirlas con un enorme paraguas. Maite, cuando estaban a punto de entrar, se giró para lanzar un adiós con la mano a Roberto. Pero no las miraba. Apoyado en el Jaguar granate, con su traje gris clásico de Savile Row, la corbata un poco desabrochada y el cigarrillo en los labios, estaba irresistible.

Era su primera pelea, y a Maite le dio una punzada de inseguridad la constatación de que se había pasado, de que Roberto era capaz de enfadarse con ella y que quizá no estaba todo tan seguro en esa relación que daba por sentada. Covadonga la miró de reojo, mientras en el guardarropa las ayudaban a desprenderse de los abrigos, y supo lo que estaba pensando. Le susurró un «se le pasará». Maite la miró agradecida y respiró hondo. Debía concentrarse en la comida de negocios. Repasó mentalmente los puntos que había analizado en el hotel, mientras se vestía, y le asaltó una duda.

—¿Quién paga la cuenta? ¿Yo, en agradecimiento?

—Ellas. Ellas han convocado. Y recuerda que Roberto no nos ha contado nada.

Covadonga dijo esta frase entre dientes, mientras correspondía con una sonrisa y un saludo al gesto de sus amigas. Desde una mesa de la esquina opuesta, junto al ventanal, las invitaban a acercarse. Por la efusividad con la que las besaron y el traspiés de Jane al levantarse, quedó claro que el dry martini que tenían en la mesa no era el primero. Las formalidades sobre el viaje, la llegada, el tiempo de Londres y la ilusión que les hacía que tocaran Los Tartesos en la ciudad fueron ágiles. En cuanto ordenaron dos docenas de ostras, típicas del local, y otra ronda de martinis, Jane indicó al *maître* que no era necesario que llamara al *sommelier* porque seguirían con la misma bebida. Fue igual de directa con sus invitadas. Estaba acostumbrada a mandar.

—Ya sé que los negocios los deberíamos dejar para los postres, pero en mi familia somos de solucionar lo práctico y luego disfrutar —dijo pasando un mechón rubísimo de su media melena por detrás de la oreja, al tiempo que agitaba un brazalete de oro y esmeraldas que contrastaba con su ajustadísimo jersey de cachemira beis—. Por otra parte, a la hora de los postres no estoy segura de poder pronunciar una sola palabra. Sharon, quizá quieras empezar tú.

—Secundo lo que acaba de decir Jane. Seré rápida. Tras la desaparición... o muerte..., bueno, desde que Tim no está en Torremolinos, no me siento tan en casa. He decidido seguir yendo una vez al año, por una cuestión de impuestos, y mantener el chalet, pero prefiero que no esté vacío tanto tiempo. Quería preguntarte, Maite, si te apetece que te alquile la parte de abajo. Alquilar es un decir. No tendrías que pagarme nada. Simplemente costear el salario de Jesús, el jardinero, y, bueno, la luz, el agua... Yo iría del uno al quince de octubre y me quedaría en la parte de arriba. El resto es tuyo.

Maite fue a decir algo, pero Sharon no la dejó.

—No es un favor. Necesito que la casa esté habitada, la Hacienda inglesa puede dudar de mi residencia y necesito que haya gasto de luz, de agua... Te soy sincera: había pensado en Roberto. De hecho, se lo ofrecí el otro día, pero él me dijo que no le interesaba, que te lo propusiera a ti. Me pareció una idea más divertida, incluso. Yo prefería un hombre porque la casa es antigua, se rompen tuberías, de repente se va la luz, y nosotras somos más desastre. Pero bueno, si pasa algo, siempre le tienes a él... Yo estaría encantada. ¿Aceptas?

Maite tardó un momento en reaccionar. Por supuesto que aceptaba. La villa de Sharon era su favorita de Montemar y el trato que le ofrecía, insuperable. Pero descubrir que Roberto había rechazado la proposición para beneficiarla a ella le cerró el estómago y le nubló la cabeza. Acertó a soltar dos frases de agradecimiento. Covadonga, que entendía el trance por el que debía de estar pasando su prima, puntualizó un par de asuntos sobre la fecha de comienzo del acuerdo y el sueldo del jardinero (tenía mucho cariño a Sharon, pero sabía que a veces se le «olvidaba» mencionar detalles importantes). Maite volvió en sí e intentó dejar de pensar en lo injusta y susceptible que había sido, y en cómo reparar su metedura de pata. Debía concentrarse en lo que estaba explicando Jane, que se correspondía con lo que Roberto le había adelantado. La respuesta estaba clara, pero quedó en contestar cuando hablara con Anja.

Tal y como había anunciado Jane, los temas «aburridos» duraron lo que el aperitivo. El almuerzo continuó con un repaso de las últimas novedades de Torremolinos y algunos chismorreos sobre los invitados a la fiesta de esa noche. Había uno ineludible, que no era ningún secreto, porque se había publicado en las columnas de sociedad de la prensa británica, pero conocer los entresijos de boca de la amiga íntima de una de las implicadas era un privilegio. Se trataba del romance entre lady Annabel Vane-Tempest-Stewart y James Goldsmith. Ella era la esposa de Mark Birley, dueño del exclusivo club Annabel's, al que irían esa noche. A ella debía de sonarle el nombre.

Jane salió en defensa de su amiga de la infancia, a la que los tabloides habían destrozado.

—Annabel no es la mala aquí. Lleva todo su matrimonio (y no digamos el noviazgo) aguantando las infidelidades de Mark.

—Las cuales nunca le han importado; ella dice que es sano para una pareja —apostilló Sharon.

—Bueno, alguna sí que le ha fastidiado, porque con esas prácticas corres el riesgo de que tu marido se enamore, como le ha pasado a ella. Pero yo estoy moderadamente de acuerdo.

—Y yo. El problema reside en que James era íntimo amigo de Mark.

Covadonga interrumpió a Sharon, ante una atónita Maite:

—Lógico, ¿a quién va a conocer si no? Y lo terrible es que ella queda como la malvada adúltera. Cuando Mark se paseaba con las modelos de Mary Quant (que yo estaba allí y era un descaro), la prensa no comentaba nada. A todo esto, ¿qué dice la mujer de Goldsmith? —preguntó Covadonga.

—Yo creo que, mientras no le quite su estatus, no le importa. Annabel no es más que la amante, mientras que ella es la esposa, además de una petulante insoportable —contestó Jane.

Maite asistía impertérrita y escandalizada a la conversación. En el fondo, todo aquello era parecido a esos pactos que tan bien conocía de la burguesía de Vetusta. Las mujeres aguantaban las canas al aire, mientras sus esposos fueran discretos, pero, desde luego, no se las oiría decir que el adulterio les parecía sano para su vida marital. Y mucho menos dar el paso de irse ellas con otro. La conversación la ayudó a evadirse y no pensar en Roberto, pero fue un instante fugaz.

Tres horas más tarde, Covadonga y Maite estaban tumbadas en las enormes camas del Dorchester, disfrutando del *high tea* que habían pedido al servicio de habitaciones. La frugalidad del almuerzo, siguiendo la costumbre británica y los usos de sus amigas, cuya ingesta calórica se reducía al alcohol, las hizo devorar los *scones* y los sándwiches de pepino. La vista era espléndida: un mar de copas de la arboleda de Hyde Park. Covadonga había propuesto que salieran a celebrar el resultado de la reunión, que no podía haber sido más satisfactorio, pero Maite se negó. Esgrimió un repentino agotamiento. Covadonga hizo como que se lo creía, pero estaba claro que no necesitaba reposar; estaba inquieta por el enfado de Roberto. Nada más llegar al hotel, le había dejado una nota en la recepción: «Siento ser tan estúpida. Por favor, llámame cuando llegues».

Covadonga comentaba detalles del asunto Annabel y Goldsmith mientras se embadurnaba la cara con la crema de glicerina y el agua de rosas que vendían en la farmacia de al lado del hotel. Era su secreto de belleza desde su etapa londinense. Con el batín blanco de seda del establecimiento y una toalla envolviéndole el cabello, tenía un aire a diva de los años treinta. La imagen casaba con la decoración *art déco* del cuarto. Maite no se había cambiado de ropa. La razón era obvia, pero ambas hacían como si no estuviera esperando la llegada de Roberto para poder disculparse y deshacerse de sus remordimientos. Intentaba seguir el cotorreo de Covadonga, que había cambiado el chascarrillo de moda por asuntos más cercanos. En ese momento daba vueltas a cómo bautizar el antiguo Lali Lali. Jane les había explicado que necesitaba pasar página y desvincularse de todo lo referente a su hermano. Iba a vender su casa, pero el Lali Lali prefería, de momento, alquilarlo, en concreto a ella y Anja. La única condición era que le cambiaran el nombre y pusieran una placa explicando el pasado del club. La cifra que les pedía era asumible. Solamente quedaba comunicárselo a Anja, a la que llamarían esa noche, cuando estuviera en el Pink Note. Maite estaba entusiasmada con ese rumbo del destino. Era consciente de que abría una nueva etapa y que Roberto, en la sombra, sería un baluarte, como hasta entonces. Quería pedirle perdón y compartir la alegría.

Un comentario de Covadonga la hizo salir de su ensimismamiento.

—¿Casa Sabino? ¿Estás loca? —espetó Maite—. Ah, vale, creía que era en serio.

—No lo era, pero, oye, con tanto nombre inglés y tanto apóstrofo, me está gustando...

En ese momento llamaron a la puerta. Maite saltó de la cama como una pantera hambrienta a punto de atrapar a su presa. Era un botones uniformado, que traía un sobre en una bandeja de plata. Maite se lo arrebató y cerró la puerta. Recapacitó sobre su brusquedad y volvió a abrirla para pronunciar un *«excuse me, wait a minute please»*, buscar cambio en su bolso y darle una propina. Abrió la carta y, como suponía, era una nota de Roberto.

—¿Qué dice? —preguntó Covadonga, dando por sentado el remitente.

—«No estoy enfadado, lo entiendo perfectamente. He venido un minuto para coger el talonario de cheques, ha surgido un imprevisto en el Marquee (nada grave). Os recojo a las seis. Te quiero».

—¿Ves? A veces te mataría, mi querida Margarita Gautier.

Si Anja hubiera estado presente, Maite hubiera exteriorizado lo que estaba sintiendo en ese momento. Intuía que esa paz que le recorría todo el cuerpo y ese entender que con Roberto no tenía nada que temer, ni del mundo ni de él mismo, era lo que la alemana calificaba de epifanía. Durante las sesiones en las que ella le aleccionaba sobre las asanas, también hablaba de ese tipo de experiencias que, según le iba explicando, sucedían a todo el mundo, «pero hay que estar presente para percatarse; la mayoría de las personas no caen en la cuenta». A su prima no le comentó aquella revelación que acababa de sentir y que hubiera calificado de «las *chalaúras* de Anja». Maite aún dudaba, pero lo importante era que en ese instante estaba feliz y tranquila como nunca. La hora que marcaba el reloj años treinta de la mesilla de caoba atravesó como un relámpago la nube en la que se encontraba.

—¿A las seis? Pensaba que era a las nueve. Si es a las seis, no podemos localizar a Anja —dijo volviendo en sí y a su necesidad de control.

—Ella abre a las seis y media. Aquí es una hora menos.

—Claro, estoy tonta. Deberíamos haber ido de compras...

—Ya, ahora te arrepientes. Pero como la Dama de las Camelias tenía que descansar...

Soltaron una carcajada y se dispusieron a arreglarse. El vestido para el Annabel's y el del concierto sí los habían traído de casa, por si no encontraban nada mejor. No podían arriesgarse. El Annabel's era la novedad social de la jet set internacional; se había inaugurado el año anterior y se había convertido en la meca de las estrellas de Hollywood, la élite del *Swinging London* y parte de la realeza británica. Ahí sí que podían echar el resto. En la fiesta que había organizado Brian Epstein en honor de Los Tartesos, iba a estar lo más sofisticado «de todo Londres y parte del universo», como se encargaba de adelantar Covadonga mientras se maquillaban.

La llamada con Anja se alargó más de la cuenta, así que Covadonga se adelantó para llegar puntual a la cita con unas amigas de su etapa londinense. Roberto esperó a que Maite terminara de explicarle las novedades del negocio a su socia, que estaba encantada con ese giro del destino y se arrepentía de haberse dejado vencer por la pereza y no haber viajado con ellas.

Cuando entraron en el Annabel's, el ambiente se encontraba en su punto álgido. Covadonga los vio llegar. Enclavados en el umbral de la entrada, era difícil no reparar en ellos. Covadonga los miró un rato y le encantó observar su complicidad. La amiga que la acompañaba, Doris, patronista de Mary Quant, le preguntó si los conocía.

—Sí, son mi prima y su novio. Voy a por ellos y por fin conocerás a Maite.

—Ella es ideal, no se puede tener más estilo. Bueno, y él también, tan guapo, tan moreno, tan pálido…, tan alto.

Covadonga le dio la razón. Saludó desde lejos y se apresuró a acercarse con una sonrisa forzada que solo Maite detectó. Al darle dos besos, Covadonga susurró: «Está Reme». A Maite le dio un vuelco el corazón. Empezó a especular sobre si habría sido Roberto el que la había invitado, pero le pareció inverosímil. Pensó en que nunca habían hablado de ella desde que firmaron su noviazgo con aquel beso en noviembre. Quizá Reme y Roberto seguían en contacto... Llegada a ese punto, decidió no permitirse entrar en uno de sus bucles; debía estar presente, como recomendaba Anja, y quitarla de su pensamiento. De su vista no pudo, porque en ese instante se estaba acercando a saludarlos.

Llevaba un traje color berenjena de punto ajustadísimo que le tapaba los muslos, unas botas de charol del mismo tono y se había cortado la melena negra a lo Vidal Sassoon, un peinado que la favorecía y le daba un aire francés, como Barbara, una cantante que Roberto le había descubierto. Maite, al verla, con ese kohl idéntico a la intérprete que triunfaba en Francia, cayó en la cuenta de que a Reme también se la habría dado a conocer. Roberto intentó disimular su contrariedad, pero resultó palmario que él no la había convidado. Cuando ella fue a darle dos besos, se apartó para extenderle la mano.

—¿Qué haces aquí? —preguntó seco.

—Me ha invitado Brian —contestó ella—. Somos amigos desde antes de que tú lo conocieras. ¿No te lo dijo?

Reme fue a besar a Covadonga, que imitó a Roberto y, aprendida la lección, le ofreció la mano. Se la estrechó con una fuerza que podría haberse considerado una agresión.

Roberto cogió a Maite por la cintura. Esquivó a su exnovia con un «disculpa» y se introdujo en ese maremágnum de gente que era difícil esquivar sin estremecerse. En diez metros se habían cruzado con Liz Taylor, Sinatra, que los recibió dando un efusivo abrazo con palmada a Roberto (al que conocía de sus estancias en el Pez Espada), y la princesa Margarita de Inglaterra con su marido, el fotógrafo lord Snowdon.

Ninguno de los dos dijo nada sobre la aparición de Reme. Maite tampoco tenía mucho que comentar; intuía quién había sido el artífice del reencuentro. Iba conociendo a Epstein y sus tretas. Era consciente de su inmenso poder, porque el éxito de The Beatles empezaba a superar al de Elvis Presley. Sabía que una llamada o un gesto suyo podía cambiar el rumbo de la vida de las personas y a veces abusaba, jugaba con esa potestad. Roberto y Maite habían hablado del asunto. Sin menospreciar el valor artístico de Los Tartesos y el excelente trabajo de Roberto, a su novia le extrañaba ese apoyo desmedido del mánager de moda en todo el mundo. El día en que le preguntó si pensaba que Brian estaba enamorado de él, Roberto respondió: «Qué lista eres. No, de mí no. Está loco por Juan». Era el batería de la banda y, a ojos de Maite, el menos agraciado. Bajito, fuertote, de pelo en pecho. A las extranjeras las volvía locas y a algunos foráneos, como Epstein, parecía que también. En esa conversación, Maite descubrió que Juan se había convertido en algo así como el amante secreto del mánager. A Roberto aquello le parecía jugar con fuego, pero remató su relato con: «Llegará a donde tenga que llegar». Roberto acabó aquella charla contándole algunas jugarretas de Epstein que, desde fuera, podían resultar divertidas, pero eran bastante crueles. Tuvo claro que la presencia de Reme formaba parte de ese juego tan de alta sociedad británica, en la que la moral sentimental era líquida. Si le quedaba alguna duda, lo había corroborado ese mismo mediodía.

Siguieron pululando por el club, abrazando a unos y besando a otros. Roberto no soltaba la mano de Maite y ella se sentía feliz así, a su lado. Le gustaba cómo se relacionaba con los invitados, la forma en la que se paró a bromear con Epstein sin hacer alusión a la presencia de Reme y el protocolo que utilizaba para presentarla a sus conocidos, con admiración y amor rendido: «Mi novia, la propietaria del Annabel's de Torremolinos». A ella, oír esa frase le encogía el estómago de orgullo y terror. Maite sonreía tímidamente, dando a entender que su novio exageraba, pero sabía que estaba en lo cierto; regentaba el local más moderno de uno de los enclaves de moda del momento. Empezaba a asimilarlo. Y miraba embelesada a Roberto por su manera de darle seguridad y de ser, de forma natural, con esa soltura, el alma de la fiesta, a quien las modelos, actrices y chicas de la alta sociedad del mundo miraban de una forma que podría haberle producido celos, pero que le disparaba la vanidad.

Maite reflexionaba sobre ello y sobre lo tonta que había sido esos meses dudando de su enamoramiento mientras seguía la charla de Roberto con Harold Pendleton, el dueño del Marquee Club, en la que comentaban las posibilidades que ofrecería abrir en la Costa del Sol un local parecido a ese club de conciertos. Maite recordó como, años atrás, su prima le explicaba que ella, en los encuentros sociales importantes de Londres, jamás bebía. Aquellas reuniones eran para hacer negocios y debía estar alerta. En ese ambiente lleno de capas de lamé, caballeros vestidos con trajes perfectos y cortes de pelo escrupulosamente desenfadados, de aristócratas que charlaban con chicos del barrio de sus sirvientes convertidos en estrellas del pop, de modelos e intelectuales que envidiaban el dinero de los millonarios casi tanto como ellos su belleza y su talento, la diversión era secundaria. La tribu reía, bailaba y bromeaba, pero estaba concentrada en prosperar, en llegar aún más lejos, en compartir afinidades, cumplidos o cama con quien a cada cual pudiera beneficiar.

Maite intervino en la conversación. Empezó a explicar a Pendleton que había un local perfecto para lo que debatían. Por supuesto, había que habilitarlo, pero su arquitectura lo podía convertir en un referente mundial. Tenía forma de barco y estaba cerca de los hoteles más emblemáticos de la Costa. En ese momento se acercó Sharon con el famoso Mark Birley, el dueño del Annabel's; quería que conociera a Maite. La presentó como su homóloga en Torremolinos.

—Os la vamos a robar un momento para que Mark y ella hablen de sus cosas. Seguro que la estáis aburriendo con vuestros rollos de los grupos de rock, y nosotras tenemos que tratar asuntos de adultas.

Roberto intervino. Acababa de ver una oportunidad perfecta.

—Hubiera sido lo normal, pero Maite nos ha reconducido. Acaba de lanzar una idea que...

—... que —interrumpió Pendleton— quizá le interese a Mark. No te vamos a permitir que nos la quites, Sharon.

Pendleton puso al tanto a ambos de lo que estaban pergeñando. Sharon recordó que tenía en la cartera una foto con el Bazar Aladino de fondo. Abrió su *clutch* de plata, herencia de su madre, y allí estaba ella en un recorte de *El Sol* de Málaga, en su etapa de modelo, con un Elio Berhanyer y apoyada lánguidamente en la barandilla del falso barco. A Roberto y a Maite les extrañó que guardara ese recuerdo en su billetera. Consideraban a la cosmopolita, frívola y sarcástica Sharon alguien que no sentía apego por nada, pero prefirieron no preguntar. Harold y Mark se quedaron impresionados al ver el edificio y mostraron un interés genuino por ese posible negocio que acababa de surgir de una conversación aparentemente banal.

Dos horas más tarde, estaban discutiendo sobre cómo convencer a Epstein de que The Beatles lo inauguraran y pensando en qué periodistas debían componer la lista de invitados. Era ya la hora de cierre del local y, aunque Mark insistió en que podían quedarse a puerta cerrada, Roberto y Maite declinaron la invitación. Él adujo que al día siguiente era el concierto en el Marquee y Maite asintió, pero ella tenía otra razón más importante para volver cuanto antes al hotel. Le había rondado todo el día, desde el enfado con Roberto, y esa noche, viendo a su novio brillar, disfrutando de cómo la enaltecía, pensó que era el momento adecuado. Maite, durante los dos últimos meses, desde que se habían acostado por primera vez, se negaba a que pasaran la noche juntos. Roberto insistía en que le apetecía dormir con ella y desayunar juntos, y que no debía preocuparse por el qué dirán, porque Torremolinos no era como el resto de España. Maite justificaba su negativa con la excusa de que La Carihuela, su barrio, era un vecindario muy tradicional y quería mantener su fama de chica seria. Era una verdad a medias. Maite tenía la impresión de que una cosa era acostarse y otra ya dormir juntos. Lo cierto es que jamás había dormido con Alfonso y dar ese paso con Roberto le parecía un compromiso que no estaba segura de querer sellar. Hasta esa noche. Pensó que quizá el alcohol y la idea de que esa primera vez ocurriera en el Dorchester influían en su determinación; fuera lo que fuese, lo había decidido.

Covadonga se despidió de la pareja en el hall del hotel, dando por hecho que seguirían esa regla de no dormir juntos que a ella le parecía absurda. El hotel ofrecía a los huéspedes una llave con un llavero inmenso de hierro, una por habitación, así que quiso organizar la logística para que Maite no la despertara al llegar.

—Dejo la puerta entreabierta. Mañana madrugo para ir a Portobello, necesito descansar.

—No te preocupes, cierra. Me quedo a dormir con Roberto.

Él dio un respingo y Covadonga soltó una carcajada.

—Ya era hora, primita, ya era hora.

Roberto cogió a su novia de la cintura y la fue a besar apasionadamente. Maite se escabulló. Entre coqueta y en serio, le recriminó su actitud.

—Bueno, bueno, que nos van a echar del hotel...

Media hora más tarde, Roberto tuvo que repetir la misma frase. Con su lucha apasionada, tiraron una de las lámparas de la mesita de noche. Maite se dio cuenta de que estaba dando rienda suelta a lo que llevaba meses reprimiendo, y aquello le gustaba. Roberto sabía cómo hacerla disfrutar en todos los sentidos, incluido el sexual. Por primera vez era ella misma besándole, dejándole verla desnuda, cabalgando sobre él y demostrando, sin miedo a que pudiera pensar que era una fresca, que la excitaba hasta casi perder la conciencia. Aquella noche se sintió unida a él de la misma forma que intuía que él la quería. Cuando estaba amaneciendo, se rindieron felices y durmieron abrazados.

Maite se despertó unas tres horas más tarde, desvelada por los ronquidos. Le gustaba esa sensación de estar acurrucada bajo el brazo de Roberto. Verle relajado y desnudo. Pero no tenía claro que llegara a acostumbrarse al rugido de su respiración. Se ovilló aún más y Roberto, medio dormido, dio media vuelta para abrazarla por la espalda, agarrándole el pecho y respirando sobre su nuca. Murmuró: «Te quiero». Y ese susurró disipó las dudas de Maite. Quería soñar siempre junto a él.

9

26 de abril de 1968

Cuatro años más tarde de aquella fiesta en el Annabel's, el proyecto de la sala de conciertos en el Bazar Aladino no había cuajado, pero el grupo formado en torno a aquella idea se convirtió en una pandilla. Roberto y Maite habían convocado una cena para rendir homenaje a Brian Epstein. Su amigo había muerto nueve meses antes, el 27 de agosto de 1967, de una mezcla fatal de barbitúricos y alcohol. Tras la decisión de The Beatles, en el 66, de dejar las actuaciones en directo, su afición a las drogas de todo tipo se había disparado. La pareja consideró que había pasado tiempo suficiente como para recuperarse del duelo inicial y que sus más íntimos (Sharon y Mark) hubieran reunido fuerzas y tuvieran ánimos de viajar y sanar penas en la primavera de la Costa del Sol.

La vida de Maite había cambiado desde aquel encuentro en el Annabel's. Su bar, el Mayte's (lo de la «y» fue cosa de Covadonga), se había convertido en un lugar de referencia.

Fue creciendo a un ritmo pausado, como bien le había recomendado Anja, que se había desligado del negocio. Una vez sola, Maite avanzó con pasos certeros, «con el riesgo adecuado, pero midiendo todo hasta el milímetro». Así lo definió en una entrevista que se había publicado el día antes de la cena en el diario *El Sol* de Málaga, en la que mostraba la reforma de su recién estrenada casa (obra de Roberto) y sus logros en el mundo empresarial torremolinense.

A sus treinta años, había llegado mucho más lejos de lo que jamás soñó, pero observaba su triunfo como algo que le sucedía a otra. Cuando alguien, como en ese artículo de prensa, le preguntaba por la estrategia de su carrera, le daba vergüenza confesar que no existía ninguna, así que inventaba historias en las que daba a entender que estaba todo planeado. Aquella mañana, Roberto y ella se relajaban en el porche y leían ilusionados dos de los cinco ejemplares del diario que había comprado para repartir entre la familia. Maite interrumpió la lectura. Quería disfrutar de uno de esos escasos momentos en los que conseguía vencer lo que Anja había diagnosticado como «síndrome de la impostora». Y se sintió orgullosa, sin reservas; pensó que realmente tenía mucho mérito lo que había construido. Algunos la felicitaban diciéndole que «vaya suerte» y ella se lo había terminado casi creyendo, pero agradecía que Roberto se encargara de recordarle, cuando Maite aludía a su fortuna, que él había estado allí y sabía lo que había trabajado y, por encima de todo, el instinto para los negocios del que gozaba de forma natural. Había reposado el diario en el regazo y cerrado los ojos para oler bien el jazmín y el césped recién cortado y escuchar las gaviotas al fondo y el agua que refrescaba aquel jardín que adoraba. Abrió los párpados para observar el porche ordenado con objetos de los viajes que había hecho con Roberto por medio mundo. Sí, el periódico tenía razón. Era una triunfadora.

Unas horas más tarde, su grupo más cercano había ido a visitarla para comentar la publicación y ayudarla a ultimar los detalles de la cena del día siguiente. Lo componían los recién casados Börj y Adela, Covadonga y Anja. Estaban sentados en el jardín de árboles centenarios, debajo del chamizo que presidía la zona de la umbría piscina. Covadonga leía el artículo en voz alta. Paró y soltó una carcajada.

—No has podido definirlo mejor. Lo de medir todo hasta el milímetro te sirve para la vida personal y la profesional...

—¿Vas a dejarla descansar en paz? —intervino Anja.

—Sí, sí, que descanse en paz. Pero no entiendo esa manía tuya de no casarte con Roberto, ni convivir con él. Me podéis dar las explicaciones que queráis, pero no me entra en la cabeza. Y tampoco que tú la apoyes. Menos mal que Adela está conmigo.

Maite tampoco tenía claro el porqué de ese empeño suyo por mantener su independencia. Lo intentaba justificar diciendo que todo iba tan bien que le daba miedo estropearlo, pero el razonamiento que había ofrecido Anja semanas atrás le parecía más convincente, así que lo sacó a relucir.

—Anja, *darling*, cuéntales a Cave y a Adela lo que me dijiste el otro día. Menos mal que tú me entiendes. Bueno, y Börj.

—Yo no me he pronunciado, a mí no me líes. De hecho, me voy a la cocina a ayudar a Manuela —dijo él al tiempo que se levantaba y se cubría con una camisa de flores que habían comprado en su luna de miel en Hawái.

Covadonga las miró escéptica, movió la cabeza y susurró:

—Ya verás.

Anja explicó que en su primer matrimonio todo empezó a ir mal justo cuando se casaron. Adujo que la experiencia (cosa en la que ninguna de las presentes la podía ganar) y la observación la habían llevado a la conclusión de que el matrimonio y la convivencia funcionan si son consecuencia de un flechazo. Pero que si, como en el caso de ella misma con su exmarido o de Maite con Roberto, la relación viene de algo más relajado, de una amistad, la convivencia deriva en un cariño fraternal.

—*Honey pie*, en tu caso me temo que no fue precisamente por eso. No veo mucha ciencia en esa teoría.

—Con todo el respeto, Anja, eso es una majadería muy grande. Pero a Maite se le ha metido en la cabeza no casarse y, cuanto más la achuchemos, menos querrá. Por cierto, esa rama del ficus está a punto de romperse. Mucha madera de teca y mucha cascada, pero, como se quiebre, te va a dejar bonita la piscina.

En ese momento salió Börj a la escalinata que llevaba al frondoso porche de buganvillas naranjas y rojas.

—Maite: Sharon al teléfono, que dice que están con Ira, la de Fürstenberg, la del Oleole, que si se puede unir a la cena.

—Dile que sí, pero que si viene con algún acompañante.

—No, no, ya se lo he preguntado, por si acaso... Sola, ya no está con Kurt.

—Si ha roto con él, lo que haremos será celebrarlo. Tampoco creo que esté muy afectada —gritó desde dentro del agua Covadonga, de la que solo se veía un gorro de baño con flores de colores con el que protegía la melena que se dejaba crecer a lo Birkin, a la que adoraba—. Díselo, díselo.

—Pero ¿está en el Marbella Club? Yo no entiendo a esta gente. Ella se divorcia, le deja por el brasileño ese y ahora ¿son amigos? —comentó Adela.

—Supongo que es por los hijos. Hohenlohe es inteligente y, al fin y al cabo, se casaron cuando ella tenía quince años —explicó Covadonga.

—¿En serio? ¿Y él?

—Él, treinta o treinta y uno —dijo Covadonga.

Acababa de salir de la piscina. Se sacudió el agua agitando las manos y las piernas. Se quitó el gorro de plástico, como el que se desprende de un casco de moto, y agitó la melena. Anja la miraba embelesada, con los ojos entrecerrados; acababa de despertar de una breve siesta. Entró en la conversación.

—Los dos son muy inteligentes. Ella es increíble. Yo recuerdo muy bien aquella boda.

Anja demostró conocer al detalle toda la historia. La parte italiana de la familia de Ira, los Agnelli, era la de su madre. Adela le pidió que hiciera un resumen, porque ella sabía algunos episodios por sus padres, pero la primera parte del cuento de hadas la desconocía. Anja contó que aparentemente había sido un matrimonio de conveniencia que unía la aristocracia alemana del padre de ella y los Hohenlohe con la fortuna del abuelo de la novia, fundador de Fiat. Pero, en su opinión, Ira fue al altar enamorada. Lo justificó explicando que Hohenlohe, de joven, no era un adonis, pero sí tenía una personalidad arrebatadora. Entendía que la hubiera deslumbrado, «aunque era una barbaridad, una inmoralidad, porque era una cría. Una niña que fue modelo de Emilio Pucci a los trece años y parecía mucho mayor, pero una niña». Ante esa acotación, todas asintieron. Maite recordó lo impresionable que había sido en su adolescencia y cómo se enamoró, sin sentido, locamente, de Alfonso. Por supuesto que se hubiera casado con él, a los doce y los veintiséis años.

Tras un breve silencio, Anja resumió la apasionante biografía de aquella mujer que al día siguiente estaría sentada en una de esas sillas de bambú y ratán. Maite la escuchaba con atención; se había acostumbrado a codearse con personas que unos años antes ni habría soñado conocer, pero aún mantenía cierta capacidad de deslumbramiento que la hacía disfrutar de lo que había conseguido. Anja reseñaba que, a sus veintiocho años, Ira de Fürstenberg tenía dos hijos, dos divorcios a sus espaldas y había ayudado a construir uno de los resorts de lujo más importantes del mundo.

—El artífice del éxito del Marbella Club es del padre de sus hijos, pero, en la sombra, Ira ha tenido muchísimo que ver. Yo he coincidido con ella un par de veces y es divertidísima, encantadora. Y todo su *charme* se lo ha contagiado al hotel. Hohenlohe y ella eran los socios perfectos —remató Maite.

—Dicen que ha regresado para dar otro empuje al hotel —apuntó Covadonga.

—No sé, yo creo que ha madurado y, principalmente, quiere estar cerca de Hubertus y Kiko.

En ese momento llegó Roberto, portando una escultura enorme con forma de piña y varias bolsas de la compra. Maite se levantó para darle un beso y ayudarle.

—La he visto en el Bazar Aladino y me ha parecido tan disparatada que la he comprado. Creo que es perfecta para la cena de mañana.

—Pero ¿qué es? Pesa muchísimo.

—Una cubitera.

—Me encanta.

Adela se levantó agitando la cabeza. Mostraba su desagrado ante esa nueva moda decorativa de los objetos rebuscados de bronce.

—¿No te gusta, Adela? —preguntó Maite, que conocía la respuesta.

—No. Después del loro ese de cobre que compraste para el Mayte's, es lo más horroroso que he visto en toda mi vida —sentenció preparándose para tirarse de cabeza a la piscina—. No quiero ser malaje, pero está entrando terral. No sé yo si es buena idea organizar la cena fuera.

La noche siguiente, efectivamente, había llegado el terral. Ese aire caliente del interior de la península, ese fenómeno atmosférico que aterraba a los malagueños, poco habituados al calor extremo y menos aún al nocturno. Ese viento que hacía que la gente se encerrara en casa y, si estaba en el exterior, no hablara de otra cosa. A Maite y a Roberto no les afectaba demasiado, pero los hijos de Torremolinos y Covadonga y Anja, que ya eran prácticamente de la tierra, no concebían que en un día de terral se hiciera nada al aire libre. Tras un largo rato de discusión, Anja cerró el debate, conciliadora y práctica; quedaban tres horas para la llegada de los invitados.

—Ni pa ti ni pa mí. Hagámoslo en el porche. Las ventilaciones del techo refrescarán y a medianoche quizá ya no sople el terral.

Maite aplicó en aquella cena todo lo que había aprendido en esos años, entreverado con el ejemplo de su madre como anfitriona. Una vez hubo remontado el deslumbramiento de la rabiosa modernidad de la Costa del Sol, se dio cuenta de que su esencia, algunas costumbres que había visto desde niña y determinados tics de su familia hacían que su forma de recibir (en casa o en su bar, que al final eran lo mismo) tuviera un sello propio que todos admiraban. Un ejemplo era que en el Mayte's jamás usaban servilletas de papel. Cada copa y cada platito de cacahuetes o aceitunas lo servían con unas de hilo, como las de las invitaciones al té y bridge de su madre. Cada bebida tenía su vaso: de whisky, de combinado, de oporto, de refresco... Los baños del bar estaban impolutos, con botes de perfume, toallitas individuales con el logo del bar y polvos de maquillaje (en el de las señoras) por si necesitaban retocarse en esos veranos de calor y humedad.

En su casa lo llevaba al extremo, por supuesto. En las últimas Navidades, Maite había viajado a Oviedo. Su padre andaba enfermo del corazón y claramente desanimado. Por otra parte, poco a poco se había ido normalizando la relación familiar y empezaban a tratarse de adulto a adulto. Maite, en esa visita, había pedido su ajuar. Su madre se rebeló diciendo que se negaba a dárselo hasta que no se casara. Tras una breve negociación, a la vista del convencimiento de su única hija respecto a no pasar por el altar, quedaron en que le entregaría todo lo que su abuela materna había dejado para ella: cubertería, bandejas, fuentes de plata y dos vajillas de Limoges, de verano y de invierno. Con la ropa de cama no cedió. Quedaron en que esperarían, por si «algún día entras en razón y aceptas la propuesta de Roberto, si no se cansa antes de tus tonterías». Mila Morán no conocía al novio de su hija, pero las referencias de linaje, actividad profesional e intenciones le parecían inmejorables; además, tenía un rasgo que consideraba esencial de cara a una posible descendencia: era alto y delgado. La falta de estatura y la obesidad eran herencias genéticas de los que se huía en su familia. La información sobre Roberto le había llegado fundamentalmente gracias a Pilarín y Covadonga, que habían puesto al tanto a tía Cova, con astucia, para que sirviera de mensajera. Maite había contado algo, lo cual a Mila Morán le había parecido nada y había acabado por retomar aquella frase que repetía desde la adolescencia de su pequeña: «No cuentas nada, no sé de tu vida, todo hay que sacártelo con sacacorchos».

Aquel día, en esa cena, Maite combinó su artillería burguesa, casi rancia, con elementos que había adoptado hacía poco tiempo. Había algo que, con el paso de los años, consideraba esencial y que al principio le chocó: la mezcla de gente en las reuniones de la Costa y en los clubs más selectos del mundo. Ya lo había intuido con Pedro's, y eso fue lo que la llevó a ampliar el horario de su local, pero, a medida que conocía más a fondo lo que algunos llamaban jet set, vio que el mestizaje iba mucho más allá. Edades, clases sociales, idiomas, estados civiles, actividades profesionales y gustos sexuales diversos eran el secreto del éxito de un encuentro. Pero había otra norma no escrita que se debía cumplir: introducir nuevos sujetos. La jet set era un grupo endogámico al que le encantaba empaparse de sangre fresca. Y a los anfitriones prácticamente se les exigía que, además de champán, presentaran a dos o tres invitados ajenos al grupo habitual. Aquella noche quedó claro que Maite sabía cómo hacerlo.

Los comensales introdujeron a Ira de Fürstenberg, una de los suyos, pero que no tenía demasiada relación con la pandilla de Torremolinos. Y ella presentó a Börj y Adela, y también invitó a Carmen, que se había convertido en una belleza y, desde que Richard la había dejado para irse con Inga, no paraba de encadenar desastres amorosos. A sus veintiún años, tenía un catálogo de sinvergüenzas simpáticos tan típicos de la Costa que, en palabras de Covadonga, «harían palidecer a la misma Ira de Fürstenberg». Su objetivo era trabajar como modelo e irse de Torremolinos. Había hecho sus pinitos en los desfiles que se organizaban en el Pez Espada, y en el último, de Nina Ricci, la propia diseñadora la había felicitado, como bien contaba, siempre que podía, la propia Carmen. Maite consideró que, aparte de su desparpajo y esa prestancia despampanante, quizá encajaría con Mark. Aún no se había divorciado de Annabel, quien mantenía su romance con Goldsmith, pero llevaban separados años. Ni Maite ni Adela, que estaban compinchadas como celestinas, lo veían como un futuro esposo para Carmen, pero estaban convencidas de que la haría olvidar los desplantes del guapísimo camarero italiano del Tropicana. Los nuevos adeptos debían cumplir otro requisito: tener algo que ganar y que ofrecer. La vida, para la jet set, era un negocio. En las fiestas todos intercambiaban algo, desde información hasta la firma de contratos, pasando por fluidos e invitaciones a nuevos ágapes donde se repetiría el círculo.

La presencia del matrimonio Gálvez (Börj y Adela) tenía el porqué de su nuevo proyecto. Se rumoreaba que se iba a traspasar el hotel Miami y estaban planteándose invertir en ese negocio. Todos los presentes tenían relación con la hostelería, así que podían ser de gran ayuda como consejeros o inversores. Maite también quería aprovechar la oportunidad. En unos meses se iba a inaugurar una nueva discoteca en Torremolinos, Tiffany's. Le habían propuesto hacerse socia. Ella tenía dudas. Mayte's se le estaba quedando pequeño, pero no sabía si el camino adecuado era dejarlo y embarcarse en algo más ambicioso o mantenerlo y tener una participación monetaria, sin más, en Tiffany's.

Cuando Marcos, el camarero del Pez Espada que les ayudaba en las cenas, estaba sirviendo la dorada a la sal con ensalada de pimientos, Maite consideró que los comensales, tras varios dry martinis de aperitivo, estaban a dos copas de vino de no poder articular respuestas con cierta sobriedad. Oteó para ver quién estaba atento y tuvo claro que, excepto

Carmen y Mark, que no paraban de cuchichear y reírse, el resto parecía receptivo.

—¿Alguien ha estado en alguna de las discotecas Tiffany's? Van a abrir una aquí.

Todos hablaron a la vez acerca de lo que habían oído, del ambiente que tenía la de Playa de Aro y de cómo sabían mover a gente de todo el mundo. Mark prestó atención un momento para corroborar lo profesionales que eran, pero siguió coqueteando con Carmen. Al volver la vista hacia ella, vio que había dejado caer el tirante del escotadísimo vestido de piqué amarillo que resaltaba aún más su piel bronceada. Covadonga sonrió orgullosa; era uno de los modelos de su colección y estaba produciendo el efecto para el que ella lo había creado: seducir sin sutilezas. Tomó nota mental de ponerlo en el escaparate de la boutique que acababa de inaugurar para vender su marca, CaveWoman, junto con algunas piezas escogidas de diseñadores de todo el mundo.

—Yo conozco a Ganzoni y a Straub, los dueños de la cadena. Son buenísimos para los negocios y conocen a todo el mundo. En el último concierto de los Stones en el club, estuve con ellos, son íntimos de Anita, Keith y Mick... Jagger —aclaró.

—Eso he oído, que están muy metidos en el rock. Precisamente el otro día, Gunilla me contó que habían ojeado locales en Marbella, pero, por lo que veo, Torremolinos tiene ese aire más hippy que les va a ellos —dijo Ira.

—Eve, la mujer de Ganzoni, es interesantísima. Estudió en Saint Martins. Os va a encantar.

Roberto, Covadonga y Anja eran los únicos que estaban

al tanto de la oferta. Los tres se concentraron en diseccionar la dorada de sus platos, sin levantar la vista. Maite intentó poner cara de póquer, en vano. Sharon la miró unos segundos fijamente y soltó una carcajada. La señaló con el dedo, como una niña acusica.

—Nooooo... ¡Maite, te han hecho una oferta!

—¿En serio? —preguntó Jane—. No me extraña, si yo pusiera aquí un Tiffany's sería la persona a la que querría asociarme.

Maite no tuvo más remedio que confesar. Y, ya puestos, fue transparente sobre las opciones que barajaba y pidió consejo. Todos coincidieron en que lo cabal era mantener el Mayte's, que iba de maravilla, y tener una participación en la nueva sala de fiestas. Todos excepto Mark, que empezó a interesarse por la conversación.

—Lástima que no pudiéramos coger el Bazar Aladino. Nos hubiéramos adelantado a ellos. Yo opino que debes hacer algo en solitario. Crear tu propio club ya y no pasar por esa etapa intermedia.

—No sabes cómo te agradezco tu fe en mí, pero no me veo aún preparada. Estaría más segura, me parece, si veo cómo funciona un negocio así por dentro.

Ira, que llevaba un rato callada, intervino:

—Yo considero que deberías dar el paso en Marbella. Torremolinos, dentro de un par de años, va a estar masificado. Se devaluará.

—No te digo que no. Mira las torres de Playamar, con todo el respeto por tu padre... —dijo Maite, dirigiéndose a Roberto.

Él asintió. No comulgaba con ese tipo de urbanismo que estaba promoviendo su familia. La construcción de los rascacielos de Playamar había creado la alarma en cierto sector de Torremolinos. En la mesa se inició el debate sobre si atraer a un turismo a granel era beneficioso o no para ese barrio de Málaga. Las posturas estaban claras: los de pedigrí torremolinense puro, representados por Carmen, estaban a favor. Consideraban que traería prosperidad.

—Torremolinos no es Montemar. En el barrio del Calvario aún hay gente que no tiene ducha en su casa ni nada para comer. Terminan *guarníos* después de doce horas en el mar para sacar cuatro pesetas. Pasó lo mismo con el principio del turismo. Había gente que estaba en contra, como mi abuelo, pero bien que ahora tiene su casa con su jardín y su coche perita... gracias a que los guiris se hinchan a tortas de Torremolinos —explicó Carmen en un inglés que intercalaba con su malagueño.

Todos atendían con interés, especialmente Ira, que había vivido muy de cerca la evolución de Marbella. Cuando ella y su exmarido llegaron a la Costa del Sol, en los años cincuenta, aquello era un pueblito de pescadores.

—Pero hay formas y formas de atraer turismo. Nosotros en Marbella hicimos algo bonito. El Marbella Club son bungalows...

—Exacto. El turismo está bien, pero hacer cinco torres que destruyen el paisaje y que van a estar ocupadas un mes al año es destrozar una ciudad —apuntó Börj, cuya rama sueca le hacía mantener un punto intermedio.

—Yo creo que el gran debate es: ¿tiene derecho todo el

mundo a veranear en la playa a un precio módico o debe ser algo exclusivo de una élite? —aportó Roberto.

—Hombre, cariño, planteado así... —intervino Maite—. Y, no es por nada, pero los pisos de Playamar no son precisamente baratos.

—Y los de Sofico, con la publicidad esa de la rentabilidad del doce por ciento, son pura especulación —intervino Covadonga.

—¿Sofico está bien? A mis padres les han hablado de ello, de poder invertir alquilando. Creo que se están introduciendo en el mercado británico —dijo Harold.

Roberto miró a Maite nervioso y respondió rotundo:

—Diles que no inviertan. Ni ellos ni nadie que conozcan.

—Pero... —fue a decir Carmen.

Maite la interrumpió y cambió de tema:

—Ira, querida, no nos has contado nada de la película que acabas de estrenar. Estoy deseando verla.

Roberto, aliviado, secundó ese nuevo giro en la conversación:

—¿Es una especie de parodia de James Bond o estoy confundido? Leí algo en el periódico.

Ira explicó que era su debut cinematográfico. Todo había surgido por casualidad, por haber coincidido en un avión con el productor, Dino De Laurentiis, y dudó a la hora de aceptar el papel.

—Claramente no me lo ofrecieron por mis dotes interpretativas —bromeó Ira, a la que le encantaba reírse de sí misma y de su personaje.

—Mi amigo Marco estuvo en el estreno en Roma y me

contó que, además de bellísima, eres una magnífica actriz —acotó el caballeroso Mark.

—No sé, yo, desde luego, me lo paso bien rodando y tengo muy buena memoria. Según Baby, más para lo malo que para lo bueno.

—Bueno, quizá en su caso resulta que es difícil olvidar lo malo. Yo también me acordaría si alguien mandara a un amigo para decirme que quiere romper conmigo.

Entre «¿en serio?», «¿será malaje?», «menudo cobarde», risas y otras expresiones en contra de su segundo ex, el millonario brasileño Baby Pignatari, llegaron los postres, los brindis por Brian y las copas. Era más de medianoche y el terral parecía haber dejado de soplar, así que bajaron a los sofás de la piscina, donde estaba el equipo de música, mientras sonaba de fondo el «Hey Jude» de The Beatles. En una noche normal habrían acabado bailando y bañándose en la piscina, pero Sharon y Jane no conseguían animarse. El recuerdo de Tim y Brian les velaba el ánimo, y el resto sentía algo parecido. Los primeros en retirarse fueron Carmen y Mark.

—Voy a acompañar a Carmen a su casa. No le permiten recogerse más tarde de la una —explicó Mark, encantado ante el exotismo de ligar con una chica que tuviera hora de llegada—. Me llevo el coche, pero, en cuanto la deje, vuelvo.

—A la una los días especiales —apuntó ella.

Tras un rato de chismorreo sobre el incipiente romance de los que se habían marchado y el debate sobre si Mark regresaría o no, Harold encabezó la segunda retirada. En las despedidas, Maite observó satisfecha que sus planes habían surtido efecto. La pareja iba por buen camino y, respecto a los negocios, Ira propuso a Börj y Adela, con los que congenió al momento, quedar a comer en el Miami al día siguiente. Quería conocer el hotel. Ellos aceptaron encantados y Adela, tímidamente, propuso que sus padres se unieran. Era consciente de que la propuesta tenía que ver, en parte, con que los Hohenlohe conocían a sus padres, habituales de las fiestas del Marbella Club.

—No, no, esto es entre nosotros, una comida de negocios. Quiero verlo para daros mi opinión. Pero sería estupendo que vengan por la tarde, a la copa en el Mayte's.

En el portón de la casa, siguieron diciéndose adiós un buen rato. En ese lapso apareció Mark, tal y como el sector con sangre española había vaticinado. La hora de llegada de una madre ibérica era algo muy serio. Mark se bajó del Méhari naranja que habían alquilado, para agradecer la invitación correctamente. Tras un rato de charla, poco acostumbrado a esas eternas despedidas tan españolas, anunció que él debía marcharse, ya que al día siguiente madrugaba para ir con Carmen de excursión a Ronda. Tomó a Maite del brazo y le susurró dramáticamente al oído, como si le confiara un gran secreto:

—Querida, yo he dicho lo que tenía que decir: vuela sola. Y creo que Ira tiene razón, tu sitio está en Marbella.

10

6 de marzo de 1969

La madrugada en la que Pedro Velasco falleció, su hija se encontraba en la discoteca Tiffany's. Era jueves, a las cuatro y seis de la madrugada, y Roberto estaba solo en la casa. Una llamada a esas horas nunca anunciaba buenas noticias, pero, en ese caso, Roberto corrió a coger el teléfono aterrorizado. Los jueves era cuando Maite, como socia, se daba una vuelta por la recién estrenada discoteca, y esa era la hora a la que solían cerrar. Cuando, al contestar, una voz femenina preguntó por ella, respiró tranquilo.

—Soy Roberto, Maite está a punto de llegar del trabajo.

—Soy su madre. Encantada, Roberto. Acaba de fallecer su padre. Por favor, dile que me llame cuando llegue.

—Lo sien...

Mila Morán había colgado. En ese instante tenía asuntos más acuciantes en los que pensar, pero esa conversación le ofrecía una serie de datos alarmantes: su hija estaba sola, sin su novio, en su trabajo, que era una discoteca, y al parecer vivían juntos. Para colmo, en la mentalidad protocolaria de Mila Morán, como su hija no se lo había presentado, tuvo que hacerlo ella misma sin ningún estilo.

Roberto apagó el equipo de sonido de su estudio, donde solía trabajar por las noches, y dudó si ir a recoger a Maite. Estaban a diez minutos en coche, pero pensó que era mejor esperar a que volviera. Normalmente llegaba antes de las cuatro y media, así que decidió salir al jardín, desde donde oiría llegar el 4L de su novia. Estaba diluviando, con una de esas tormentas típicas del final del invierno en la Costa del Sol. Esos días eran los favoritos de Maite, pensó Roberto, y también que posiblemente a partir de entonces ya no sería así; los escasos aguaceros de Torremolinos dejarían de recordarle a Asturias para remitirla a ese día. Sonó un trueno y, con él, el motor del coche. Roberto dio una última calada al cigarrillo, lo apagó en el cenicero de Cinzano de la terraza y se dirigió al portón de la calle. Cuando Maite le vio en el umbral, supo que algo pasaba; siempre la esperaba despierto, pero tomando un té en la biblioteca. Dejó el coche sin cerrar y se acercó dando pasos cortos, lo más rápido que pudo para no perder el equilibrio con las plataformas. Al entrar en el patio, Roberto la abrazó y se lo dijo. Dejó que llorara como una niña, huérfana. Y cuando ya estaban empapados, Maite volvió en sí.

—¿Ha sido mi madre la que ha llamado?
—Sí, me ha pedido que la llames, claro...
—¿No te ha dicho nada?
—¿De qué?

Maite agitó la cabeza. Roberto no podría entender, con

razón, que en un momento así ella se preocupara por la opinión de su progenitora sobre sus horarios de trabajo y que vivieran en pecado. Era algo que solo una Morán podía intuir.

La conversación con su madre fue breve. Ninguna de las dos lograba dejar de llorar. Tras colgar, Maite quiso ir de inmediato al aeropuerto, pero Roberto la convenció para que descansara; él viajaba con frecuencia a Madrid y sabía que los viernes el primer avión no salía hasta las 13.35. Mientras Maite se acurrucaba en una manta en el sofá, Roberto tomó las riendas y llamó a su suegra para decirle que quizá no llegarían hasta la noche, que en cuanto abrieran las oficinas de Iberia se informaría de las conexiones para Avilés. También se ofreció a ayudar en lo que necesitaran.

—Yo me ocupo de todo, de lo que haga falta, Mila. Entre Cave y yo lo arreglamos.

—Gracias, hijo —contestó amable—. Perdona, pero ¿quién es Cave?

—Perdón, Covadonga. Estamos esperando a que amanezca para darle la noticia.

—¿Cave? Bueno, muy bien. Su madre está también arreglando el asunto del funeral y el panteón. Es increíble los quebraderos de cabeza que da la muerte.

Roberto reprimió la carcajada y miró a Maite, que había dejado de llorar en el momento en que oyó lo de «Cave». Estaba claro de dónde salía su sentido del humor.

Aquella madrugada se quedaron tumbados en el sofá semicircular blanco de Eero Saarinen. Maite cayó un rato dormida, como en las noches en las que Roberto y ella remataban allí, una vez solos, con pereza para irse al dormitorio, las reuniones de amigos en torno a esos cuatro sillones, casi camas. Pensó que esa decoración futurista, tan de *Barbarella*, no estaba diseñada para el dolor; era para reír, charlar o amar. Se sintió extraña con ese pellizco en el pecho, la cabeza en la huesuda clavícula de su amor y esa sensación de cobijo, de besos en la frente y caricias en el pelo que solo había experimentado con la persona que acababa de morir y, en ese momento, con Roberto. Eso la hizo emocionarse y le inyectó un ápice de consuelo.

Maite se sentía orgullosa de haber vencido los terrores del lastre de su relación con Alfonso y de decidirse a compartir su hogar con Roberto. En un principio tuvo que ceder a la evidencia de que casi todos los días dormían juntos en Villa Muros, pero ese detalle práctico a ella, que era una romántica empedernida, no le parecía suficiente. Roberto no presionaba; Maite no tenía claro si por estrategia o porque realmente, tal y como decía, tampoco le parecía tan importante vivir bajo el mismo techo. El caso era que la cotidianeidad se iba imponiendo para crear un lazo que tenía que ver con el hogar. Le gustaba desayunar con él mientras hablaban de banalidades; salir a cenar y luego charlar hasta que casi amanecía en las tumbonas de la piscina; debatir con él si debían plantar un limonero o un níspero en la entrada de casa; oír los discos recién salidos de los grupos de música; abordar digresiones filosóficas para luego pasar a algún chismorreo o quedarse remoloneando en la cama mientras él cerraba conciertos por teléfono, acariciándola en el vientre.

Una tarde de agosto de 1968, mientras vagueaban en la piscina, Maite dejó en la mesita de teca el nuevo número de *La Codorniz*, que Roberto compraba religiosamente, y le planteó a su novio lo que llevaba meses meditando:

—¿Cómo ves mudarte aquí, aunque conserves tu bungalow de La Roca?

Roberto siguió enfrascado en el *The Times*, que adquiría a diario en el quiosco de enfrente del hotel Blasón.

—Muy bien, me traeré el cepillo de dientes, que es lo único que me queda en esa casa. Pero el apartamento de La Roca prefiero alquilarlo. ¿Cómo ves tú que pague la mitad de los gastos del chalet y de la hipoteca?

Maite asintió con un resquicio de vértigo, pero Roberto lo hizo todo sencillo y discreto. En septiembre colocó más alto el móvil de Calder con el que se golpeaba cada vez que iba a coger un libro; en octubre preguntó si veía bien que el trastero de al lado de la entrada lo convirtiera en su estudio. Y así llevaban casi un año. Maite continuaba tranquila, segura, pero había algo profundo que la hacía dudar de si estaba realmente enamorada. Intentaba no darle vueltas a esa metafísica del amor y ser práctica, como Adela, que, cuando le salía con sus teorías de si verdaderamente lo que sentía por Roberto era enamoramiento o costumbre, replicaba: «Tú estás a gusto, ¿no? Pues punto en boca».

Cuando dieron las diez de la mañana, Anja tocó el claxon para recogerlos y llevarlos al aeropuerto. Maite se extrañó de su indumentaria, unos vaqueros y una camiseta de Tiffany's sin mangas. Por el camino estuvieron debatiendo sobre si debían alquilar un coche al llegar a Madrid o esperar al vuelo del día siguiente. Maite miraba por la ventanilla con la mente en blanco. Al llegar, Anja les ayudó con las maletas y fue a abrazarla para despedirse. Maite cayó en que no los acompañaba. Pronunció un inconsciente: «Pero ¿tú no vienes?». Ella respondió achuchándola más fuerte: «No, *honey pie*, yo mejor permanezco y cuido de Rondo». Las enormes gafas de sol no ocultaron una lágrima que Anja se apresuró a secar con el dorso de la mano, como si fuera sudor.

Los tres habían permanecido callados en el mostrador de facturación. Ya en la sala de embarque que daba a la pista, Maite se dio cuenta de que su prima también lloraba en silencio, y supo que no era por la misma razón que ella. Maite le cogió la mano. Roberto se levantó discreto, con la excusa de ir a por agua, y Covadonga rompió en sollozos.

—¿Ella quería venir?

—Sí…

Maite no quiso incidir, comprendía tanto a Anja como a su prima. Llevaban años juntas y esta suponía una ocasión perfecta para dar a entender que eran pareja. Ella decía comprender que la familia de Covadonga no aceptara su relación, pero realmente no podía captar hasta qué punto y cómo desbarataba el mundo de Covadonga.

—Soy una cobarde. Ella te adora, eres como una hermana, quería estar contigo. Y supongo que también está harta de no existir para…

—Ya, la entiendo y te entiendo. Quizá este no era el mejor momento.

—No lo va a ser nunca. No nos engañemos.

Maite no tenía nada que decir. Se limitó a abrazar a Covadonga y a mecerla, como un rato antes su prima había hecho con ella. Covadonga se echó el pelo hacia atrás, se quitó las gafas de sol, respiró y soltó un muy suyo: «Basta, ya pasó. Hoy es tu día de llorar. Soy una egoísta». Roberto llegó con dos vasos de Fanta de naranja y una bolsa de Tortas Típicas de Torremolinos.

—Tenéis que comer algo. Ya está reservado un coche con chófer. Así dormís por el camino y, bueno, yo también. Llegaremos hacia medianoche.

Maite transitó por las exequias como si fuera otra la que daba las gracias por los pésames. Escuchaba las anécdotas en las que se hablaba de la inteligencia y nobleza de su padre y se abrazaba con algunos muy allegados que sentían, de corazón, su pérdida. El desamparo y los efectos del Optalidón que su madre usaba de remedio para todo la tuvieron durante los tres primeros días de su llegada a Oviedo en una nube de supervivencia. Bajar a la realidad hubiera resultado insoportable. Mila Morán, siempre entera, ocupada de las apariencias y pendiente de recibir cuidando de todos los detalles, se rindió. Había entrado en un estado de tristeza inconsolable y apatía, y, en un gesto insólito en ella, delegó en Maite. Su tía Cova le explicó que, aunque durante los tres días que solía visitarlos en Navidad habían intentado aparentar que su padre se encontraba bien, no era así. Mila había sacado adelante la empresa familiar y cuidado de don Pedro Velasco durante los últimos años. Le descubrió que su padre, que siempre había sido tendente a la melancolía, había caído en una depresión profunda que le tuvo fuera del mundo. Él se negaba a admitirlo, y menos todavía cuando Maite iba. Esa tarde, la siguiente al entierro en el panteón del cementerio de Pravia, su tía y Pilarín la pusieron al tanto de una situación de la que había sido ajena y que le habían ocultado por orden expresa del enfermo.

—Sinceramente, creo que temía que, si te enterabas, acabaras viniéndote y él no quería. Estaba muy orgulloso de ti y de todo lo que lograste estos años, Maitina —le explicó su tía abrazándola, para consolarla en su llanto.

—¿Y mi madre? ¿Cómo es que no…?

Pilarín y tía Cova se miraron cómplices, y esta tomó la palabra.

—Bueno, tu madre estuvo a punto un par de veces…, pero ya sabes cómo respetaba a tu padre. No se atrevió a llevarle la contraria.

Maite sintió agradecimiento por su padre y también culpabilidad. Por mucho que hablara con casa todas las semanas, lo cierto es que la portavoz era su madre; él solía decir que estaba ocupado y le mandaba un beso. En Navidad los visitaba tres o cuatro días y no se molestaba en profundizar en lo que sucedía. Se arrepintió de haberse sentido rechazada y de no insistir cuando le proponía a su padre ir a dar un paseo, de los suyos, por la ribera del Nalón. Igual que con la falta de respuesta a sus tarjetas. Se sentía culpable por haberse volcado en otros y no en su exigua familia. Por haber estado pendiente de si Adela un día andaba más callada de lo normal y no parar hasta que le contara lo que le ocurría, o de si un empleado le decía que su hijo estaba con tosferina e interesarse por su evolución. Se preguntaba cómo había podido permanecer tan ajena a lo que ocurría con su padre. Le notaba cansado, alicaído, pero lo achacaba al exceso de trabajo y a su carácter reservado. Con eso le había bastado para dejar de preocuparse.

Pilarín era muy prudente con Maite cuando alguien más estaba delante. Con los años, ella había supuesto que su tata no quería molestar o más bien encelar a su madre, que las conversaciones en la cocina quedaban para ellas y, si Mila Morán entraba y las pillaba cuchicheando, ambas debían disimular y comentar algo sobre la leche que había que comprar. Era una lección que Pilarín había recibido de su madre. Ella la consideró exagerada antes de entrar a trabajar con los Velasco, aunque descubrió su valor cuando Maite llegó a la adolescencia y quedó claro que prefería contarle a ella sus cuitas amorosas. Pero en ese momento, Pilarín dejó a un lado la discreción. Con tía Cova tenía más confianza y vio a Maite tan compungida que se lanzó.

—Señorita, no se culpe. Aquí estuvo todo bien. Usted no podía ayudar en nada. La alegría de su padre era que fuera feliz en Málaga, con su nueva vida y sus cosas. La señora Mila tuvo ayuda en la empresa… —Aquí paró y miró a Cova, no quería meter la pata.

—Exacto, tenía al gerente y a los directores de proyectos. Quizá antes fui exagerada. Lo que quiere decir Pilar es que tu madre tiene mucho mérito, pero tampoco es que se matara a trabajar.

Maite no pudo evitar soltar una carcajada ante la apurada Pilarín, que no lo negó.

En ese momento llamaron a la puerta. Maite fue a abrir.

Recibió con un beso corto a Roberto, al que acompañaba una demacrada Covadonga, que seguía en conflicto con Anja. Habían estado ultimando algunos papeleos del seguro y el entierro.

El timbre debió de despertar a Mila de su siesta de tres horas y asomó la cabeza, despeinada, desde su cuarto. Al ver a todos en el recibidor, al final del pasillo, dio un respingo y se volvió a meter. Mila Morán jamás había aparecido en público sin maquillar y sin su media melena morena perfectamente enlacada. Maite no recordaba haberla visto sin arreglar. De hecho, Maite y Covadonga llegaron a considerar de pequeñas que el trayecto que separaba la alcoba del baño lo transitaba por un pasadizo secreto. Nunca había aparecido ante ellas recién levantada o en bata. Ese detalle de esconderse en cuanto vio que había llegado gente denotaba que iba tomando fuerzas. Roberto se estaba quedando en el Gran Hotel, así que esa tarde era la primera que iba a la casa de visita, porque los días anteriores se había dedicado a todo lo relativo al sepelio.

Media hora más tarde, Mila entró en el salón con una falda de tubo negro y un *twin set* morado oscuro, sutil y acertadamente maquillada. Hizo un gesto a Roberto, indicando que no era necesario que se levantara, y se sentó en su sillón, al lado del de su marido, que todos habían dejado vacío. Había interrumpido una conversación sobre asuntos relativos al seguro, la cita con el notario y las cuentas bancarias. Maite consideró que su novio había hecho ya suficiente y que debía tomar ella las riendas. La irrupción de su madre hizo que todos callaran. No sabían si era oportuno tratar esos asuntos delante de ella, que había pedido explícitamente ser liberada de la burocracia.

—Roberto, ven, ponte aquí, que cada día oigo peor —dijo señalando el sillón de su esposo.

Maite sintió una mezcla entre alivio (parecía que daba el beneplácito a su novio) e indignación (era muy pronto para que nadie se sentara en ese lugar).

—¿Hay algo que yo deba hacer o firmar? —preguntó Mila a Roberto.

Maite intervino, porque veía que él se sentía en un aprieto: no sabía si acatar su primera orden de «no quiero saber nada» o esta.

—¿Te parece que te contemos ya, mamá, o prefieres dejar pasar unos días? No hay prisa.

—Prefiero que no me contéis. Me decís qué debo firmar y listo.

—Habría que ir al notario para el asunto del testamento, sería lo único.

—Pues cuando queráis, hijo. Excepto los lunes, que tengo cartas y peluquería, cualquier día. Pero cuéntame, ¿te tratan bien en el Gran Hotel? Les dijimos que eras el prometido de Maite, que lo que necesitaras. El director es íntimo de la familia.

Maite lanzó una mirada furibunda a su madre al oír «prometido», que luego suavizó arrepentida y resuelta a tener más paciencia.

—Sí, Maite, prometido. Si, como entendí la otra noche, en mi llamada a las cuatro de la madrugada, cohabitáis, presupongo que este joven tan apuesto y amable (no sabes cómo te agradezco que estés ayudándonos con estos asuntos prácticos tan latosos) y mi hija estarán comprometidos —remató Mila mirando a Roberto.

—No hay manera, Mila. Cada vez que saco el tema, se escabulle. A ver si me ayudas a convencerla, porque nada me haría más ilusión —contestó Roberto, desenvuelto, mirando divertido a su novia.

Mila le hizo un gesto de: «Eso está hecho».

—En Covadonga hay que pedir día con dos años de antelación, así que no hay mucho tiempo que perder.

—¿Covadonga? Eso sí que no. Si nos casamos, que habría que verlo, sería en la ermita de Montemar, una cosa íntima.

—Claro que sí, con hippies de esos tocando la guitarra y cantando cosas raras —dijo indignada Mila.

—¿Ves? —respondió triunfante Maite, mirando a Roberto. Pero no las tenía todas consigo. Era consciente de que su madre estaba simplemente negociando: empezaba por la ermita de Covadonga para luego aminorar, quizá hasta llegar a Los Jerónimos.

La reunión resultó más agradable de lo que Maite había supuesto. La presencia de Roberto, al que su madre aprobaba con nota, había hecho que desplegara todas sus habilidades sociales. Nada como alguien de fuera, que aportara novedad en las manidas conversaciones diarias, para que Mila Morán floreciera. Maite nunca había aceptado esa cualidad de su madre, pero, ya entrando en la madurez, no le parecía algo denostable por su frivolidad, sino digno de admiración. Convenía en que hacía la vida más feliz y más fácil.

Sabía que el luto de su madre era profundo, pero la tranquilizaba advertir que, al menos durante los ratos que estaba en visita, se esfumaba esa tristeza. Maite notó que, después de un par de horas, Mila empezaba a estar cansada y propuso ir a dar una vuelta con Roberto para enseñarle Oviedo. Ella también necesitaba airearse y estar a solas con él.

Fueron camino de la catedral, pero, a los diez minutos de iniciar el paseo, Maite cambió de opinión. El trayecto traía un goteo continuo de conocidos que les daban el pésame y querían conocer a Roberto. Él notó que estaba a punto, o de romper a llorar, o de soltar algún improperio a los correveidiles, así que le propuso que fueran a tomar una copa al bar de su hotel.

—Allí estaremos tranquilos, no creo que haya nadie de Oviedo.

Maite dudó un momento. Eso de entrar con Roberto en su hotel no le convencía. Temía las habladurías, pero divisó a lo lejos a Marisa del Corral acercarse compungida, repasando de arriba abajo a Roberto, y cedió. Hizo como que no la había visto, cogió de la mano a su novio, se dio la vuelta y aceleró el paso.

Llegaron a la entrada del Gran Hotel jadeantes y riéndose. El conserje les abrió la puerta y, en el momento en que iban a entrar, se oyó a sus espaldas: «¿Maite?». Ella reconoció la voz y su primera reacción fue la de volver a huir, pero ya era tarde. Se giró y allí estaba Alfonso, sonriente, con un largo abrigo de cachemira azul marino, el pelo más largo y un poco más gordo que seis años atrás. Le acompañaba Tobías, el director del hotel, que también era buen amigo suyo.

Maite pensó que aquel encuentro no era casual, que, conociendo a Alfonso, estaría allí para fisgonear. Le habrían dicho que se alojaba Roberto y querría ver cómo era su nuevo novio, del que todos hablaban en la sociedad ovetense. Lo que probablemente no esperaba era toparse con ambos. Todo eso bullía en su cabeza mientras Alfonso se acercaba. Cuando le extendió la mano, él farfulló algo sobre cómo sentía lo de su padre, pero que no le había parecido correcto asistir al entierro. En ese momento, Roberto corroboró quién era, aunque lo había sospechado por el nerviosismo y la frialdad de su novia. Ella pasó por alto el comentario sobre el funeral y le fue a presentar a Roberto. Alfonso se adelantó.

—Supongo que eres Roberto, el prometido de Maite. Soy Alfonso, un viejo amigo suyo. —A continuación, se dirigió a Maite—: Veo que te cuida bien, estás guapísima. Más que eso…

—Encantado —cortó Roberto en un tono neutro, el que usaría para un conocido de la infancia de Maite—. Si nos disculpas, tenemos un poco de prisa.

—Vamos al bar —apostilló Maite, sin entender por qué acababa de lanzar ese comentario. Supuso que pretendía dejar claro que el apresuramiento no era para subir a la habitación del hotel.

—Si me permitís, me encantaría invitaros a una copa.

Maite enmudeció. Se recogió la melena con una mano para pasarla al hombro contrario. El leve balbuceo de su ex, que le era tan familiar, indicaba que ya había tomado más de dos whiskies. Roberto, al ver que ella no reaccionaba, decidió intervenir.

—Te lo agradecemos, pero debemos tratar asuntos familiares urgentes. En otra ocasión.

Maite tuvo suficiente con un segundo para deleitarse con la cara de estupefacción y enfado de Alfonso. Dio un saltito lo más rápido que le permitieron sus zapatos de tacón para entrar con Roberto en la puerta giratoria, musitó un «gracias» y él le apretó más fuerte la mano.

11

6 de abril de 1970

Maite no conseguía mantener la pamela en la estratégica posición que Tom, el estilista de *Vogue*, la había colocado. El levante azotaba con fuerza y, si posaba tal y como le habían pedido, el carísimo sombrero de la colección primavera-verano de CaveWoman terminaría en la cabeza de alguno de los surferos que les servían de coro de fondo. Ella había sugerido ceñirlo grácilmente con una mano, mientras apoyaba la otra en la cadera, pero el famoso juez del estilo Tom Henty respondió tajante y gráfico:

—No eres la Mangano en *Arroz amargo*, haz el favor de dejar los dedos relajados, sobre la rodilla. Usaremos la pamela para la sesión de dentro. No sonrías a Ira. Sois dos mujeres de negocios, hastiadas de la diversión y el lujo, que estáis consiguiendo poner en el mapa Marbella y su sencillo glamour.

—No es tan sencillo... —intentó bromear Maite.

—Querida, vengo de hacerle un reportaje a Liz Taylor

en Las Vegas... Sé lo que es sencillo —replicó Henty—. Así, perfecto. Saca un poco más la pierna, desabrochadle el caftán hasta el muslo, y el escote.

Maite no estaba disfrutando. Constataba que hacer de modelo no era lo suyo, y la actitud de Henty la sacaba de quicio. Aunque lo peor era que se debatía entre lo normal que le parecía mostrar su extremidad derecha hasta la ingle y abrir el escote a la altura del esternón (así iba a diario por Marbella) y lo que la coartaba la idea de que su madre fuera a verla, en papel cuché, de esa guisa. Le parecía estar oyéndola: «Vas como una viceteiple de *La corte de Faraón*». Su ocurrencia le hizo estar a punto de soltar una carcajada, pero recordó el papel que estaba representando. Le parecía increíble que, después del tiempo que llevaba viviendo en la Costa del Sol, las apariencias de provincias la siguieran torturando.

En ese instante debería estar orgullosa de que Diana Vreeland, la directora de *Vogue*, hubiera decidido incluirla en un reportaje sobre las mujeres que dirigen la diversión de la Costa del Sol. Pero no, seguía rumiando sobre el disgusto de su madre cuando la viera con esa bata marroquí desabrochada y semitransparente. La misma obsesión por el qué dirán, recordó, que la tarde en la que, exactamente once meses atrás, se encontraron con Alfonso en la puerta del Gran Hotel y ella se empeñó en recalcar que iban al bar, no a retozar en la habitación de Roberto.

El reportaje había surgido gracias a Ira de Fürstenberg, que se había convertido en su guía en muchos aspectos. En un mundo, el de la hostelería, en el que las puñaladas eran lo habitual, la generosidad de la actriz y aristócrata le parecía un milagro. Vreeland había pasado unos días en el Marbella Club, invitada por Ira. Covadonga acababa de abrir una tienda de CaveWoman en el hotel y la responsable de *Vogue* se había quedado prendada de ese toque ligeramente étnico y muy lujoso de las nuevas colecciones. La gran beneficiada de la millonaria herencia de Pedro Velasco había sido, por supuesto, Maite, pero también le correspondió una parte del dinero a su sobrina, para la que había sido un segundo padre. Eso ayudó a que CaveWoman se expandiera, y el siguiente paso, de la mano de Vreeland, era introducirse en Nueva York. Así que, además de contar la historia de la famosa Ira de Fürstenberg convirtiendo un pueblo de pescadores en la meca de las estrellas de cine y la aristocracia, o de Monique, que estaba a punto de abrir una discoteca en Marbella tras el éxito de su club de París, decidieron incluir a empresarias menos famosas, como Anja y la triunfadora propietaria de Mayte's.

Para Maite suponía una oportunidad magnífica. Había decidido que, como bien le aconsejó Mark Birley, Marbella podía ser su sitio. Llevaba tiempo dándole vueltas al asunto, pero era consciente de que ese lugar paradisiaco de la Costa del Sol exigía, para formar parte de su élite, tener mucho dinero, disfrutar de un pedigrí que paliase estar arruinado o hacer gala de un desparpajo vital que rozara lo ilegal. Hasta la muerte de su padre, carecía de alguno de esos tres condicionantes, pero, en cuanto vendieron la empresa familiar, cumplió el primero y supo que debía trasladarse a Marbella; allí era donde podía dar un paso más en su carrera empresarial.

En Torremolinos había tocado techo. Allí mantenía su casa y sus negocios, pero, desde enero de 1970, Roberto y ella se habían trasladado al Marbella Club para buscar un hogar en el que instalarse y hacer una prospección de dónde era más adecuado abrir un night club. Entrar en el ambiente de la jet set marbellí de la mano de Ira de Fürstenberg era un lujo, pero la aparición en el *Vogue* América, el espaldarazo definitivo.

Maite consideró que el editorial de moda bien merecía una pierna desnuda, así que obedeció al estilista. La fotógrafa iba animándolas con indicaciones mínimas y loas. En el caso de Ira, Monique y Anja no era necesario, porque las tres estaban de sobra acostumbradas a las sesiones de fotos, pero Maite requería esos «perfecto, esa mirada es la que necesito» o aquellos «muy bien, recoge así la melena». Obediente, intentaba recordar las poses en las que la habían elogiado para repetirlas. Una de ellas consistía en girar la cadera y adelantar la pierna, cosa que entendió que era apropiada en esa coyuntura. Un golpe de aire agitó el vestido y quedó al descubierto el biquini de ganchillo beis que llevaba debajo. Instintivamente se cubrió y gritó. La fotógrafa también chilló, entusiasmada por lo que calificó de «espontaneidad sexy» de la foto.

—Ha estado sublime. Pero no te tapes, tienes un cuerpo que ya querrían muchas modelos. Muéstralo.

—Es cierto, ¿no has pensado en ser modelo? Quizá es un poco tarde para empezar, pero eres el tipo de belleza que se busca ahora —remató Tom.

Maite permaneció en silencio, cautelosa. Pensaba que estaban siendo irónicos. Pero Anja y Covadonga asentían.

—Yo le propuse que fuera la imagen de CaveWoman, pero nada… ¿Ves?, no se trataba de amor de prima —dijo Covadonga.

Maite era incapaz de contestar. Cualquier palabra que pronunciara iba a sonar a falsa modestia. Pero es que realmente no se creía lo que estaban diciendo; jamás se había considerado guapa. Tras su etapa en Torremolinos, esa percepción cambió levemente; el modelo de mujer de pecho y caderas, ese que envidiaba en sus compañeras de colegio, el de chicas como Ana María Castro, había dejado paso a arquetipos como el de Twiggy y Jane Birkin, pero a Maite no le convencía ese cambio de paradigma. Tenía inculcada la idea de que la belleza eran curvas y dulzura, y lo otro lo veía algo parecido al arte abstracto: una tendencia moderna, con cierto gancho estético, que no contenía la sublimidad de un Goya. Por otra parte, tampoco se consideraba tan atractiva como esas nuevas guapas. Cada vez que aludían a su parecido con Françoise Hardy, ella se azoraba y se ponía a la defensiva. Era normal, porque Alfonso jamás había alabado su físico, excepto en pleno fragor sexual o en su último encuentro, con ese «guapísima y algo más». En cuanto a su madre, siempre las había calificado, a Covadonga y a ella, de «estilosas», porque la «guapa guapa» era su prima Josefina, «con su cintura de avispa y esa carita redonda tan dulce». Así que le costaba creer a Roberto cuando alababa sus piernas infinitas o le susurraba al oído en alguna fiesta que era la más guapa de todas. Poco a poco, sus comentarios iban rompiendo ese maleficio de su adolescencia, y debía reconocer que, desde hacía un par años, se notaba más segura de sí misma. Si no, jamás hubiera aceptado posar para ese artículo.

Ese cambio que Maite sabía que estaba propiciado por Roberto, porque él había abierto la espita, tenía que ver con algo que no podía explicar. Se percibía más atractiva gracias a la mirada de los otros, no a cómo se veía reflejada en el espejo. Coincidió con su participación como socia en Tiffany's y con el hecho de empezar a acudir ella sola al local los jueves en los que Roberto estaba de gira o con trabajo urgente que rematar. Esos días advertía que los chicos la escrutaban con un deseo que le resultaba inusitado. Ella los ignoraba, por supuesto; la fidelidad era un valor esencial en su vida, pero adoraba gustarles. Pasó de una primera fase de incredulidad y darse la vuelta, por si contemplaban a otra, a una confianza en sí misma que fue aumentando con el tiempo. Maite era consciente de ello y, tan dada a analizarlo todo, estudió qué había cambiado. Consideró que se trataba de la forma de maquillarse, más llamativa con un largo rabillo en el perfilador de ojos, o de peinarse, con la coronilla cardada..., pero, hablándolo con Anja, llegó a la conclusión de que no era eso. El asunto estaba en que durante toda su vida había salido siempre acompañada de un novio. De Alfonso había pasado a Roberto, con el brevísimo lapso del embarazo, que no contaba. También, por supuesto, ayudaba la adulación sincera de su novio. Fuera lo que fuese, le había sentado bien. Pero no llegaba al extremo de considerarse capaz, como le sugerían los de *Vogue*, de ejercer de maniquí.

Empezaba a atardecer, así que dejaron la zona de la piscina adyacente a la playa para continuar la sesión en el piano bar del hotel. Ira y Maite fueron a cambiarse de ropa; el resto ya estaban listas y las esperaban en una de las mesas redondas bajas, con lámparas de tonos anaranjados. En el camino hacia el bungalow donde habían dispuesto el vestuario y el maquillaje, se cruzaron con Yeyo Llagostera y sus amigos Luis Ortiz, Antonio Arribas y Mario Pessoa. El grupo, al que bautizaron «los Choris» porque era como Yeyo llamaba a todo el mundo («¡Hola, Chori!»), se había convertido en imprescindible en las fiestas de Marbella. No eran especialmente apuestos, a excepción de Mario, quien en realidad no formaba parte del núcleo duro de esa pandilla, pero los acompañaba en sus aventuras. Mario Pessoa, de metro noventa, rubio y de ojos negros, trabajaba como especialista de cine. Era el que atraía a las chicas, y el resto las conquistaba con su carisma. Ira los conocía desde hacía años y Maite había entablado con ellos una reciente amistad. A veces le resultaba un poco embarazoso, porque actuaban como ese tipo de hombres incapaces de limitar la relación con una mujer a la simple camaradería. Pero resultaba imposible no dejarse llevar por su simpatía arrolladora ni embaucar con sus cumplidos discretos, siempre certeros. Los saludaron disculpándose por la prisa que llevaban. Y cuando giraron el pasillo que daba a las habitaciones, Ira, entre risas, la agarró del brazo y le susurró al oído:

—A Mario le tienes loco. Bueno, tampoco hace falta que te lo diga, no disimula precisamente.

Maite se sonrojó. Algo había notado, pero suponía que sería un comportamiento plantilla que aplicaba con cualquiera del sexo femenino.

—No digas tonterías. Le gustamos todas.

Llamaron a la puerta y les abrió la maquilladora. Se desnudaron a toda prisa para vestirse de fiesta. Maite se enfundó un vestido de gasa gris palabra de honor, con bordados plateados hechos a mano que se iban perdiendo con el vuelo de la falda. Para Ira habían elegido un sari de algodón con dibujos africanos, rematado con un turbante inmenso. Mientras se lo colocaban, continuó la charla.

—No, no le conozco. Y ahí donde le ves, no te creas que es un ligón. Bueno, sí, pero si se enamora es impecable. Estuvo con Nicole, una amiga francesa, todo un año, y ella estaba feliz. El problema es que apareció su actual marido, un millonario griego, amigo de Onassis, y Nicole siempre ha sido más de yates que de amor.

—Eso te iba a preguntar, ¿de qué viven? Porque Antonio y Mario son especialistas en las películas que se ruedan en Almería y en las de Bronston, pero no da para el ritmo que llevan.

—El dinero lo tiene Yeyo. Ha heredado una fortuna, se rumorea que cuarenta millones de pesetas, y ha decidido compartirla con ellos. En viajes por todo el mundo y ahora aquí, de fiesta en fiesta. Pero no creas, no es un derrochador; dicen que tiene el mismo ojo para los negocios que su padre.

Maite no podía hablar porque le estaban pintando los labios en un fucsia que resaltaba su moreno dorado, mientras la peluquera le ponía rulos. Ira continuó:

—De cara a tu local, te interesa tenerlos de aliados. Son los relaciones públicas perfectos. Bueno, ya lo has visto en estas semanas.

—Sí, lo sé. A veces me cohíben un poco. Tengo la impresión de que, si soy demasiado simpática, van a pensar que quiero ligar con ellos. Roberto los detesta...

En ese momento entró Monique, agitada y urgente; se le había descosido la sisa del vestido. Un modelo ajustadísimo de seda salvaje turquesa con paramecios dorados.

—¿De quién habláis?

—De Yeyo y sus amigos, de los Choris —respondió Maite.

—Pues ten claras dos cosas —afirmó Monique—: ser una mujer de negocios supone vivir en esa eterna cuerda floja. Te acostumbrarás. Y deberás parar los pies miles de veces, pero tú eres inteligente y tienes carácter. Y tu novio odiará a cualquier hombre con el que puedas entablar una relación comercial. No le hagas caso. Y si molesta en exceso, no es el indicado.

—No, Roberto es estupendo para eso.

—Hasta que deje de serlo. Perdona, cariño, no me hagas caso, soy una vieja amargada de más de treinta años. Es que Jean Paul me dejó exhausta con sus celos profesionales y con los otros. Roberto parece un buen chico.

—Lo es —comentó Ira—. ¿Cuándo vuelve?

—Pasado mañana. ¿Te conté que ha entrado de socio en el Marquee?

—Me dijiste, pero pensaba que aún no.

—Sí, el mes pasado. Al principio estará en Londres cada dos o tres semanas.

—Le echarás de menos. Pero ya nos encargaremos nosotras de que ni te enteres de que está fuera.

Maite asintió y sonrió. Lo cierto era que estaba muy a

gusto sola. Mucho más de lo que había imaginado. Antes de que Roberto formalizara esa nueva forma de vida de ir y venir, ella se había angustiado. Pensaba que se pasaría todo el día pendiente de él, no estaba segura de saber vivir sola. Si lo pensaba, siempre había cohabitado con gente, excepto los meses que estuvo en La Carihuela. Roberto le decía que se tranquilizara, que iban a estar en contacto, que eran unos días al mes. Pero la realidad cambió las tornas y, por lo que estaba viendo, él lo llevaba peor que Maite, que se alegraba de estar con sus amigas y centrada plenamente en buscar el local en el que abrir su nuevo negocio. La sensación le daba cierto vértigo, se sentía un poco culpable y se puso como excusa que sería la novedad, que con el tiempo se le haría más duro porque ella, se decía, estaba enamorada de Roberto.

Tom entró apremiando en alemán a la maquilladora.

—Termina de retocarlas en el bar. Dentro de dos horas es la fiesta del Far West en la piscina y el conde Rudi nos ha pedido que lleguemos puntuales. Supongo que habrá fotos al principio.

—Tienes toda la razón. Menudo es con la puntualidad. Y tenemos que cambiarnos. Tom, ¿nos conseguiste los sombreros vaqueros?

Tom lanzó una mirada altiva a Ira.

—Por supuesto, unos Stetson.

—¿Los has traído desde Estados Unidos? —se interesó Maite.

—No, de la película de Sergio Leone en la que trabajan Antonio y Mario. Por cierto, Mario me dio uno específico para ti. El resto, lo siento, hay que devolverlos. La figurinista nos los ha dejado un par de días.

Ira miró con picardía a Maite y murmuró: «Te lo dije».

—El mío devuélvelo también, por favor —respondió Maite.

Ira, Monique y Tom intentaron aguantar la carcajada, pero fueron incapaces.

—¿Queréis hacer el favor de dejarlo ya? Lo digo en serio —rogó Maite, sin ningún éxito.

Como había anticipado Tom, el conde Rudi (el refinado director del hotel, primo de Hohenlohe) había contratado un fotógrafo para que reflejara el ambiente de la velada durante la primera media hora. Después no podía haber testimonio gráfico alguno de lo que ocurría en las célebres fiestas del Marbella Club. La promoción y la discreción debían estar equilibradas en su establecimiento. A Maite le encantaba charlar con él porque aportaba una serie de elementos teóricos que ahorraban años de aprendizaje a golpe de acierto y error. El apuesto Rudi, con su pelo liso rubísimo siempre bien peinado, sus ojos azules y su complexión de atleta, había estudiado en la escuela de hostelería de Lausana. Era una excepción en la Costa, donde la mayoría de los encargados de los hoteles y discotecas se dejaban llevar por la intuición. La de Rudi tampoco fallaba. Había tenido una capacidad especial para entender Marbella y diferenciarla del resto de la Costa del Sol. Monique, que había vivido en California una temporada, decía que Torremolinos era San Francisco y Marbella, Palm Beach. Maite estaba de acuerdo y remataba la idea de Monique con el símil de que Marbella era la hermana mayor díscola, aficionada a nadar desnuda en las piscinas, y Torremolinos, la benjamín hippy y, en cierta forma, inocente. Maite sentía que ella también había evolucionado en ese sentido y entendía que en Marbella era donde estaba el negocio, la madurez, pero a veces echaba en falta la espontaneidad de ese nuevo mundo que había descubierto en Torremolinos; lo achacaba a que, posiblemente, había llegado a Marbella con el ojo hecho a lo extravagante, la liberación y el desenfreno.

Para la fiesta, cada una había escogido un disfraz acorde con su personalidad. Ira y Monique iban de chicas de Saloon, con corpiños, cancanes y boas, como la mayoría de las presentes; Anja y Covadonga habían optado por trajes de *cowboys* tradicionales y Maite se había quedado en un punto intermedio, de india comanche: chaleco de flecos y un pantalón de ante de cintura baja, rematado con un cinturón de turquesas. Toda ella de la colección de Cave-Woman. Fue una idea de última hora, porque su indumentaria original era la de enterrador, pero, después de saber que Mario pretendía regalarle el Stetson, quiso desligarse de la prebenda con un gesto patente de rechazo, para que no cupiera duda alguna. Covadonga entendió la estrategia de su prima e improvisó esa indumentaria de nativa americana que fue un éxito. Lo original de la propuesta y lo favorecida que estaba, con ese bronceado que contrastaba con las turquesas, atrajeron las miradas de todos y todas. Covadonga vendió en esa noche cuatro pantalones del modelo que lucía Maite.

—Hoy se está cumpliendo lo que nos decía la abuela: si

las mujeres te miran es que estás realmente guapa. Si son los hombres, es otra cosa —recordó Covadonga.

Las dos soltaron una carcajada y oyeron, a su espalda, que dos hombres se unían a sus risas. Eran Antonio y Mario.

—Pues no se cumple del todo, porque estamos fascinados. Y, de momento, somos hombres —dijo Antonio Arribas, disponiéndose a rectificar caballerosamente—. Con las dos, por supuesto. Covadonga, llevas el Stetson con un empaque que ni Coburn.

—¿Cómo va la película? ¿Y tu hombro? —se interesó Covadonga.

—Bien, ya casi hemos acabado. A mí ya no me quedan más escenas que doblar y Mario remata esta semana. El hombro no fue nada, una luxación, calculé mal la caída. Pero Mario es el que dobla a Coburn, es el que lleva la peor parte.

Mario estaba callado, cosa rara en él, que era del tipo de hombre extrovertido, campechano, que a veces podía resultar apabullante. Hizo caso omiso al comentario de Arribas y miró de arriba abajo a Maite un segundo menos de lo que podría considerarse grosero y dos más de lo que sería un vistazo de cortesía.

—Ha sido una buena elección esto de ir de india. En cualquier caso, por favor, acepta mi regalo, lo puedes usar en cualquier momento.

Ante la insistencia de Mario, que no quería darse por aludido respecto a la simbología de no aceptar el sombrero, Maite respondió con la soltura que había adoptado en los últimos tiempos. Esa que siempre había admirado en Covadonga y que combinaba su nuevo aplomo y su proverbial inteligencia.

—La verdad es que me queda un poco grande, pero lo aceptamos encantados. A Roberto le va a gustar y le sentará de maravilla.

Mario aceptó con deportividad la derrota en esa jugada. Sonrió y, de repente, mostró un gran interés por alguien que vio a lo lejos.

—Claro, le quedará fenomenal. ¿Nos disculpáis? Veo a Gunilla, que acaba de llegar, y tenemos que darle un recado de Luis.

Mientras se alejaban, Antonio susurró a su amigo, con una risita:

—Chica lista.

—El partido no ha terminado —respondió Mario.

12

17 de abril de 1970

A Roberto no le encajaba el sombrero y Maite era consciente de que no le hacía ninguna gracia la historia que acarreaba. Le había contado la versión suavizada, omitiendo que era la única a la que Mario se lo había regalado y, por supuesto, los cumplidos sobre su pantalón mientras habían estado bailando «Mi limón, mi limonero», rodeados por el resto de los invitados, que les hicieron corro. Tampoco le mencionó que había acabado la fiesta desayunando mimosas y huevos Benedict, en el porche de su bungalow, con un grupo entre los que se encontraban Monique, Mario, Tom y Covadonga. Anja se había retirado aduciendo cansancio, algo que era habitual en ella desde hacía unos meses, concretamente desde que había cumplido los sesenta años.

Maite se alegró de haber obviado esas anécdotas, aunque había estado a punto de compartirlas. Debía reconocer que lo había pasado de maravilla y le hubiera gustado ponerlo en común con él, pero, desde que había entrado como socio en el Marquee, Roberto estaba tenso. La novedad había coincidido con su mudanza al Marbella Club, y Maite achacaba ese cambio de humor de su novio al estrés por su nueva responsabilidad, a los problemas con Los Tartesos (estaban a punto de separarse) y a que no tenían un hogar. Entretanto, Maite había descubierto su espíritu nómada. Con su almohada, cuatro telas, el incienso nag champa y un tocadiscos montaba su casa. Pero Roberto era ordenado, metódico y necesitaba tener su guarida. Los viajes continuos de Londres a Marbella no le afectaban demasiado, estaba acostumbrado a las giras, pero echaba en falta llegar a un refugio propio. Maite lo entendía, aunque ella habría vivido eternamente en el Marbella Club, con la habitación limpia como por arte de magia y cualquier capricho a un golpe de llamada al servicio de habitaciones. Por eso intentaba acelerar el proceso de búsqueda de la villa adecuada. Veía que lo necesitaban tanto Roberto como ella misma, porque detestaba esos inéditos prontos de su novio.

Lamentaba que esa nueva etapa hubiera llegado en momentos vitales distintos. Por primera vez desde su partida de Oviedo, podía divertirse sin la presión de estar trabajando. Covadonga le recordaba que buscar la ubicación y el enfoque de su nuevo negocio era una ocupación, pero Maite intentaba decidirse rápido porque se sentía culpable de estar disfrutando tanto con esa labor y con el tiempo libre que le quedaba. Aunque lo que la hacía sentirse peor, a ratos, era estar tan bien a su aire, con Roberto trabajando en Londres y esa libertad de la que tanto estaba gozando. A veces pensaba que Roberto parecía distante porque lo notaba, aunque ella se esforzara en aparentar que se le hacían eternos los días sin él. Monique coincidía con Covadonga en que, para cumplir sus objetivos, era imprescindible centrarse en las relaciones públicas, en conocer a la gente que podría acudir a su club, a los personajes claves que, si formaban parte de la clientela, atraerían al resto del público, y en saber qué buscaban los habituales del Marbella Club o de Los Monteros. Para eso debía acudir a las fiestas, cenas y meriendas a las que estuviera invitada y esforzarse en estar en todas las listas de esas reuniones. Pese a su juventud, Monique sabía mejor que nadie de qué hablaba. Era un par de años mayor que Maite, pero había tenido una trayectoria admirable a ojos de las primas Morán, que siempre, de una manera u otra, habían tenido el apoyo familiar. A Maite le merecía absoluto respeto que esa mujer desenvuelta y de una fortaleza tan atractiva hubiera montado un emporio a los veinticinco años, de la nada, superando las dificultades de haber crecido en uno de los barrios más humildes de París. Todo había sido gracias a su primer marido, un magnate de la noche que la dejó viuda y con deudas con veintitrés años. Ella se hizo con las riendas de los negocios y en dos años su club era el sitio de moda de París; a partir de ahí todo había ido rodado. Maite siguió su consejo al pie de la letra y supo que ese iba a ser también el método para encontrar casa. Los chalets bien acondicionados eran escasos, así que los alquileres se movían en una especie de mafia entre la familia de los que formaban el variopinto clan del Marbella Club.

Los dos que Roberto y ella iban a visitar esa tarde habían surgido gracias a una conversación en una fiesta en casa de

Monique. Vivía en la urbanización La Virginia, una recreación de un pueblo andaluz recién construida, con el encanto de lo que un foráneo podía imaginar de una aldea del sur de España. En el salón con vigas en el techo y estanterías de obra, como las de los antiguos cortijos, Maite entabló conversación con Donald Gray, el arquitecto de aquella especie de decorado que reproducía el tipismo de las cortijadas de la sierra de las Nieves. Maite se debatía entre considerarlo una genialidad o un disparate. Por supuesto, lo alabó ante su creador, un inglés encantador que, a esas alturas de la noche, no tenía ningún interés en hablar de urbanismo.

De todo lo que le sacó, retuvo dos detalles. El más anecdótico fue que, al crear la urbanización, no habían pensado en lo práctico que sería un bar y lo habían tenido que improvisar en casa de una de las vecinas, donde se reunían y se custodiaba la botella de whisky de cada uno de los vecinos asiduos a los encuentros. El otro, que iba a quedar libre una de las casas para alquilarla a alguien de confianza, como ella. Se acababan de conocer, pero, si estaba en una fiesta en casa de Monique, era de la familia. Cuando Maite le explicó que residirían ella y su novio, que estaba de gira, Gray cambió de actitud. Comentó algo referente a la chimenea, que parecía que no le funcionaba bien el tiro, se disculpó y se dirigió hacia el fuego para entablar conversación con Covadonga. Maite estuvo avispada y ya le había pedido, rauda, el teléfono del dueño del inmueble. Al ver hacia dónde se dirigía, murmuró: «Hoy no es su día». Diane Cilento, la mujer de Sean Connery, que había presenciado parte de la conversación, sonrió. No se conocían prácticamente, pero a Maite le caía bien; siempre era cordial con ella en las Galas de los Martes del Marbella Club, quizá porque, excepcionalmente, no la adulaba para usarla de puente con su famosísimo marido.

—Marbella es el sitio perfecto para una chica soltera —le dijo con su acento australiano—. Los hombres no pierden el tiempo.

—Desde luego... ¿A ti no te pasa? Qué tontería, todo el mundo sabe que tu marido es Sean Connery.

—Bueno, no te creas, para algunos es un aliciente.

Diane intentó darle un toque de humor al comentario, pero Maite no supo cómo responder; la mirada de la señora Connery trasmitía una tristeza que desactivaba cualquier atisbo de sonrisa. La frase hizo reflexionar a Maite sobre un fenómeno que intuía. Para algunos de los hombres que pululaban por allí, las mujeres eran un símbolo de estatus. Ella, en Oviedo, había observado lo mismo, pero normalmente al revés: el esposo era quien lo proporcionaba. Sin embargo, en el ala oeste de la Costa del Sol, los chicos aspiraban a seducir a una princesa iraní, alemana o italiana o a la mujer de una estrella como Connery, como si eso concediera una altísima condecoración. Diane, aparte de esposa, era escritora, actriz y una belleza rubia clásica, pero lo que importaba era la posibilidad de quitarle la pareja a Bond, James Bond.

—Imagino... Bueno, pues estás bien protegida. Cualquiera se enfrenta con Sean.

—Sí, supongo —respondió Diane, con la voz entrecortada—. Al lado de nuestra casa alquilan un chalet.

Daba la impresión de que iba a romper a llorar. Agitó la cabeza, dio un último trago al coñac que estaba bebiendo y sacó una tarjeta de su bolsito de lamé dorado, que hacía juego con el borde de su vestido azul celeste.

—Gracias, nos encantaría verlo.

—Ojalá seamos vecinas. Está un poco apartado, pero así nos hacemos compañía mientras nuestros maridos luchan en las cruzadas. Debo irme, Sean suele llamarme hacia las siete de la mañana y quiero estar en forma. Me siento un poco mareada.

Efectivamente, al levantarse tuvo que sujetarse en la columna de madera que dividía la zona de comedor de la de reunión. Maite se incorporó para ayudarla, pero ella la apartó bruscamente.

—Estoy bien, aunque sea vieja puedo sostenerme sola.

Maite se apartó sin decir nada. La encantadora y triste Diane había mutado en una mujer desconocida.

—Disculpa, gracias por ayudarme. Llámame y te doy el contacto de la casa.

—Sí, claro. Muchas gracias.

Maite la vio alejarse tambaleándose discretamente. Diane rondaba los cuarenta años, aunque gracias a un magnífico maquillaje y una dieta draconiana se mantenía en los treinta. Esos andares la hicieron recordar una escena de *Hombre*, el western protagonizado por Paul Newman y ella que había visto un par de años atrás en el cine San Miguel de Torremolinos. Ese movimiento de caderas entre brusco y sensual le pareció una metáfora de la personalidad que acababa de conocer.

La primera casa que visitaron fue la que ella les había recomendado. *A priori* era la favorita de Roberto. Maite quería que estuviera contento, esperaba que esas semanas en las que, por fin, iban a estar juntos, fueran una especie de luna de miel. Que Roberto se relajara y que recuperaran esa complicidad que el estrés, los cambios y la distancia parecían estar horadando. El camino hasta la zona de Finca Malibú era sobrecogedor. Hacía un sol espléndido y las ventanillas abiertas traían una brisa húmeda, con olor a salitre y al romero que crecía en esos campos de las carreteras secundarias por las que habían decidido ir. Maite apoyó el brazo en la ventanilla y sobre él, la mejilla. En el coche sonaba una casete del *A Beard of Stars*, de T. Rex. Se giró para indicar a Roberto por dónde encaminarse, según el mapa que sujetaba en alto, y pensó en la suerte que tenía. En lo guapo que estaba su novio con la luz anaranjada del atardecer y cómo le atraían esos brazos fibrosos que dejaba entrever la camisa blanca que llevaba remangada. Suspiró aliviada: se había desvanecido la sombra de la culpa por no añorar a Roberto como ella consideraba suficiente.

—¿Estás bien? —preguntó él, sonriente, al percatarse de que estaba siendo observado.

—Mucho. Estoy feliz contigo aquí. Esta noche podríamos cenar fuera, ¿o estás muy cansado?

—Estoy baldado, pero, claro, vámonos a cenar a La Cabane. Quiero salir contigo.

Roberto paró el coche en el camino de tierra, posó la mano en el muslo de Maite, la atrajo hacia sí y le dio un beso, apasionado y largo. Empezó a palpar hacia la parte interna de la pierna y, con la otra mano, a apretar más fuerte la nuca de Maite. Ella estuvo a punto de seguir el baile, pero tuvo un resquicio de lucidez. Quedaba un cuarto de hora para la cita, justo lo que calculaban que tardarían en llegar. Roberto estaba resuelto a anularla, pero decidieron postergar el ardor para esa noche.

—Antes de la cena, en cuanto lleguemos al hotel —puso Roberto como condición para seguir el camino.

Para no retrasarse, volvieron a la N-340, pasaron por las obras del puerto deportivo que estaba a punto de inaugurar el empresario José Banús y llegaron a unos terrenos, cerca de San Pedro Alcántara, que a esa hora tenían una luz perfecta para acentuar el rojo de la tierra que los rodeaba. La playa estaba a unos metros y el silencio era agradable; lo interrumpían, al fondo, los ladridos de unos perros y las olas rompiendo. Encontraron la casa, una villa rodeada de buganvillas moradas y naranjas que protegían a los residentes de las miradas del exterior. En la puerta los esperaba el dueño de la propiedad, Rafael Werner, uno de los fundadores de la incipiente urbanización, en la que querían reunir vecinos de confianza.

—Esto está muy apartado y la playa es prácticamente privada. Somos siete casas, no se lo alquilamos a cualquiera.

Roberto congenió con él y aprovechó para nombrar a amigos, que presumía comunes, de la burguesía económica e intelectual malagueña: los Neville, los Huelin, los Gómez Raggio y los Altolaguirre.

Después de visitar el jardín frondoso de palmeras, ficus y agapantos, entraron en la casa, construida con ese estilo rústico, de cortijo, que predominaba en Marbella. Rafael les explicó que en una buena parte del pueblo se había prohibido la construcción de edificios de más de dos pisos y que eso favorecía ese tipo de arquitectura que recuperaba lo tradicional. La casa tenía dos habitaciones y un enorme salón que daban al mar. La cocina y el baño tenían vistas a la serranía de Ronda; era como estar en un museo de Sorolla y Cézanne. Rafael disculpó que no tuvieran piscina.

—La piscina está bien para familias con niños, pero si no tenéis aún... —dijo, dándose cuenta de que estaba siendo indiscreto—. No hay mejor piscina que el mar.

El asunto de la descendencia era algo que evitaban. Especialmente Maite. Le aterraba la idea de que se volviera a malograr el embarazo y pensaba, sin ningún fundamento médico, que quizá alguna malformación le impedía ser madre. Por otro lado, se le había apagado el sentido maternal. Ella consideraba que el temor a no poder se había convertido en un presunto no querer. Un día, hablando del tema con Monique, con la que había empezado a tener bastante confianza y sabía que no la juzgaba, ella le lanzó a bocajarro: «¿No será que lo que pasa es que no quieres tener un hijo con Roberto?». Maite lo negó, pero la idea le rondaba por la cabeza desde entonces. Todo esto se lo guardaba para ella; sabía que, si lo compartía con Roberto, deberían enfrentarse a tomar una decisión e intuía que él sí que quería tener hijos. En cualquier caso, había cumplido treinta y dos años, no podían postergar la charla mucho más tiempo. Por otra parte, Maite tenía claro que no le convenía quedarse embarazada durante los próximos dos años. Su carrera, en ese momento, era una prioridad, así que iba esquivando los instantes propicios con el deseo secreto (incluso para ella misma, que se negaba a reconocerlo) de que, cuando se enfrentara a ello, el reloj biológico hubiera dado ya las campanadas.

Maite cambió de tema preguntando, con un interés exagerado, por el funcionamiento de las dos chimeneas. Una vez aclarado que el tiro funcionaba, siguieron con la visita del exterior: el huerto de plantas aromáticas, el porche cubierto y un trastero adyacente, que podía convertirse en estudio.

Intentaba imaginarse en esa casa, apartada del mundo, enfocada en la huerta y el mar. Entendía que a Roberto le fascinara como refugio después del ajetreo de sus viajes, pero ella prefería vivir en La Virginia. Próxima a Marbella, con vecinos cerca, la posibilidad de ir a desayunar churros en la plaza de los Naranjos o de dar una vuelta por el pueblo. Aquel era un hogar para una familia o una esposa como Diane (había dejado de lado su carrera cinematográfica para centrarse en la escritura), que esperara la vuelta de su marido. Pero Maite necesitaba y quería entrar y salir. Y no tener que conducir kilómetros para volver, de noche, después de trabajar. No quiso decir nada, prefería que Roberto conociera la otra villa y luego abrir el debate.

Durante el camino hasta La Virginia, Roberto empezó a glosar las maravillas del chalet. Maite le pidió que esperara.

—Lo sé, la casa es una maravilla y está prácticamente en la playa, pero dame una oportunidad, Robertín. Después de visitar este chalet, vemos los pros y los contras. Yo creo que te va a gustar.

Una hora más tarde, estaban echando un vistazo a la ermita de La Virginia, después de haber visto el inmueble. Roberto había escuchado paciente las apostillas que su novia hacía a las explicaciones de la chica de la inmobiliaria. Al salir fue parco. Cogió a Maite por los hombros, la atrajo hacia sí y, mientras se dirigían a la iglesia, dijo con su socarronería habitual:

—Te deberían dar comisión los de la inmobiliaria.

—Es que realmente está muy bien, y esa chica la vendía fatal.

—Vamos a ver la ermita. Si te casas conmigo, celebramos la boda aquí y cogemos esta.

Maite miró hacia arriba, como siempre que no llevaba tacones e intentaba adivinar, por la expresión de Roberto, si estaba bromeando. No le quedó claro, así que arriesgó, consciente de que no tendría que cumplir ninguna promesa porque, como siempre, acabaría por ceder ella y serían vecinos de los Connery.

—Muy bien.

—¿Lo dices en serio? ¿Tanto te gusta?

—¿Casarme contigo o la casa?

—No hay manera de hablar en serio contigo. Además, ya te dije que yo no te lo voy a proponer más; la próxima vez tienes que pedírmelo tú. Venga, vamos al coche, que estoy deseando quitarte esa falda —remató Roberto, dándole una palmadita en el trasero y un beso en la frente.

Cuando llegaron al Marbella Club, atisbaron en la entrada el Rolls-Royce Silver Shadow plateado de los Connery. Roberto pasó de largo y aparcó en la zona de las cocinas, que daba a la parte trasera de su bungalow. No quería entretenerse saludando, y ese era el camino más corto hasta su cobijo temporal. Maite estuvo de acuerdo en evitar obstáculos y llegar cuanto antes. Durante el trayecto por la N-340, la mano de Roberto había alternado el cambio de marchas con la ingle y más allá de Maite, y ella estuvo lustrando suavemente el territorio de la cremallera del pantalón de él.

Tal y como había prometido, Roberto, nada más entrar, lanzó a Maite con la brusquedad adecuada contra el poyete de obra de la pequeña entrada del apartamento. Desabrochó la cinta de cuero que sujetaba la minifalda y agradeció que Maite, en el coche, se hubiera desprendido de su ropa interior. Se puso de rodillas para saborear su excitación. A Maite le maravillaba la habilidad de su novio para hacerla disfrutar. Conseguía que se desinhibiera, que su deseo se desatara y que llegara a un estadio de placer que había ignorado que existiera. Roberto era generoso, imaginativo y decidido en el acto de amar, y Maite se sentía poderosa cuando veía que, gracias a ella, como en ese instante, tirados sobre la alfombra de la Alpujarra, arqueaba la espalda, se revolvía y gemía mientras ella le montaba.

Acabaron el combate agotados y empapados. Al levantarse del terrazo, ambos tenían raspados los codos, las rodillas y la espalda. La áspera lana de los telares alpujarreños había hecho mella en ellos. Ya en la cama, intentando recuperarse, jadeantes y cogidos de la mano, Roberto le besó a Maite el rasguño de la pierna.

—¿Más? —dijo ella.

—No, no —respondió risueño Roberto.

—Son las diez. Se nos ha hecho tardísimo, llevamos aquí tres horas. ¿Pedimos algo al *room service*? Estás cansado, ¿no?

—De eso nada, nos vamos a cenar por ahí.

Roberto pegó un salto de la cama y fue hacia la ducha. Maite recogió la ropa desperdigada por el suelo y el paragüero que habían tirado en pleno fulgor. Llamó a La Cabane para reservar mesa, a esas horas calculaba que estaría bastante lleno.

—¿Qué haces tan pensativa, Maimai? ¡Corre! —espetó Roberto, desnudo y radiante.

—Esperar a que terminaras. Me ducho en dos minutos y me arreglo en nada.

—Estaba pensando en que voy a reservar, lo mismo tan tarde no hay sitio.

—Ya he reservado yo para las once —dijo Maite, esperando a que se calentara el agua. Como no oía respuesta, se asomó a la puerta de la habitación—. ¿Te parece mal que haya llamado yo?

—No, no, perfecto —respondió Roberto, no muy convencido.

—La he hecho a tu nombre.

—No hacía falta —remató con cierto alivio mal disimulado.

Maite estuvo a punto de mentir, puntualizando que se había hecho pasar por su secretaria. Estaba claro que eso de que ella tomara la iniciativa le afectaba en lo más profundo de su virilidad, por mucho que hubiera leído a Simone de

Beauvoir. Pero pensó que era absurdo y que, al menos, con él se le ocurriría hacerlo; con Alfonso hubiera sido impensable. Una afrenta.

Al llegar al restaurante, dejó que él tomara la iniciativa y preguntara por su reserva. Por inercia estuvo a punto de adelantarse, ya que iba muy a menudo con Monique, pero reaccionó. Maite apreciaba algunas normas que daban la batuta a los hombres. Le parecía agradable que Roberto le abriera la puerta del coche, le cediera el paso y entrara primero en los restaurantes. Estaba de acuerdo con ese mantra de su abuela, que aplicaba a casi todo: el protocolo y la cortesía facilitaban la vida. Mientras esperaban a que los acompañaran hasta su mesa, Maite observó como el *maître* iba a recibirla a ella. Llegados a ese punto, claudicó y sonrió.

—¡No sabía que venías! Deberías haber avisado, estamos llenos y no voy a poder daros una mesa junto a la ventana.

—No, si hemos reservado, pero a nombre de Roberto. No pasa nada, estaremos bien en cualquier sitio. Creo que os conocéis, ¿verdad?

Philippe tenía tablas, así que saludó efusivamente al acompañante de Maite. Roberto agradeció el gesto y correspondió amable.

—La mesa diez, la que da al mar, ha pedido la cuenta. Os invito a un cóctel en la barra, si os parece, y os la preparamos.

Ambos asintieron. Cuando se apostaron en sus taburetes, Roberto parafraseó a Dylan, sonriendo:

—... *Times are changin...*

—Sí que están cambiando. A veces hay que saltarse el protocolo para hacer más cómoda la vida.

—No puedo estar más de acuerdo. Y Marbella parece el sitio más propicio. ¿Te acuerdas de la anécdota sobre del duque de Windsor que nos contó el conde Rudi?

Mientras les servían un dry martini y un destornillador, al que Maite se había aficionado, rememoraron la historia entre risas e imaginando las caras del propio conde Rudi y de algunos de los clásicos del Marbella Club que andaban por allí en el año 1959. El relato se había contado tantas veces que no estaba claro qué se había adornado hasta llegar a ellos. Lo que sabían era que los duques de Windsor habían visitado el Marbella Club y anunciaron que asistirían a una de las famosas Galas de los Martes, en las que el atuendo era informal. Al enterarse de la presencia del abdicado heredero al trono de Inglaterra, los invitados (un grupo selecto en el que todos se conocían) optaron por cambiar de atuendo y, ese día, llevar traje y corbata. El duque apareció en la fiesta con una camisa hawaiana, pensando que era lo adecuado para Marbella. Todos se quedaron estupefactos. Saludó y se retiró un momento, discretamente. De regreso, vestido con traje, vio que los señores se habían quitado la corbata, así que se la desanudó y, dramáticamente, la tiró a la piscina.

—Señores, ya tienen su mesa. Cuando quieran...

Después de pedir entrecot y lenguado, su menú habitual cuando salían fuera, Roberto cogió las dos manos de Maite por encima de la mesa.

—¿Quién empieza?

—Voy. Es indiscutible que el chalet de Finca Malibú es precioso, y que eso de ver el mar todo el día es un sueño.

—Pero...

—Pero. Tú tienes que estar fuera al menos quince días al mes y ese sitio está muy apartado de todo.

—No tanto, tienes coche y Diane está al lado, y podemos adecuar un cuarto de invitados para que vengan Covadonga y Anja...

—O poner un hostal, claro. Aparte, y creo que más importante: cuando abra el club, tendré que volver de madrugada. Veo mucho más práctico La Virginia.

—Eso si te decides a abrirlo en Marbella, pero ¿qué hay de la idea de Puerto Banús?

—Está muy en el aire. Lo veo complicado.

—¿Cómo ves que esperemos a ver dónde vas a abrir el local? Si es en Puerto Banús, ¿te parecería bien la casa de Malibú?

Maite iba a seguir argumentando para decir que eso no cambiaba tanto las cosas. La distancia era menor, pero el tiempo de trayecto era más largo hasta allí, por carreteras sin asfaltar. En cualquier caso, ese no era el único asunto. Estuviera Roberto en Londres o no, prefería vivir en el centro de Marbella. Pero decidió no discutir. Maite agitó la cabeza, negando. Era algo que hacía siempre que mantenía un soliloquio mental relevante.

—No ¿qué?

—¿El qué?

—Que estabas negando lo que estuvieras pensando.

—¿De verdad? —rio Maite—. Nada, tonterías. De acuerdo. Trato hecho. Pero si lo abro de Marbella pueblo o algún sitio hacia el este, nos vamos a La Virginia.

Roberto le extendió la mano para cerrar el acuerdo. Maite la apretó sabiendo que al final cedería y que terminaría durmiéndose con el sonido de las olas y despertándose con el ladrido de los *yorkshires* de los Connery. Sería una forma de evitarse problemas y de tener a Roberto tranquilo y contento. Sospechaba que la aversión de su novio por La Virginia tenía que ver con que Monique (Roberto la detestaba y la consideraba su compañera de juergas) vivía allí y que Maite estaría, en sus ausencias, cerca de las fiestas, de los aperitivos y de las garras de los playboys. Roberto jamás lo reconocería, pero a veces se le escapaban comentarios o malas caras que ella sabía interpretar. Maite odiaba los conflictos, así que decidió que merecía la pena el armisticio si irse a Finca Malibú significaba volver a tener al Roberto relajado, confiado y cariñoso, como el que en ese momento tenía enfrente, sonriéndola y pidiendo otra botella de vino.

—Te parece bien que pida otra, ¿no, Maimai?

—Sí, sí, claro, ya está pedida. Buena idea. Oye, voy a ir a llamar a Paco para que nos recoja dentro de una hora, ¿te parece? No podemos conducir así de vuelta.

Roberto asintió serio y se levantó.

—Sí, le iba a llamar. Ya voy yo.

13

18 de agosto de 1970

—Pues ¿qué quieres que te diga? La veo muy estropeada —criticó Monique.

—Como hinchada, ¿no? Y no es tan mayor. ¿Tendrá treinta y algo? —replicó Maite.

—Tiene cuarenta y uno. Los mismos que mi hermana, por eso lo sé.

—También es que esas gafas de ver y la capa blanca no la favorecen nada —aportó Covadonga.

—Ni el moño, es como de fallera, ¿no? ¡Ay!, vamos a parar ya. A ver cómo estamos nosotras a su edad —remató Maite.

—Debe ser provocado por un asunto hormonal. A mí me pasó algo similar cuando sufrí la menopausia. Pero tiene un rostro muy hermoso —dijo Anja, con su habitual bondad.

Las cuatro se habían apostado en una esquina del Torreón, donde se servía el cóctel de inauguración de Puerto

Banús. Desde allí, tenían un panorama perfecto de la entrada y de los saludos de las autoridades. La diana de sus críticas era Grace de Mónaco, que había asistido junto con su marido, el príncipe Raniero, al acontecimiento mundial de la temporada. Por supuesto, hacían sus comentarios con absoluto disimulo, apurando las copas de champán y esperando a que el besamanos a José Banús y el resto de las autoridades acabara para desenvolverse por la recepción.

—¿Ese es Roman Polanski? —preguntó Maite.

—Sí, luego os lo presento, le conozco de París. Y a Hefner.

Maite estuvo a punto de preguntar quién era Hefner, pero en ese instante irrumpieron en la sala unas jóvenes guapísimas, maquilladísimas y escotadísimas que aclaraban su duda. Se trataba de Hugh Hefner, el dueño de *Playboy*, que se había hecho acompañar por su cohorte de chicas y por el director de cine. La extraña pareja no acababa de encajar con algunos de los presentes, como Roberto, que se había unido, igual que el conde Rudi, al grupo.

—¿Desde cuándo son tan amigos estos dos? No pegan nada juntos.

—Según me han contado, desde el asesinato de Sharon. De su mujer, Sharon Tate. Se ha metido en una rueda de sexo, drogas y alcohol —aclaró Monique.

La especificación de que Sharon era Sharon Tate era innecesaria, porque el caso de su homicidio ritual (estando embarazada) a manos de la secta de Charles Manson había conmocionado al mundo entero.

—Es como para volverse loco, desde luego —respondió

Roberto—. A mí también me gustaría conocerlo, *La semilla del diablo* es una obra maestra.

Monique se encaminó hacia el grupo donde estaban ambos, las chicas rubias y Jaime de Mora. Mientras se acercaba, observó que Hefner intentaba saludar a Grace de Mónaco y esta le evitaba. Él se percató de la presencia de Monique y de que todos se habían dado cuenta del gesto de la princesa. Se acercó a su amiga francesa para fundirse en un abrazo y murmuró: «Parece que su alteza monegasca quiere olvidar las noches en mi mansión, cuando aún era Grace Kelly». Todos rieron excepto Jaime de Mora. El aristócrata, hermano de la reina Fabiola de Bélgica, era un magnífico relaciones públicas que había formado un equipo imbatible con Hohenlohe y Banús. La inteligente frivolidad era su insignia, pero había asuntos, como el de vilipendiar a determinados miembros de la aristocracia, con los que no se podía jugar en su presencia. Sus habilidades diplomáticas eran notables, así que cambió de tema. Durante los últimos meses había entablado una buena relación con Maite. Se caían bien. Monique había sido la artífice, porque sabía de su influencia sobre Banús y que podía ser un gran aliado para la apertura del local de Maite en el puerto.

—Monique, querida, he estado buscando a Maite desde hace un rato. Quiero presentarle a alguien que puede ayudarla con lo de su local —dijo De Mora.

Monique le hizo un gesto a Maite para que se acercara. Rompió el grupo, junto con Roberto. Covadonga y Anja se quedaron charlando con la encantadora Gunilla von Bismarck y Luis Ortiz, que acababan de iniciar un romance digno de un cuento de hadas. Ella parecía una ninfa del Rin y él, un bandolero de Sierra Morena que la hubiera raptado con su consentimiento. Los lejanos lazos familiares y su forma alegre y desprejuiciada de ver la vida unieron a ambas alemanas, que habían intimado durante los dos últimos meses.

Monique presentó a Roberto y Maite a Polanski y a la familia *Playboy*. Posteriormente, con su gracejo innato para las conexiones sociales, apartó a Maite y De Mora para que pudieran hablar de negocios. Ella había decidido que la ubicación de su nuevo local debía ser Puerto Banús. Lo que había empezado tan solo como una opción, porque parecía que iba a convertirse en un centro turístico de lujo al estilo de Saint-Tropez, era ya una certeza. Todos los indicios mostraban que iba a desbancar a los grandes destinos del Mediterráneo, y Maite sabía que alquilar uno de los locales antes de que diera el pistoletazo definitivo suponía un éxito asegurado. De hecho, consideraba que ya era demasiado tarde. La presencia de la realeza europea y de la jet set internacional en esa inauguración, de la que se hacía eco la prensa de todo el mundo, hacía que la competencia fuera aún más encarnizada.

Maite luchaba por un local en concreto. No ocupaba el paseo principal, que daba a los embarcaderos y por donde andarían los curiosos, sino la parte de atrás. Su idea era crear un local exclusivo y discreto, donde los famosos pudieran beber tranquilos y divertirse sin testigos incómodos. Era el espacio de más metros cuadrados de esa parte del puerto, así que tenía varios pretendientes dispuestos a lo que fuera para alquilarlo. Su competidor más peligroso era Antonio Coda, hijo de un importante empresario madrileño con el que José Banús había hecho algún negocio. Su intención era abrir una marisquería, siguiendo la estela de la empresa familiar. Maite era consciente de que el sector más conservador de la compañía que coordinaba todo lo relativo a Puerto Banús apoyaba a Coda, pero los afines al Marbella Club, los que tenían una idea clara de lo que pretendían que siguiera siendo Marbella, apostaban por la modernidad del club de Maite. En cualquier caso, José Banús era el que tenía la última palabra y ella era consciente de que, pese a ser un hombre de negocios inteligente cuyo objetivo era que su empresa triunfara, su adscripción al régimen de Franco y su pasado como parte de los constructores del Valle de los Caídos y de las viviendas sociales del barrio de la Concepción o del Pilar (bautizado así en honor a su mujer) no jugaban a favor de «esa chica que vivía en pecado con el mánager de un grupo yeyé y cuya experiencia hostelera estaba en Torremolinos, ese lugar de hippies y de maricas». Así era como el gerente de Banús había catalogado a Maite en una conversación con De Mora, que estaba de su parte.

—Le he estado dando vueltas, querida, y necesitas un socio. Ya sabes que nosotros te apoyamos a ti y que la idea de que se nos llene esto de tipos que vengan a cerrar sus negocios a una marisquería nos espanta.

—Lo sé, Jaime. Si fuera una joyería o, no sé, una tienda de Dior, me daría menos rabia, pero me veo esto lleno de tipos rematando las comidas con un carajillo y un puro.

—Exactamente. El otro día estuve hablando con Gunilla y Mario. Ya sabes que te apoyan a muerte, y se nos ocurrió una solución. El tío de Mario es muy afín al régimen. Era íntimo de Fraga y ahora lo es de su sucesor, Sánchez Bella. Son compañeros de la carrera diplomática...

De Mora interrumpió el circunloquio ante la cara de desagrado de Maite.

—¿Pasa algo? —preguntó.

Maite se percató de que, como era habitual en ella, no había podido disimular. Cualquier propuesta relacionada con Mario iba a suponer un problema con Roberto, por acertada que fuera.

—No, no, suena estupendo. Es que no sabía que Mario tuviera ascendencia española, creía que era portugués.

—Sí, de padre sí, pero su madre pertenece a una larga estirpe de diplomáticos. Como te decía, Gabriel Tena, su tío, quiere invertir en Puerto Banús, y para ti sería un socio perfecto.

—Te lo agradezco muchísimo, pero yo no necesito dinero.

—Me he explicado mal. Efectivamente no necesitas capital, pero sí un aval de alguien en quien los Banús y sus socios confíen.

—Un hombre respetable —medio bromeó Maite.

—No has podido definirlo mejor.

—La idea es magnífica, pero tengo que darle vueltas.

—¡Gabriel! —llamó De Mora a un hombre casi idéntico a Mario Pessoa, de unos sesenta años y más delgado. Estaba a diez metros de ellos y se acercó de una zancada—. Esta es la deliciosa señorita de la que te hablamos Mario y yo.

Gabriel le estrechó la mano y añadió una leve inclinación de cabeza. Maite masculló un «encantada» mientras veía acercarse a un sonriente Mario, dispuesto a unirse a la conversación, y vigilaba si Roberto estaba pendiente de la escena o inmerso en una apasionante conversación con su ídolo, Roman Polanski. Descubrió que una cosa no quitaba la otra y que su novio estaba más atento a ella que al autor de *Repulsión*. Maite, consciente de ser observada y de que probablemente la sociedad con Gabriel iba a ser la forma de conseguir su local, medía su sonrisa, sus gestos y, por supuesto, cualquier contacto físico con Mario, que era muy de agarrar por los hombros y de quitar mechones de la cara.

La conversación fue intrascendente, siguió las normas de etiqueta de no abordar el meollo, de no hablar de negocios. Mencionaron las bondades de Londres, donde Gabriel había sido consejero cultural de la embajada, la maravilla del clima de Marbella, la relevancia de que los príncipes de Mónaco hubieran asistido a la inauguración y el concierto que esa noche ofrecía Julio Iglesias.

—¿Le habéis visto alguna vez en vivo? —preguntó Jaime de Mora—. Es impresionante. Todo carisma.

—Yo no, pero unos amigos filipinos sí. Dicen que, efectivamente, no tiene nada que ver con los discos —apuntó Gabriel.

—Su novia es una chica filipina, leí en algún sitio, ¿no?

—Sí, yo conozco a sus tíos. Es encantadora, pero no sé si llegarán a algo. Ahora mismo, Julio es el *Golden Boy*.

—No menosprecies a Isabel… —pidió De Mora—. Hoy no estará, pero tenéis que conocerla. Gabriel, había pensado organizar una comida en casa contigo y con Maite. Tenéis mucho en común y quiero que os conozcáis mejor. ¿Cómo lo ves el jueves?

—A mí, el jueves me viene perfecto —respondió Mario, descarado.

—Magnífico, Mario, pues así puedes llevar a comer a Margit a algún sitio.

Maite tuvo que reprimir una carcajada y reconocer que De Mora era único para salir con soltura de situaciones complicadas. Algunos le tachaban de *bon vivant* por su afición a las fiestas, a la indumentaria estrafalaria, con su monóculo, perilla y bastón, y a las declaraciones en la prensa en las que afirmaba estar arruinado, pero Maite sabía detectar el talento y la inteligencia y reconocía en De Mora a un gran hombre de negocios, a la manera de la Costa o de Mónaco, donde la aparente frivolidad y los comentarios sibilinos eran la manera de firmar acuerdos millonarios. La manera en la que le había dicho a Mario que no estaba invitado era brillante. Sacar a almorzar a la esposa de Jaime de Mora, la modelo sueca Margit Ohlson, tampoco era un castigo, y Mario encajó la indirecta con deportividad. Por otra parte, Maite admiró la maestría de la jugada; quedaba claro que los cónyuges no estaban incluidos, así que se descartaba la presencia de Roberto, en quien De Mora intuía una futura oposición a su plan. Ni él ni Mario se esforzaban en disimular su enemistad.

A media tarde, Maite y Roberto estaban ya en su casita del Marbella Club. Los fastos continuaban con la cena y el concierto de esa noche, así que los invitados habían aprovechado para descansar y engalanarse. Maite estaba tumbada en la cama con las piernas en alto apoyadas en el cabecero de hierro forjado. El ventilador le agitaba el largo pelo que caía por uno de los costados del colchón, pero el calor seguía siendo intenso. Llevaba una braguita de algodón a juego con una camiseta de tirantes blanca. Agitaba los dedos de los pies para que se le secara la laca de uñas roja que acababa de aplicarse. Desde su posición no veía a Roberto, que estaba recostado en una *chaise longue* detrás de ella, pero le oía pasar las páginas del diario *El Sol*. En él ya se había cubierto la noticia de la llegada al aeropuerto de algunos visitantes ilustres. Maite conocía a Roberto y sabía que no le iba a preguntar por la conversación que había presenciado desde lejos con gran atención y disimulo. Ella estaba a punto de dejarlo correr; precisamente el jueves siguiente, él estaría en Londres, así que no tenía por qué contarle con quién comía ni para qué, pero una mezcla de culpabilidad y de precaución, por si en la cena salía el asunto, la llevaron a abordar el tema. Lo hizo desde esa posición, como sin darle importancia, de pasada. Contó lo que le había adelantado De Mora y que suponía que el jueves tendría más información. Roberto tardó en decir algo. Él no se precipitaba ni mucho menos mostraba sus emociones.

—Me parece muy sensato lo que dice Jaime. Sin duda te viene bien algún aliado en el que confíe Banús. Pero ¿quieres un socio?

—Ya, eso es lo que más me preocupa. Un socio me quitaría libertad.

—Sí, y a ese tal Gabriel no lo conoces de nada.

—Es que tampoco veo una solución mejor.

—A ver qué cuentan el jueves, quizá se nos ocurra algo... Yo ya te he dicho que tu madre podría ayudarte, no entiendo por qué no hablas con ella.

—No quiero deber nada a los Herrero ni a mi madre. Ya lo sabes, no insistas.

Maite pronunció esa frase enfadada, levantándose para encararse con Roberto. Él se puso en pie y la besó en los labios.

—Me queda claro. Lo quieres conseguir por ti misma. Lo vas a lograr sin los Herrero y sin el cursi ese de Gabriel Tena.

Nada más llegar a la cena que iba a amenizar Julio Iglesias, a los primeros que se encontraron fueron precisamente al embajador Tena, Mario y Jaime de Mora y su esposa Margit. Maite y Roberto estaban entregando las llaves de su Jaguar XK-E al aparcacoches cuando los tres bajaban del Bentley T1, con chófer, que los había llevado hasta allí. Maite se alegró de haber sacado el tema porque, tras la reglamentaria presentación, Mario aludió a la comida del jueves, dejando en una malintencionada ambigüedad si él iba a asistir o no. Maite estuvo a punto de aclararlo, pero Margit se adelantó. Estaba imponente con su pelo rubio suelto y un vestido blanco palabra de honor de Valentino que dejaba al descubierto su intenso bronceado.

—No me lo puedo creer, estuve a punto de escoger ese Dior, del desfile de París, para la fiesta. Me alegro de no haberlo hecho, porque está hecho para ti —dijo Margit, dirigiéndose a Maite, para, a continuación, agarrar por el brazo a Mario—. Espero que elijas un sitio divertido para llevarme el jueves, Mario, ya que no estamos invitados al almuerzo… Roberto, ¿estarás aquí? Podrías unirte a nuestro plan.

—No, tengo un concierto en Londres, pero me habría encantado.

—Hubiera sido muy divertido —comentó Mario—. Respecto al vestido, no podéis estar más arrebatadoras ambas, pero, sin duda, el de Maite es una gran elección. Ese color miel es idéntico al de tus ojos.

Roberto estuvo a punto de contestar, pero en ese momento llegó la reina Fabiola de Bélgica. De Mora se acercó a dar un beso a su hermana y ella fue a saludar al resto del grupo. Esperaron a que entrara y la siguieron. Roberto sonreía y saludaba encantador, pero Maite reconocía esa mandíbula apretada que tanto le favorecía y reflejaba su manera de reprimir sus enfados cuando algo le alteraba.

Durante la cena se relajó. Les habían sentado en la mesa de Polanski, gracias a las estratagemas de Monique. Roberto empezó a sentir una cierta simpatía hacia ella; el detalle no era para menos. Durante la actuación de Julio Iglesias, el cineasta y Roberto se disculparon y se retiraron al bar interior para seguir charlando. El estilo del cantante no encajaba con los gustos de ninguno de los dos, más aficionados al rock, pero encandiló al resto de las mil quinientas personas invitadas al concierto.

—Os pido que nos disculpéis —dijo Roberto, levantándose durante las palabras de bienvenida del cantante—, pero, pese a que lleve una levita muy a lo Sargento Pepper's, preferimos ausentarnos durante este rato de canciones de amor.

—Estamos tramando algo —remató Polanski en inglés.

Monique los miró con un gesto adusto que Maite no descifró. Supuso que le molestaba que, después de sus esfuerzos por componer la mesa, abandonaran sus asientos durante la actuación. No hizo mucho caso. Se alegraba de que su novio y el director hubieran congeniado. Había oído que hablaban sobre la próxima presentación de *Macbeth*, la película que iba a empezar a rodar Polanski y que quería preestrenar en algún sitio fuera de lo habitual en Londres. Era evidente que Roberto le estaría convenciendo de que el Marquee era el lugar. Sabía que, cuando a su novio se le encendía el piloto de los proyectos, lo demás quedaba en un segundo plano, y eso era lo que necesitaba en ese instante, que Polanski borrara a Pessoa. Pero Mario lo ponía complicado. Cuando acabó la actuación de Iglesias, al que se abalanzaron las damas presentes, José Banús y Grace Kelly abrieron el baile. Se fueron uniendo el matrimonio De Mora y Aragón, Luis Ortiz y Gunilla von Bismarck, Hohenlohe con Pilar Banús… Mario se acercó a la mesa de Maite, que hablaba animadamente con Monique, la cual la advirtió del avance.

—Mario viene hacia aquí. Pretenderá sacarte, pero yo te salvo. No queremos problemas.

Efectivamente, Monique se levantó e interceptó a Pessoa, que iba directo a su objetivo. Ella le cogió la mano y le arrastró hacia la pista de baile. Mario, que era un caballero, cambió la torna y fue él quien la llevó hacia el centro de entarimado del jardín, para cogerla de la cintura e iniciar la danza. Maite se había quedado sola en la mesa. La situación era un poco incómoda, así que se levantó para socializar. En ese momento apareció el embajador Tena, que la invitó a unirse al baile. Ella aceptó y quedó claro que Gabriel Tena estaba hecho para la vida social; era un bailarín generoso y extraordinario. Cuando la orquesta dejó de interpretar el «My Way» de Sinatra, Tena, con una habilidad casi mágica, se había situado al lado de Pilar Banús, que hablaba con una señora que probablemente era, por edad y estilo, la esposa de alguno de los empresarios invitados. Ambas lucían un tinte de pelo caoba y un cardado muy similares. El maquillaje era casi tan exagerado como sus joyas, y el bronceado *toffee* hizo que Maite las imaginara bajo el sol sujetando esos artilugios de papel de plata que potenciaban el efecto de los rayos solares sobre el rostro. Pilar Calvo (Banús de casada) venía de una acaudalada familia madrileña. Siempre había tenido una gran afición al canto y, tras estudiar en Italia, había hecho sus pinitos en alguna actuación. Su matrimonio había sido tardío; ella tenía cincuenta y un años y José, cincuenta y cinco. Él supo elegir en todos los sentidos. Formaban un gran equipo. Pilar era inteligente, sagaz, divertida y a sus reuniones de la casa de Monte Esquinza, en Madrid, acudía todo el que era alguien en Europa.

—¡Embajador! He preguntado antes por ti, no te había visto. Pensaba que te habías escabullido tras la recepción de esta mañana.

—¡Cómo iba a perderme esta fiesta! Y, por encima de todo, ¿cómo se me hubiera podido ocurrir marcharme sin despedirme? No sé si os conocéis...

Maite estuvo a punto de decir que sí, porque era la tercera vez que las presentaban, pero no quiso precipitarse y dejarla en un posible apuro, así que esperó a que ella respondiera. Pilar Banús negó con la cabeza.

—Maite es una gran empresaria. Lleva poco en Marbella, pero quizá conoces sus logros en Torremolinos... Y Pilar...

—Encantada. Por supuesto, no necesita presentación. Enhorabuena por el éxito de estos días de celebración y gracias por invitarme —interrumpió Maite, estrechándole la mano.

Pilar contestó con un «muchas gracias, un placer».

—Disculpa, embajador, me reclama mi marido. Voy a ver qué necesita. Me debes un baile —dijo alejándose de la mano de su amiga, sin mirar a Maite.

La situación hubiera merecido un comentario, porque el desprecio había sido patente, pero Maite disimuló.

—Todo un personaje, sin ella Banús no sería lo que es. Digna de admiración.

En ese momento se acercó Roberto. Le seguían Hefner y Polanski, pero estos se habían dejado interceptar por dos posibles modelos, actrices o cualquier profesión para la que ayudara a triunfar poseer una exuberante belleza. Ellos dos hablaban alto, reían, bebían y se les veía un punto exaltados; ellas escuchaban dulcemente.

—¿Quién, Pilar? —preguntó Roberto rodeando a su novia por la cintura, en un tono de voz mucho más llamativo del habitual en él y tan animado como sus recientes amigos.

—Sí. Acabo de presentársela a Maite —respondió Tena.

Ella lanzó una mirada a Roberto que él entendió al instante. Sospechaba que le pedía que no dijera que ya habían sido introducidas. No estaba seguro, pero calló.

—A veces es un poco peculiar, pero, cuando te considera de su círculo más cercano, es una leona. Tengo la fortuna de estar entre sus íntimos. Ya la conocerás bien.

—Te va a adorar. Te lo aseguro —sentenció Roberto con un aplomo imbatible.

14

26 de septiembre de 1970

El maximalismo que regía su aspecto quedaba en nada comparado con cómo había decorado su casa de Marbella. Pilar Banús había regalado a su marido, al año de casarse, un mausoleo a la altura de su amor. Y esa era la imagen que Maite rememoraba en ese momento, en el que la doncella uniformada la hacía pasar al salón. En la estancia destacaban una enorme chimenea de mármol, un espejo con enmarcado en oro y varias alfombras de la Real Fábrica.

Maite había recibido la invitación a tomar el té tres semanas más tarde del encuentro en la inauguración del puerto. Durante ese tiempo, le había estado dando vueltas a si debía optar por recurrir a su madre o aceptar la oferta de Gabriel Tena. Su propuesta era bastante conveniente; se limitaba a pedir un cinco por ciento de la empresa, sin pretender influir en ninguna decisión. En el fondo, su idea era figurar como parte de Puerto Banús, por una cuestión de estatus social. Con esa mínima participación, Maite no veía peligrar su libertad. La cuestión estaba en que ella sabía que aquello supondría un problema con Roberto, así que había estado meditando acerca de la opción de acudir a los Herrero, a través de su madre, antes de decidirse. Conchita Herrero, la compañera de cartas de Mila Morán en sus timbas de los lunes, era una de la habituales a las reuniones de Pilar Banús. Su marido trabajaba a caballo entre Madrid y Oviedo, y ella solía pasar una semana al mes en su casa de la Glorieta de Rubén Darío, a tres calles de la residencia de Monte Esquinza de los Banús. Ese aval era una vía aún más directa que la de Tena. La sacaba del casillero de «yeyé pecadora» para situarla en el de «chica díscola de familia decente y de abolengo». Sería parte de los suyos, y eso era, en el fondo, lo que les importaba. Igual que aceptaban a la extravagante Gunilla gracias a su alcurnia aristocrática, a ella también podían incluirla en la familia del selecto Puerto Banús.

Mientras esperaba a que Pilar apareciera e intentaba acomodarse en un durísimo sofá estilo Napoleón que impedía sentarse con estilo, Maite volvía a darle vueltas al porqué de esa cita. Sospechaba que, para acelerar su decisión, quizá Tena había hablado con la señora Banús y aquella merienda era una toma de contacto para conocerla. Un olor penetrante a L'Interdit de Givenchy predijo la llegada de Pilar Banús, como el azufre anuncia la del diablo. Maite se levantó para saludarla y fue a extenderle la mano, pero ella se dirigió directa a darle dos besos. Se sentó en el sofá, cuyo adamascado dorado casi se confundía con los remates de su caftán naranja, y le hizo un gesto para que se acomodara a su lado, como dos viejas amigas. La doncella apareció y Pilar le ordenó que se llevara el servicio de té, dejara las pastas y les trajera un oporto.

—¿O prefieres algo más fuerte?

—No, no, un oporto es perfecto.

La anfitriona alabó su vestido de Pedro Rodríguez. Maite, que lo había rescatado de su vida anterior porque le parecía correcto para una cita con la señora Banús, respondió con modestia, diciendo que tenía casi diez años. Pilar elogió su espíritu austero y, sin más rodeos, le pidió que le explicara con detalle cuál era su idea para el local al que aspiraba. Maite abordó todos los pormenores e hizo hincapié en el carácter selecto del club, omitiendo todo lo relativo a las estrellas de rock. La mención al Annabel's londinense, que frecuentaba la realeza británica, fue un elemento que observó que le interesaba a la señora Banús.

—Ella pasa temporadas aquí con James Goldsmith, su actual pareja.

—Sí, el financiero.

—Creo que están pensando en comprar algo. No sé si la conoces, pero soy muy amiga de su exmarido. Ya sabes cómo es la aristocracia británica, siguen llevándose muy bien. Podemos organizar una cena...

Maite notó que la tenía prácticamente convencida, aunque sospechaba que ya lo estaba antes de encontrarse y que esa charla había logrado que viera en ella un buen contacto para atraer a inversores extranjeros. Siguieron conversando de Londres, del porqué de su mudanza desde Torremolinos, de su visión común sobre lo que debía ser el turismo, de la carrera de Pilar en el mundo de la lírica (tema que Maite había preparado para lisonjearla). Al cabo de casi tres horas de charla y una botella de oporto, Pilar tocó el timbre del servicio y explicó a su nueva amiga: «Es la hora de mi Glenfiddich», como si se tratara de una medicación. Maite aceptó la invitación a acompañarla y se trasladaron a la terraza del chalet; estaba atardeciendo y la brisa era agradable. Hubo un silencio, en el que ambas disfrutaron del frescor y del sabor del whisky. Pilar lo rompió.

—Me han pedido que no te diga nada, pero, si vamos a ser casi socias y amigas, prefiero que lo sepas. También es que resulta una ridiculez andar ocultándotelo.

—Claro, dime —respondió Maite, sospechando de qué se trataba.

—Conchita Herrero me ha pedido el favor de que valore con atención tu proyecto. —Ante la cara de Maite, que Pilar no supo cómo descifrar, dudó un momento—. Sabes quién es, ¿no?

—Sí, sí, íntima de mi madre.

—Al parecer, ese novio tuyo (con el que tendré que hablar para que os caséis) le pidió a tu madre que hablara con ella. Lo que no entiendo es ese empeño tuyo para evitar que lo hiciera...

—Bueno, quizá es una tontería, pero no quería conseguirlo por...

—Pero a ver, ¿por qué crees que ha estado José a punto de darle el local al insustancial ese de la marisquería? Porque sabe quién es su padre, porque es de fiar. En los negocios las cosas funcionan así... Y tú haciendo el tonto con

Gabriel Tena, que, por cierto, ¡menudo aval! Entre tú y yo, no tiene un duro.

Soltaron una carcajada y Pilar le cogió la mano con las suyas.

—Prométeme que no le dirás nada a tu novio. Me harías quedar a mí mal. Mañana firmamos el local, en un principio por dos años. ¿Te parece bien?

—Sí, claro. Pero... muchísimas gracias. ¿Tienes planes para cenar?

—Hoy no. Pensaba quedarme aquí.

—Vamos a La Cabane a celebrarlo.

—Pero mañana a las nueve tienes cita en la oficina inmobiliaria de Banús.

—Por supuesto, allí estaré ya a las ocho en punto.

Maite disfrutó de la cena. La euforia por el gran logro que estaban festejando se mezclaba con un bienestar real. Pilar Banús era una mezcla entre su madre y Monique. Una mujer que manejaba los valores conservadores y hacía gala de ellos, pero con un mundo y una perspicacia extraordinarios para los negocios. En su conversación, Maite intentaba ser prudente. Había veces que estaba a punto de comentar algún amorío de Ira de Fürstenberg o los detalles relativos a sus viajes con Roberto, pero se reprimía; no tenía claro si la señora Banús lo vería adecuado. A medianoche, tras compartir el suflé de la casa y tomarse un par de poleos, Maite propuso tímidamente que se retiraran. No estaba segura de que ella pretendiera seguir la velada con más alcohol, pero se arriesgó.

—Por supuesto, vámonos. Nosotras no cerramos los tratos como los hombres. Sabemos parar. Me gusta eso de ti.

Media hora más tarde, el chófer de los Banús la dejaba en la puerta del Marbella Club y Pilar se despedía rogándole que la llamara en cuanto firmara, porque quería visitar el local con ella.

Al abrir la puerta del bungalow, encontró varias notas en el suelo. Eran seis, de recepción: las tres primeras decían que había llamado el señor Roberto; la cuarta y la quinta, que le llamara urgentemente cuando llegara; la sexta, que no le llamara, que se iba a dormir. En ese instante sonó el teléfono. Se precipitó a cogerlo. Era él.

—¿Dónde estabas?

—Buenas noches, la reunión ha ido de maravilla, gracias por preocuparte. ¿Dónde pensabas que estaba?

—Me había preocupado, la cita era a las cinco y es la una de la madrugada.

—Quedamos en que te llamaría mañana. Tú tenías el concierto de King Crimson, ¿qué ha pasado?

—Sí, nada, te he llamado desde el Marquee, pero estoy ya en el hotel. ¿Ha ido bien?

—Sí, mañana firmo. He estado cenando con Pilar. Llamaré a Rafael Werner para confirmarle que nos mudamos a Finca Malibú. Lo prometido es deuda. Estarás contento.

—Sí, claro..., pero por ti. ¿Y tú? ¿No estás feliz? Lo has conseguido. Y sin necesidad de Tena.

—¿Cómo sabes que sin necesidad de Tena?

Maite estuvo a punto de tenderle una trampa y decirle que no, que firmaba con él. Pero estaba muy cansada y aún más enojada con Roberto, así que lo dejó ahí.

—Bueno, me he imaginado.

—Sí, es sin él y he estado celebrándolo con Pilar en La Cabane hasta ahora. Estoy muy feliz y agotada. Mañana te llamo a las dos de aquí; ya habré firmado y te cuento todo. Descansa.

—Y tú, Maimai, duerme bien. Enhorabuena, eres una triunfadora.

Maite se desnudó y se lanzó sobre la cama. La excitación le impedía dormirse. Efectivamente, había triunfado. Daba igual que las conexiones de su madre hubieran ayudado; simplemente la habían acercado a conocer a Pilar Banús, a la que había encandilado. Tuvo la certeza de que habían merecido la pena tanto las noches de insomnio haciendo cuentas para ver si podía contratar un camarero extra como haber seguido su instinto cuando le asaltaban las dudas sobre si sería capaz de regentar ella sola un lugar como el Lali Lali, así como haberse obstinado a la hora de llevar adelante sus ideas innovadoras sobre los horarios, detalles que otros consideraban superfluos, como el tipo de música que debía oírse en su local. Estaba orgullosa de sus logros; por eso no podía evitar enojarse con Roberto por haber conspirado a sus espaldas. Sabía que la treta había sido por su bien, pero también que había servido para que el tío de Mario no estuviera por medio y que alquilaran la casa que la alejaba de la vida marbellí. Le dio rabia que ese momento que debía ser de felicidad plena se viera alterado por la sensación de control y asfixia que le producía esa actuación de su novio. Algo que, en los últimos tiempos, no le resultaba extraño.

Agitó la mano sobre su cara para quitar esos malos pensamientos y se puso a repasar cómo había imaginado la distribución y los elementos decorativos de Mayte's. Decidió levantarse para hacer cálculos. Dibujó los espacios. El amanecer la pilló fantaseando y concretando. Desde el gabinete donde estaba escribiendo, se veía el mar, tranquilo, plateado. Abrió la ventana y sintió frío, pero se puso su bañador de deporte y salió descalza a la playa, sin nada, ni una toalla. Nadó, se dejó flotar y empezó a llorar de emoción. Había conseguido su sueño, uno que jamás imaginó que desearía.

Al salir del agua, se cruzó con Vicente, el hamaquero, que estaba disponiendo la playa para el acomodo de los clientes. Con las colchonetas sobre su cabeza y el torso bronceado y esculpido, le recordó a las representaciones clásicas de Atlas sosteniendo la Tierra. La saludó con un «buenos días, qué madrugadora», al que ella contestó: «Buenos días, Vicente, hoy es un día histórico, cuando vuelva te cuento». Él sonrió sin entender demasiado y lanzó los colchones de flores a la arena. Al llegar al apartamento, Maite vio que le quedaba tiempo de sobra para arreglarse y llegar a las oficinas de Banús, así que decidió llamar a su prima y Anja para darles la noticia.

Cogió el teléfono Anja; de fondo se oía a Rondo ladrar. Tras contarle las novedades y haber recibido sus entusiastas «¡eres lo mejor!» y «¡supe que lo conseguirías!», a Maite le extrañó que no avisara a Covadonga o que no se acercara al oírla así de contenta.

—Gracias, sabía que os iba a hacer muy felices. Me tienes que ayudar, ¿eh? Tengo poco tiempo, porque me voy a la firma, pero ¿se puede poner Cave?

—No está. Pero hoy la ves en Marbella, quedó el fin de semana en Tolox, en casa de sus amigos. Esta semana está en Marbella, pensé que te dijo.

—No, pero quizá me llamó ayer, que estuve fuera. La veo luego, entonces. Te llamamos después.

Mientras se preparaba para la cita de negocios, haciéndose la toga en el pelo y buscando una indumentaria neutra (pantalón de popelín blanco y niqui celeste, con un Hermès al cuello), Maite le daba vueltas al asunto de Covadonga y Anja. Tenía claro que había existido un antes y un después desde el viaje por el fallecimiento de su padre. Anja había sido más cauta en su entrega amorosa. Adoraba a Covadonga, pero esa falta de arrojo la había afectado muy hondo. Su prima lo notaba y se sentía culpable e impotente. Inconscientemente se había ido retrayendo también y, aunque no habían hablado del tema directamente, Maite notaba que cada vez eran menos pareja y más hermanas. Covadonga, con la tienda de Marbella, pasaba algunos días, o en un apartamento en la playa, o en la casa de una pareja de amigos diseñadores de joyas que habían remodelado un cortijo en Tolox. Allí estaba a gusto, en plena sierra de las Nieves, en la casa de invitados que casi había hecho suya. Y Anja disfrutaba también de la soledad de su chalet. Tras la redada del Pasaje Begoña del 24 de junio de aquel año, había cerrado el Pink Note. Aquello había sido un duro golpe para la libertad que vivían los homosexuales y las lesbianas en esa parte de Málaga, y para Torremolinos en particular. Anja estaba cansada de la noche, así que lo traspasó y decidió dedicarse a pintar, hacer yoga, bañarse en el mar y visitar, de vez en cuando, Tolox o Marbella. La diferencia de edad también empezaba a horadar el enamoramiento. Covadonga despegaba en su carrera y Anja empezaba a querer una cierta tranquilidad. Maite no estaba preocupada, las veía felices a ambas, pero temía que alguien se interpusiera y acabaran separándose. Miró el reloj y vio que no podía seguir elucubrando a lo Elena Francis, debía ir para Banús.

Hora y media más tarde, salía de las inmensas oficinas del gerente de Puerto Banús eufórica y en una nube de felicidad, vértigo y orgullo de sí misma. Se sentó en uno de los noráis. El cielo estaba azul, brillante, espléndido, y las paredes de los locales y los pisos del paseo le parecieron de un blanco más deslumbrante que nunca. Se quedó un buen rato allí, saboreando esa plenitud. No recordaba haber sido nunca tan feliz. Repasó la conversación que había tenido con el señor Sanz y fue consciente de que aquello borraba cualquier posible complejo por la intermediación de su madre. De camino a la cita, mientras transitaba por la vacía N-340, había tenido una de esas iluminaciones que la solían abordar cuando conducía sola. Pensó que se había precipitado al decir que le parecía bien que el contrato de alquiler fuera por dos años. Con la inversión que iba a hacer y teniendo en cuenta el arranque, era poco tiempo. Los cálculos que la noche anterior había hecho y su intuición le indicaban que debía pedir cuatro. Si no cedían, firmaría igual, pero se armó de valor para negociar. Así que, tras la charla de cortesía reglamentaria, don José María Sanz le ofreció el contrato para que lo leyera.

—Creo que la señora Banús le ha dado los detalles, aparte del precio, que ya lo conocía, pero aquí lo tiene para cotejarlo. Si quiere consultarlo con su abogado o alguien más, podemos esperar a que lo haga, por supuesto.

—Le agradezco la deferencia, pero no necesito consultarlo. Si me da unos minutos, lo leo aquí.

—Por supuesto. Estaré en la sala de reuniones contigua. Cuando acabe, podemos encontrarnos allí, si le parece. ¿Le apetece otro café, un agua?

—No, muchas gracias. No tardaré demasiado.

Eran un par de páginas que revisó detenida y rápidamente. Don José María se sorprendió de que hubiera sido tan rápida cuando la vio aparecer en el umbral de la inmensa sala acristalada desde la que se divisaba todo el puerto y la costa de Marbella, casi también la de Fuengirola.

—Efectivamente tiene todos los detalles que me adelantó ayer la señora Banús, pero hay algo que querría comentar con usted. Se trata del periodo de alquiler. Creo que lo justo para ambas partes serían cinco años, teniendo en cuenta la inversión que tendré que hacer.

—Pero esa inversión la puede recuperar con el traspaso.

—Efectivamente. Si no, estaríamos hablando de siete años.

—¿Estaría dispuesta a rebajar de cinco a cuatro años?

—No lo veo mal.

Don José María Sanz se levantó, apretó un audífono y le dijo a su secretaria: «Mercedes, traiga por favor el contrato del local H598 con el periodo de alquiler de cuatro años».

—La señora Banús me dijo que era probable que quisiera cambiar ese punto, así que lo teníamos ya preparado —dijo don José María con una media sonrisa que le hacía parecer algo más atractivo, dentro de su corta estatura, su sobrepeso, una incipiente calvicie y un bigotín que no favorecía a nadie, a no ser que se tratara de Errol Flynn. Este último pensamiento le llegó a Maite cuando ya se estaba levantando del noray, camino a su local. Contuvo una risita, percatándose de que estaba tan entusiasmada que hasta le veía cierto encanto al señor Sanz.

Había prometido avisar a Pilar, pero esa primera incursión quiso hacerla sola. Era la cuarta vez que lo recorría; se lo sabía de memoria, pero ya era suyo. Pensó que realmente lo era porque se trataba de un alquiler con derecho a compra y estaba segura de que acabaría siendo la propietaria. Por supuesto, había llevado un metro con el que midió de nuevo la barra, las paredes donde se apoyarían los grandes sillones Peacock de ratán y el espacio para las alfombras de cebra y los detalles africanos, en la onda de algunos clubs de Tánger que se habían puesto de moda, con un estilo entre subsahariano y mediterráneo. Se sentó en el suelo e imaginó dónde estaría el disc jockey. Inspeccionó los baños y pensó que debía ampliarlos. Quería inaugurar en Semana Santa, así que no había demasiado tiempo. Debía llevar allí unas tres horas cuando llamaron a la puerta. Al acercarse a abrir, supo quién era por el perfume.

—¡Ay! Pilar, perdóname, que no te he llamado. Pero me he metido aquí y no sé ni qué hora es.

—Me lo imaginaba, no te preocupes, tesoro, pero he estado en la oficina y, antes de irme a la playa, te quería dar la enhorabuena. Bien jugado —le dijo guiñándole un ojo.

—Bueno, yo pedí cinco años... —respondió Maite.

—Ya, ya, pero sabías que más de cuatro no podían darte.

Las dos rieron y Pilar se despidió. Maite agradeció que fuera tan discreta y que la dejara sola imaginando su futuro. Pese a la excitación, empezó a tener hambre, así que decidió volver al apartamento para, también, llamar a Covadonga y a Roberto. A su madre lo haría más tarde. Picó algo en la cafetería y se acercó a la tienda de CaveWoman. Su prima estaba allí y Anja le había dado la noticia. Se abrazaron, saltaron. La llegada de una clienta dio por concluida la celebración. Maite le hizo una seña a Covadonga de que la esperaba en el bungalow. Al llegar encontró una nota. Se leía un número de teléfono inglés y la indicación de que llamara a Roberto. Supuso que era el de los estudios de grabación Morgan, donde The Kinks producían su nuevo disco.

Marcó y allí estaba. Maite le detalló la negociación con Sanz, la amistad con Pilar Banús y algunas de las ideas nuevas respecto a la pequeña obra que tendría que emprender en el local. Él fue efusivo y alabó su habilidad para los negocios. Ella tuvo un gesto de cierta perversidad.

—Lo que más ilusión me hace es haberlo conseguido yo sola. Sin mi madre por medio, ni Tena, ni nadie.

Hubo cuatro segundos de silencio.

—Eres la mejor, Maimai. ¿Se lo has contado ya a tu madre? Se va a poner muy contenta.

—No he tenido tiempo, pero ahora la llamo. Seguro que le hace mucha ilusión venir a la inauguración.

—¿Le vas a pedir que vaya? Queda tiempo, pero lo mismo te estresa que esté allí...

Maite no tenía ninguna intención de invitarla, pero le gustaba hacer sufrir un poco a su novio.

—¡Qué va! Bueno, ya veremos. Oye, te voy a dejar, porque quiero darle la noticia a Monique y tengo que hablar con Tena, antes de que se entere por otro lado. Supongo que la noticia correrá rápido. ¿Sabes cuándo vuelves?

—Creo que puedo adelantarlo para el domingo, así lo celebramos.

—Hoy haré una reunión más íntima, pero cuando estés aquí, montamos una fiesta enorme. En la nueva casa, ¿te parece?

—Estupendo. ¿A quién vas a invitar hoy?

—A Cave, Monique, Anja, Rudi, Jaime y Margit, Mario, Gunilla, Luis, los Connery, ahora que vamos a ser vecinos, y a ver si pueden venir Börj y Adela.

—Fantástico… ¿Mario Pessoa y Luis Ortiz crees que pegan?

—Hombre, si hablo con el tío de Mario debo incluirlos, y no voy a invitar a Gunilla y a Luis no… Tendremos que llevarnos bien porque son fundamentales para atraer clientes. No empieces con tus cosas, Robertín.

—¿Qué cosas?

—Ninguna, no discutamos.

—No, no, no vamos a discutir, hoy es tu día.

—Te llamo cuando vuelva y te cuento.

—No, mejor mañana, hoy saldré con estos y volveré tarde.

Maite iba a responder que ella también llegaría a una hora intempestiva, pero entendió que Roberto quería quizá hacerse el duro. Últimamente estaban rompiendo su costumbre (inaugurada por él) de llamarse por las noches, antes de dormir e incluso de madrugada, cuando salían. A Maite le resultaba extraño, pero no quería pensar en el tema demasiado. Se negaba a distraerse con suposiciones que la desviaran de su objetivo vital en ese momento. Seguía los consejos de Monique, con la que había compartido sus inquietud por la excesiva afición de Roberto, durante los últimos meses, a las fiestas, el alcohol y quizá otras sustancias más peligrosas. Monique sabía de lo que le hablaba, porque su difunto marido había muerto por sobredosis, así que fue rotunda: «Si debes preocuparte, ya lo harás; de momento, cuando viene yo le veo bien, así que céntrate en lo tuyo. Preocuparse no da de comer».

Tras hablar con su madre, que mostró una fingida sorpresa y un enorme entusiasmo poco propio de ella, pasó a hacerlo con Gabriel Tena. Se lo tomó con la deportiva flema de la que alardeaba y aceptó su invitación para cenar juntos cuando fuera a Marbella. Covadonga se encargó de coordinar al grupo de Torremolinos, pero los Gálvez acababan de ser padres de la pequeña Rocío Gálvez Huelin y no podían improvisar planes. Maite llamó a Diane para anunciarle que estaría en breve en Finca Malibú y pedirle que ella y su esposo se unieran a la celebración. Declinó diciendo que se había caído la noche anterior en el baño y tenía un cardenal que no le apetecía lucir.

—Si vienes pasado mañana a lo de la casa ya verás, estoy tremenda. Yo estaré aquí, no voy a moverme. Hoy se ha ido Sean a rodar a Estados Unidos, así que me dedicaré a escribir.

En cuanto colgó, iba a llamar a Jaime de Mora, pero sonó el teléfono. Era Mario.

—*Gorgeous!* Enhorabuena, ya me ha dado la noticia mi tío. Quería felicitarte y ofrecerte mi ayuda para lo que quieras. Aunque no la necesitas.

—Muchas gracias, iba a llamaros a ti y al resto de la pandilla para invitaros a tomar algo aquí. A las ocho, en el piano bar. Es muy precipitado y seguramente tendréis ya planes, pero por si acaso...

—Los tengo. Pero ¿irá Roberto?

Maite acentuó su demora en contestar. Quería hacer patente que esa pregunta le parecía una grosería.

—No, está con los Kinks, en Londres.

—Perfecto, a las ocho nos vemos.

15

26 de septiembre 1972

Maite tenía marcada a fuego la fecha en la que había firmado el contrato de Mayte's. Dos años después, cuando el carrillón del reloj que se había traído del antiguo Lali Lali marcó la medianoche, Maite se acercó a la mesa en la que estaban Monique, Gunilla, Luis Ortiz, Jaime de Mora, Adela y Börj para abrir una botella de Dom Pérignon y brindar. Monique se percató del motivo, pero al resto tuvo que explicarles el porqué: quería celebrar ese aniversario del 27 de septiembre de 1970 con ellos y agradecerles su ayuda.

El arranque del nuevo Mayte's resultó mucho más discreto de lo que su dueña esperaba. A pesar de que los primeros locales que habían abierto en Puerto Banús eran solo tiendas de lujo, la fiesta de inauguración fue todo un éxito. Tuvo mucho que agradecer a Monique y a Ira de Fürstenberg, artífices en parte de que a la fiesta acudiera toda la jet set marbellí, incluida la propia Ira, cuyos compromisos como actriz le impedían visitar muy a menudo la Costa del

Sol. Del acto se hizo eco la prensa internacional. Destacaron la presencia de la princesa Soraya de Irán y, por supuesto, de toda la pandilla marbellí del papel cuché, que hizo equipo con Maite desde que inició las obras.

Para entonces había traspasado el antiguo Lali Lali, así que, sin seguir el consejo de su madre, que le recomendó «no poner todos los huevos en la misma cesta», sus esfuerzos y sus réditos se limitaban al bar de Puerto Banús. Los primeros seis meses fue sobreviviendo. Las apariciones en la prensa no atraían a suficiente público. Poco a poco se fue corriendo la voz de que en Mayte's podías tomarte un cóctel al lado de Gunilla von Bismarck, pero con eso no era suficiente. Maite empezó a dudar de su habilidad para los negocios y, aunque tenía la esperanza de que todo se encauzaría, a veces le invadía la sospecha de que estaba dilapidando la herencia de su padre en un sueño que no tenía ni pies ni cabeza. Tampoco ayudaba vivir tan aislada y pasar largas temporadas sola en la casa que habían escogido por el empeño de un Roberto cada vez más ausente física y emocionalmente. De hecho, al poco de abrir el local, él decidió alquilar un pequeño apartamento en el Chelsea Cloisters, un edificio cercano a Sloane Square donde solían alojarse músicos que iban a grabar a Londres y que era conocido por las juergas que allí se montaban. Tras la separación de Los Tartesos, dedicaba cada vez más tiempo a su cargo de director de Relaciones Discográficas en el Marquee. Maite entendía que era más práctico pernoctar en un estudio que vivir en hoteles. El problema era que Roberto tomó esa decisión al mes de que hubieran alquilado la casa en la recóndita y paradisiaca Finca Malibú. Maite lo consideró una estratagema para asegurarse de que estaría apartada del ambiente marbellí. Aquel detalle se unía a otras actitudes de los últimos meses que estaban carcomiendo su amor hacia él, tales como las maquinaciones a sus espaldas para que consiguiera el local de Banús y esas desapariciones que le dejaban ilocalizable durante uno o, a veces, dos días. Afortunadamente tenía cerca a Monique y a Diane. Durante esos meses se hicieron confidentes. Con Diane tenía menos confianza, pero se contaban sus penas paseando por la playa a mediodía. Ella estaba a punto de separarse de Connery. No lo decía abiertamente, pero dejaba entrever que no eran metafóricas aquellas declaraciones que el actor hizo para *Playboy* en los años sesenta; esas, tan comentadas, en las que afirmaba que, a veces, la única forma de acabar una discusión con una mujer, si se ponía muy pesada, era pegarle una bofetada. Maite, durante las caminatas, ante la ambigüedad en los relatos de Diane, no sabía cómo reaccionar, así que le lanzaba frases de consuelo generales. El final llegó tras una discusión del matrimonio Connery en un hotel de Almería que fue portada de la prensa nacional. Diane decidió separarse, así que Maite se quedó sin su compañera de fatigas.

A partir de junio de 1971, todo cambió. Abrieron varios restaurantes y otros locales nocturnos en Puerto Banús, y Maite se sintió orgullosa de que su intuición se cumpliera, superando sus expectativas. La gente hacía cola en la puerta para poder entrar. Llegaban clientes de Alemania, Suecia e Inglaterra. Querían codearse con la aristocracia rebelde de sus países y conocer de cerca el que se estaba convirtiendo en el lugar más exclusivo del mundo. Uno de los encantos que lo hacía más atractivo residía en que no era aún demasiado famoso, así que se consideraban miembros de una élite informada que conocía ese secreto reservado a los ricos.

Aquella noche de entre semana de septiembre de 1972 no era una excepción. Los clientes lucían sus mejores galas imitando los vestidos coloristas y vaporosos de la rubísima Gunilla o ese aire oriental de la indumentaria de Soraya. El recorrido de muchos consistía en pasear a media tarde por el embarcadero, observando los Rolls, Jaguar y Bentleys aparcados a la puerta de los restaurantes y los relucientes yates de cincuenta metros de eslora, con imponentes marineros que parecían dibujados por Hugo Pratt y que más que trabajar aparentaban estar de atrezo. El siguiente paso de los visitantes, que Maite y Covadonga tenían estudiado, era visitar CaveWoman. Ellas comparaban ese peregrinaje con el que hacían los foráneos que transformaban su aspecto en la boutique de Mary Quant en Londres. En su ánimo por mimetizarse con el ambiente acudían a la boutique de Covadonga, que había abierto una segunda sucursal en el puerto. Carmen era la encargada y la modelo de la marca. Lo que ella se pusiera se vendía inmediatamente. Seguía teniendo esa belleza salvaje y ese tipo estilizado, con la exuberancia justa que la había llevado, de la mano de Mark Birley, a hacer un par de campañas de moda en Londres, regresar a los seis meses con el corazón roto, participar como extra en las películas que se habían rodado en Torremolinos y, desde hacía un año, abandonar la farándula para emparejarse con Kurt. La unión había causado un shock general. La proverbial habilidad de Carmen para liarse con sinvergüenzas sorprendió en ese caso hasta a su madre, que, consciente de que no podía cambiar los tozudos designios de su hija, se limitó a decir: «En el pecado llevas la penitencia». No volvió a comentar nada al respecto, en una intuitiva táctica de psicología inversa por la que sabía que cuanto más criticara al «playboy ese que le saca quince años», más afianzaría su relación.

Todos los amigos, especialmente Adela, intentaron disuadirla, pero tuvieron que rendirse a la evidencia de que Kurt, con ella, se había transformado en un casi cuarentón aún muy atractivo, simpático y juerguista, pero consagrado a su Carmencita en cuerpo y alma. La hacía feliz.

Tras los brindis y unas breves palabras de Jaime de Mora, que, solemnemente, glosó la inteligencia, habilidad para los negocios y capacidad de trabajo de Maite, ella se sentó con el grupo al lado de Börj y Adela; entre la dirección del hotel Miami y su reciente paternidad, no habían tenido un minuto libre para visitarla.

—No estuve lista ni na —comentó Adela, mirando hacia la barra del bar.

—Desde luego. Y fíjate que a todos nos costó hacerte caso, a mí la primera —respondió Maite—. La verdad es que en un principio lo hice por Carmen, pero ha sido una jugada perfecta, no puedo tener mejor barman.

—Yo aún lo tengo bajo sospecha. Kurt es Kurt y, vale, está más tranquilo y como encargado no lo hay mejor, pero veremos en unos meses, cuando se le pase el enchochamiento del principio —aportó Börj, al que la responsabilidad había convertido en un señor grandote sueco, con algunas canas y su habitual actitud cabal llevada al extremo.

—Ay, de verdad, qué malaje eres. Relájate, que estamos de vacaciones —respondió Adela dándole un beso en los labios.

—Estoy totalmente relajado —dijo Börj, con retranca.

En ese momento aparecieron entre la gente Covadonga, Anja y Carmen al ritmo de «La chica de Ipanema». La más joven abría paso, instintivamente, pero no tenía que hacer mucho esfuerzo. Su pelo negro cardado, los pantalones blancos de pata de elefante y el biquini/top de ganchillo sobre su piel bronceadísima hacían que hombres y mujeres se apartaran para que ella avanzara con ese aire de elegante naturalidad. Un Kurt sudoroso, con la camisa de paramecios desabrochada hasta la cintura y unos vaqueros que resaltaban el resultado de sus horas encima de la tabla de windsurf, cogió a Carmen por la cintura y le dio un beso apasionado en la boca, marcando territorio. Se acercó con ellas a donde estaban sus amigos, tomó nota de las bebidas que faltaban y ayudó a Maite a acercar otra mesa, porque ya no cabían todos en la misma. Maite hizo para que la ocuparan los del grupo de Torremolinos; los Gálvez conocían a su nueva pandilla, pero no tenían mucha confianza y quiso crear un clima íntimo, como en los viejos tiempos.

Adela se abrazó a Carmen y le pidió que le enseñara el anillo de compromiso. Era una esmeralda sobre una enorme base de plata labrada, tosca, como una escultura.

—El chaval tiene buen gusto —dijo Anja.

—Y como se pase mijita, aquí tiene el aquelarre. Yo ya se lo he dicho —respondió Carmen, siempre en guardia.

—El aquelarre y a mí, que peso ciento veintitrés kilos —apuntó Börj.

—Hablando de aquelarre, ¿cuándo vuelve Roberto? —preguntó Adela, sin rodeos.

—A mediados de octubre.

—Iba a sacar el tema en tu casa estos días, pero, oye, no puedo más. Y aprovecho que estamos todos.

Se hizo un silencio cómplice en la mesa que dejaba oír claramente el «Parole parole» de Mina de fondo. Maite la miró seria y se dejó coger la mano.

—Ya sé que es un tema del que no hablas y que has querido centrarte en Mayte's. Según nos dices, todo va bien con Roberto, pero nos ha llegado por varias fuentes que está teniendo problemas graves con la cocaína. Nadie quiere decirte nada, pero en el Marquee se ha metido en peleas, desaparece...

—Lo sé, pero gracias por decírmelo. Lo de la cocaína, me refiero. Empezó hace tiempo. Lo del Marquee no lo sabía... Estaba esperando a noviembre. En plena temporada alta no puedo enfrentarme a eso.

—Pues ya está. Tú nos dices si nos necesitas. Y si no, nos meteremos por medio igual —dijo Adela.

Maite le dio un beso a su amiga y sonrió a todos. Mientras se levantaba, murmuró algo sobre el volumen de la música. Se le iban a saltar las lágrimas y no quería que fuera allí dentro; ella era la guardiana del glamour y la felicidad. El asunto de Roberto con la cocaína era algo que llevaba tiempo sospechando y había constatado hacía casi medio año. La sustancia estaba de moda en el mundo del rock, pero Marbella y sus noches la conocían de sobra. Durante un tiempo, Maite no tuvo o no quiso tener una constatación clara. Pero esos ataques de celos, esos comentarios fuera de lugar en el siempre dulce y tranquilo Roberto, que dieron paso a sus desapariciones y a sus estancias cada vez más prolongadas en Londres, eran claros indicios. En una de sus visitas de principio de año, descubrió en el baño una bolsita con un polvo blanco que Roberto había olvidado esconder.

Mientras recogía algunos vasos y sonreía a los clientes, que admiraban la sencillez de la reina de la noche marbellí, fue recordando detalles. En concreto, la primera vez que barruntó que algo malo podía pasar, en el concierto de Julio Iglesias de la inauguración de Puerto Banús, cuando su novio desapareció con Polanski y volvieron los dos tan animados y habladores. Al dejar las copas en la barra, se le acercó Covadonga y la cogió de la mano, sonriente. Estaban en pleno escenario, bajo el foco de todos. Ella también se había convertido en una celebridad, gracias a su marca de *prêt-à-porter*.

—Haz el favor de volver a la mesa, no vamos a sacar el tema.

—Es que de verdad que ahora mismo no puedo pensar en ello. No debo.

—¡Claro, Maitina! Ya está. Ya le he dicho a Adela que estos días que se quedan en tu casa no se le ocurra abordarlo.

—Si yo sé que lo hace con cariño, pero...

—Ya, todo entendido.

Al día siguiente habían quedado para ir a la playa en el Marbella Club y luego comer en Los Monteros. Entre semana y a final de temporada, aquel trozo de Costa volvía a ser como años atrás. Una isla solo para ellos. Los miembros de esa *troupe* tomaban el sol embadurnando el cuerpo con el aceite bronceador de Ambre Solaire o con mezclas hechas en casa, como la deseadísima de Anja, compuesta de aceite de almendras y perfume esencial de jazmín. Al grupo de la noche anterior se unieron el resto de los Choris y Pilar Banús. El horario habitual de la jornada de playa solía ser entre las doce y las dos. Querían aprovechar las horas de sol más potente porque parte de su sello de identidad era estar bronceados. A Maite le recordaba a cuando, en la playa de Aguilar, de pequeña, juntaba el antebrazo con el de sus amigas para ver quién estaba más morena. Ahí siempre salía perdiendo su prima Covadonga, entonces y treinta años después; su piel era pálida y siempre había huido del sol, la arena y todo lo que no fuera el asfalto, pero a ella se le perdonaba, por su estilo tan fascinante y peculiar.

Covadonga prefería la piscina, así que ese mediodía había liderado una escisión en las hamacas próximas al Grill, pertrechada bajo una de las sombrillas rojas que otorgaban una señal de identidad al exuberante jardín del hotel. La acompañaban Anja y Pilar Banús, que, contra todo pronóstico, se habían hecho íntimas. Lo único que compartían ellas dos era una edad similar, pero, por lo demás, Maite se preguntaba de qué hablarían durante sus largas charlas achicharrándose bajo el sol. Con el tiempo, descubrió que las unía su afición por lo espiritual, cada una desde una escuela distinta, pero con mucho más en común de lo que parecía. Una vez enterada del asunto, a Maite le divertía verlas juntas, charlar animadamente de, suponía, temas teológicos: Pilar, con un bañador con remates dorados que acentuaba la rotundidad de su cuerpo, un turbante y perfectamente maquillada; Anja, enjuta, dentro de un biquini diminuto de tela con su batik, la melena canosa al aire y una pulsera en el tobillo con motivos hindúes.

Maite no había pegado ojo. El conato de conversación de la noche anterior sobre Roberto la había trastornado. Se sentía como cuando se tiene la casa limpia, perfectamente arreglada, y una amiga, por ayudar, abre el armario de la ropa de invierno, de la que no está previsto ocuparse hasta octubre, y decide ordenarla. Por inercia, lo habitual es involucrarse en la organización de armarios con la amiga entrometida. Pero Maite había decidido que no iba a caer en la trampa, que no pensaba ponerse a lavar a mano, con champú, los jerséis de cachemira…, que hasta que no pasara la temporada no abordaría el asunto de su futuro con Roberto. Pese a su fuerza de voluntad, no había podido evitar el insomnio, elucubrando sobre la salud de su novio, su prestigio, su relación. Pero fundamentalmente, sobre su distanciamiento y su miedo. Maite notaba por el tono de sus conversaciones telefónicas cuándo Roberto había consumido. Estaba seco, cortante. Si ella le contaba algún problema, él cambiaba de tema. Hablaba deprisa, narraba grandes proyectos en los que ella al principio creía, confiando en la capacidad emprendedora de su novio, pero, con el tiempo, se dio cuenta de que eran disparatados. Maite, en un mecanismo de defensa, al verse sola, sin apoyo, fue también cerrándose, contando poco de lo que hacía o pensaba, y con el temor de que Roberto terminara por hacer alguna locura. Esa noche en vela se percató de que la ansiedad que le producía esa sensación tenía que ver con él, con su estado, con el peligro de que echara su vida por la borda, pero también con ella misma. Con el horror a quedarse sola, sin pareja. Por primera vez le había puesto palabras a ese puñal en el pecho. Podía adornarlo diciendo que era amor, pero se trataba, por encima de cualquier otra cosa, de miedo a la soledad.

Bañarse en el mar la relajaba y la ayudaba, en ese día que hubiera preferido estar sola, huir de la necesidad de sociabilizar. Esa era una de las pocas ocasiones en las que se podía disfrutar de las olas. A Maite le encantaba cogerlas y dejarse llevar hasta la orilla por ellas. Se miró los dedos de la mano y los tenía arrugados, igual que de pequeña. Esa era la prueba científica que usaba su madre para obligarla a salir del mar. Mientras le enseñara la mano y no estuvieran engurruñados, podía seguir. Calculó que debía llevar una hora allí metida. Había sido sanadora. Se sentía liberada. Nadando, sin pensar en el problema que la angustiaba, se había dado cuenta de que ya estaba sola desde hacía mucho. La distancia con Roberto era mucho más que física. Decidió no decidir y sintió un profundo alivio al saber, con certeza, que no tenía nada que temer. Lo que la horrorizaba ya lo conocía y no era para tanto.

Maite volvió a su hamaca, al lado de la de los Gálvez.

Estaban en animada conversación con Mario y Llagostera, algo que no le extrañó; con los Choris era fácil encajar. Maite se llevaba bien con el encantador Luis Ortiz, al que tenía cariño por lo bien que trataba a su adorable princesa alemana, de la que estaba perdidamente enamorado y no se molestaba en disimular, contraviniendo los postulados de muchos de los hombres de la Costa, que jugaban a ser *Latin lovers*. Maite siempre se preguntaba de qué vivían. Gunilla era bisnieta de Otto von Bismarck e hija de un embajador. Su familia poseía, entre otras propiedades, un castillo en Alemania. Pero, como bien explicaba la avispada Monique, «estos aristócratas no suelen andar bien de *cash*», así que parte de sus ingresos provenían también de sus exclusivas en el *¡Hola!* Ortiz era hijo de una familia burguesa, afín al régimen de Franco; como sus compañeros de los Choris, se trataba del chico malo de una casa bien que jugaba a la frivolidad. Mientras escuchaba la conversación de Mario con sus amigos, observaba al resto y pensaba en lo curioso de que todos intentaran parecer menos inteligentes y profundos de lo que eran en realidad. El caso que más le llamaba la atención era el de Gunilla, una mujer muy leída y que había estudiado Ciencias políticas en la Sorbona, que se empecinaba en poner una voz de niña y aparentar que no entendía nada. A Maite le resultaba fascinante y ajena. Se empeñaba en observarla muy de cerca para intentar descifrar los códigos de una femineidad que comprendía que hubiera vuelto loco al indomable Luis Ortiz.

Ensimismada, le llegaban retazos de la charla de sus amigos con su admirador (así le había bautizado Monique). Hablaban de su hotel, el Miami, de hacer una fiesta de aniversario, y Mario, de lo más solícito, se estaba ofreciendo a encargarse personalmente de la lista de invitados. La lucha entre Torremolinos y Marbella era más que evidente durante los últimos años; había una parte del turismo que tenía bien definido su gusto, pero también existía un público intermedio, demasiado bohemio para Marbella y con una pasión por lo exclusivo, que Torremolinos empezaba a perder. Ese era el que ambos territorios se disputaban. Una de las razones por las que Adela y Börj habían acudido a pasar esos días de vacaciones en Marbella era establecer contactos como ese, con Mario; todo ello en connivencia con Maite, que consideraba interesante el trasvase de clientes.

—Hombre, ¡la sirena ha vuelto a tierra! —la recibió Mario.

Maite sonrió sin decir nada más y Adela, que estaba sentada junto a él en la hamaca, le cedió el sitio de inmediato. Maite sabía que su amiga consideraba al portugués un buen pretendiente, pese a que ella le había explicado que no le interesaba. Hizo un quiebro y se situó junto a Börj, como si no se hubiera dado cuenta del truco. Al grupo se unieron Pilar y Anja, que venían de darse un baño en el mar. La primera, desprendiéndose del gorro de baño con flores de plástico turquesa, y la segunda, impregnando su cuerpo, aún mojado, con su pócima para el sol. Gunilla también se acercó con su melena hasta la cintura, ondulada y rubia, a juego con su biquini dorado. Todos se levantaron para cederles las hamacas y extendieron sus toallas en la arena. Maite las introdujo en la conversación. Debatían si el declive de Torremolinos se había acelerado por la gran redada. Maite sabía que era un asunto que a Anja le tocaba de cerca y que le resultaba difícil quedarse callada. Había rumores de que aquella redada de la noche del 24 de junio de 1971, en el lugar de los bares gais de Torremolinos, podría haber estado propiciada por Hohenlohe y Banús, quienes, justo antes de la apertura del puerto, querían desprestigiar el enclave vecino. Se decía que pretendían que la prensa lo publicitara como un lugar peligroso, en contraposición a la tranquila y elegante Marbella. Maite sabía que todos los presentes eran inteligentes y lo suficientemente prudentes como para no sacar el tema de esos rumores delante de Pilar Banús y de Gunilla, que era íntima de Hohenlohe.

Monique, que siempre estaba en todo, astutamente dirigió la conversación y la conectó con la otra teoría que se barajaba:

—¿Pensáis que hay algo de cierto en el rumor de que la redada del Pasaje Begoña tuvo que ver con que el hijo del gobernador civil sea gay? Porque ahí es donde dicen que empezó un cierto declive de Torremolinos. Quizá hablo sin saber... Bueno, realmente es así, no tengo ni idea.

Se hizo un silencio y Anja intervino, por aliviar la tensión.

—Otras palabrerías dicen que la mujer del gobernador civil había ido a dar una vuelta, que vio el ambiente del Pasaje y exigió a su marido que pusiera orden.

—Ese no lo había escuchado. Pero es... ¿fue? —dijo Gunilla, dudando de su español—. ¿Fue tan importante para la fama de Torremolinos, en realidad?

—Sí. Por un parte, muchos de los clubs cerramos, y eso es malo para Torremolinos. Por otra, para los maricas y las lesbianas extranjeras era como decirles que pueden acabar en prisión. Los no homosexuales tampoco quieren ir a un sitio donde hay redadas —contestó Anja.

Pilar Banús se levantó de la tumbona y, mientras se calzaba sus sandalias doradas, habló:

—Es una pena que no nos hubiéramos conocido un año antes. Te aseguro que el día de la redada no habrías abierto tu bar.

En ese momento, llegó uno de los botones del hotel y se acercó a Maite.

—Pablito, ¡cuánto tiempo sin verte!

—Sí, señora. Me alegro mucho de verla. El señor Roberto está al teléfono, es una conferencia.

Maite se levantó rauda. Le había llamado aquella mañana, sabiendo que tan temprano no le iba a localizar, pero dejó recado en la recepción de los apartamentos de que estaría en el Marbella Club. Suponía que querría disculparse por no haber estado en la fiesta de aniversario de la noche anterior.

Por el camino, a trote, Maite quiso saber si le había dicho algo a Pablito, que también hacía de telefonista y a quien conocía de su estancia en el hotel.

—No le he entendido. Debía de estar comiendo algo, hablaba raro.

Maite intuyó que el comentario respecto a la masticación de su novio tapaba la realidad, que no podía vocalizar. Se apresuró aún más. Al coger el teléfono, habían colgado. Marcó el número de su casa y nadie respondía. Pasó la llamada a la centralita, donde le dijeron que estaba en el apartamento. Siguió marcando una y otra vez, sin éxito.

16

29 de septiembre de 1972

No era lo que Maite tenía planeado, pero se alegró de que la vida hubiera desvelado ese secreto a voces de su novio que ella no se atrevía a abordar. Aquel día de la llamada fallida, tras cuatro horas desesperada, Maite logró localizar a Gerald, uno de los compañeros de trabajo de Roberto, que tenía llaves de su apartamento. Se lo encontró inconsciente y tuvieron que hospitalizarlo. Maite había tomado el primer avión para Londres, a tiempo de recogerle en la clínica de Hampstead donde le habían ingresado. Cuando entró en la lujosa habitación, en la que un rayo de luz de mediodía partía en dos a Roberto, la recibió enfurecido.

—¿Qué haces aquí?

—Venir a ver si tenía que repatriar tu cadáver. Por desgracia, parece que no.

La irrupción del médico en el cuarto cortó el momento tenso. A Maite le extrañó que saludara a su novio con tanta confianza, aunque distante. Ofreció la mano a Maite y Roberto se apresuró a presentarla: «Es mi novia». El doctor carraspeó y se dirigió a ambos:

—Por nuestra parte podemos darle ya el alta. Pero, teniendo en cuenta que es la segunda vez que ingresa con esta patología...

Se hizo un silencio dramático. Maite miró enfurecida al paciente.

—... mi consejo es que ingrese en nuestro programa de desintoxicación.

—Gracias, agradezco su consejo, pero es una exageración...

Maite interrumpió a Roberto.

—Eso tendremos que decidirlo los dos.

Maite aprovechó para hablar con el galeno mientras Roberto se vestía. Tras la charla, fue consciente de que había hecho mal en no enfrentarse antes al problema. La situación parecía haberse disparado en los dos últimos meses. En ese verano en el que Roberto había estado de gira con los Kinks y ella, volcada en la temporada alta de Mayte's. Al pedir un taxi en la recepción, él insistió en que fueran a un hotel. Maite se negó por lo ilógico de la propuesta y porque ese empeño por no dirigirse a su apartamento le encendió otra alarma. Quizá Roberto temía que encontrara pistas de la presencia de una mujer. Al abrir la puerta, pensó que casi hubiera preferido darse de bruces con Brigitte Bardot en *négligé* que aquel campo de batalla: botellas de whisky vacías y tiradas por el suelo, una mesa con restos de rayas de cocaína y colillas de marihuana, pizza a medio comer encima de la cama, vómito en la puerta del baño, pantalones desperdigados por la estancia, y todo ello con la oscuridad de las cortinas granate de terciopelo que impedían la entrada de la luz y del aire. El olor era insoportable.

—No voy a entrar. Ni tú. Nos vamos al Savoy.

—Pero ya que estamos... Sí, perdona, está hecho un desastre, no quería que lo vieras. Espérame abajo, recojo un par de cosas...

Maite le arrancó las llaves furiosa, segura de lo que pretendía recoger. Cerró la puerta de golpe y murmuró furibunda:

—No vas a recoger nada. Dormimos esta noche en el Savoy, que estoy agotada, y nos vamos mañana a España.

Roberto no rechistó, alarmado. Jamás había visto así a Maite.

Durante ese día y el siguiente, en el viaje, se dirigieron la palabra lo imprescindible. Maite no tenía ganas de hablar con él. De hecho, estuvo en un tris de decirle que le dejaba allí, en Londres y para siempre, con su vida. Lamentó no tener fuerzas. Era incapaz de detener su furia, aunque tampoco podía dominar su compasión. Ignoraba si era amor, responsabilidad o miedo al fracaso de ese vínculo, pero decidió que debía hacer el esfuerzo de ayudarle.

Al llegar a casa, las olas de playa Malibú sonaban bravas, ensordecedoras. Maite consideró que era el recibimiento adecuado, un coro perfecto para su rumia mental. Abrió la puerta, lanzó los zapatos al armario del recibidor y se tumbó en el sofá con las piernas en alto. Roberto se dirigió a la cocina y apareció en el salón con un plato de jamón y queso en una mano y un Vega Sicilia del 68 en la otra. Maite se levantó. Le arrebató la botella delicadamente y le indicó que se sentara. Mientras metía el reserva en el botellero, le miró seria.

—Desde hoy se acabó el alcohol y todo lo demás. Quiero decir, o se acabó y aceptas ayuda para desengancharte, o te vas a la pocilga esa donde vives, porque esta hace tiempo que no es tu casa, y te suicidas poco a poco.

—Estás exagerando, yo no tengo ningún problema con el alcohol ni con nada. Los de esa clínica son unos sacacuartos y...

A Maite le invadió una ola de enajenación. La reconocía. Alfonso la había llevado a ese límite en un par de ocasiones. Una ira fruto del engaño y la negación de lo evidente. El asunto no era únicamente que Roberto no reconociera su más que palpable adicción. La sacaban de quicio la cantidad de mentiras, sentirse una controladora cuando él prometía llamarla y no lo hacía o su manera de justificarse cuando le veía acelerado y un punto violento. Esa pérdida de control sobre sí misma no le gustaba y era algo que había trabajado con Anja en sus sesiones de meditación. Mientras miraba fijamente a un paralizado Roberto, respiró contando hasta siete para inspirar, hasta cuatro reteniendo el aire y hasta ocho para espirar. Inició su respuesta con suavidad:

—¿Te ves capaz de hacerlo solo o te vas a internar?

Roberto entendió que no había debate posible.

—Puedo yo solo.

—Perfecto. Quitaré el alcohol de casa. El doctor me ha dicho que el primer mes es crítico, así que te quedas aquí. Después ya veremos.

Roberto, como un niño que ha recibido la regañina y considera que ya está absuelto, se incorporó para besar a Maite.

—Lo siento, necesito que se me pase. Pero te agradezco mucho que estés dispuesto a acabar con esa... mierda. No se me ocurre otra palabra.

17

Abril de 1973

Abril fue un mes convulso para las primas Morán. Anja afirmaba que se debía a la conjunción de Saturno con Urano, que pronosticaba comienzos y renovación. Quizá por no desautorizar a los astros, el día 1 decidió oficializar con Covadonga su separación. Era algo que llevaba años latente y que ninguna de las dos se había atrevido a abordar. Pero Anja, en los últimos meses, había conocido a una chica y, antes de dar un paso más en su amistad, quiso ser honesta. Se trataba de una amiga del círculo madrileño de Pilar Banús. Maite estaba convencida de que Pilar quería limpiar su conciencia con Anja; se sentía culpable de haber sido, en cierta forma, cómplice de la operación Pasaje Begoña, de la que estaba al tanto por su amistad con el gobernador civil. Parecía llevar tiempo empeñada en arreglarle la vida a su nueva camarada. No había duda de que la relación entre Anja y Covadonga no funcionaba, así que la señora Banús pensó que la hermana de una de sus mejores amigas, recién llegada a Madrid tras varios años en Nueva York, podía encajar con su querida Anja. Cuando Maite, tras la ruptura, le preguntó qué la había atraído de Claudia, su excuñada/prima fue muy clara: «Lo primero que pregunté es si su familia está al tanto de la calle de que es lesbiana». Maite sintió una punzada de tristeza, consciente de cómo había pesado en esa relación la falta de arrojo de su prima y lo que podía haber sido. También sintió no ser un apoyo más sólido para Covadonga en una situación así, pero el último medio año había sido extenuante. Mayte's había alcanzado el culmen, pero ella, en el momento de mayor éxito de su vida, no entendía por qué no se sentía feliz; parecía que los que la rodeaban se alegraban más de su triunfo que ella misma. Una tarde, hablando con Monique, verbalizó lo que la anestesiaba: «No tengo tiempo para pararme y ver todo lo que he conseguido, y no sabes la rabia que me da». Monique la abrazó; entendía, por experiencia profesional y personal, lo complicado de la situación de su amiga.

Durante esos siete meses, desde el día de «la revelación», como lo había denominado Covadonga, la relación con Roberto se había convertido en algo muy parecido a la de una madre con un hijo rebelde. Él, en una de sus peleas por alguna de sus recaídas, los calificó de «carcelera y reo». Maite tuvo que admitir que no exageraba. Durante el primer mes había cumplido su palabra de mantenerse alejado de las drogas, pero fue volver a Londres y recuperar los embustes, las desapariciones y el mal humor. Maite, de nuevo, fue a salvarlo, contraviniendo el consejo de todo su círculo, incluido su yo más racional. Monique se lo advirtió: «Mujeres fuertes, como nosotras, podemos caer en la trampa de engancharnos al papel de redentoras. A mí me pasó con mi difunto. Te adelanto el final: acaba mal».

Tras varias recuperaciones y recaídas, en el mes de marzo, próxima a plantarse en los treinta y cinco años, Maite consideró que no tenía tiempo que perder; aquello debía resolverse. Le dio un ultimátum. La propuesta fue que siguiera en Londres, «haciendo lo que te dé la gana, pero yo no quiero saberlo», y que en abril se internase en Incosol. Se trataba del centro médico de lujo que estaba a punto de inaugurar el marqués de Villaverde, dedicado a las curas antiestrés, de adelgazamiento y de (veladamente) adicciones no del todo reconocidas. Roberto aceptó. La idea de un mes de «libertad» le atraía.

El día de la apertura del centro quedaría para siempre en la memoria de Maite. Esa mañana recibió una llamada de Gerald, el ayudante de Roberto, diciéndole que su novio había perdido el avión. Detalló que, tras dos días de fiesta, acababa de llegar al apartamento y caer rendido en la cama. Maite le pidió que le dijera, cuando se despertara, que habían roto y que no se molestara en llamarla, porque no tenía nada que hablar con él.

Covadonga, Monique y Maite se habían apostado esa tarde en los jardines del edificio, relajadas en unos sillones de estampado geométrico. Acababan de pasar por el besamanos con Franco, Carmen Polo, su hija Carmencita, su yerno, el marqués de Villaverde, y las demás autoridades, entre las que se encontraba el vicario arcipreste de Marbella, monseñor Rodrigo Bocanegra, que iba a oficiar la ceremonia.

—Ya, ya sé que queda fatal que nos sentemos, pero supongo que lo preferís a que me desmaye —dijo Maite.

—Como si quieres que nos tumbemos en las hamacas —contestó Covadonga.

—O que nos vayamos, ya hemos cumplido —replicó Monique.

—No, no, pero un ratito sentadas os lo agradezco, me ha dado un vahído mientras esperábamos. Ya estoy mejor. La doctora esa rumana da un poco de miedo, ¿no?

—Sí, pero yo pienso venir la semana que viene. Tengo una amiga que estuvo en su clínica de los Cárpatos, con los Ceausescu, y, al parecer, sus tratamientos te quitan diez años. Necesito estar perfecta para la inauguración del Monique Rimbaud. Estas obras me han ajado y, con la ansiedad, he cogido seis kilos, todos aquí —dijo Monique señalando las caderas que marcaban ligeramente la falda del vestido de punto beis, comprado para la ocasión y discretísimo para lo habitual en ella.

—No digas tonterías, estás perfecta —replicó Covadonga.

Guardó un momento de silencio y se giró hacia su prima. Miraba sin ver a la muchedumbre, con una expresión de tristeza que era la que la había acompañado los últimos meses.

—Maitina, lo de hoy de Roberto es lo mejor. Sinceramente me espantaba que regresara, entrara aquí, saliera y volviera a las andadas... Él no acepta que está enfermo, así que no hay nada que hacer.

—Ya, lo sé.

—Dicho esto, es normal que estés así.

—Gracias, primita. Prefiero no darle muchas vueltas...

—El cura ¿es de verdad el que confiesa a Carmen Polo? —intervino Monique por cambiar de tema.

—Sí, es su confesor. Eso quiere decir que la confiesa y que es algo así como su consejero —aclaró Maite.

—¿Consejero?

—Como un psicoanalista... —remató Covadonga—. Pero, ahora que caigo, tú por lo que quieres venir la semana que viene es porque va a estar Stewart Granger.

—¡Pero si es un vejestorio! —se espantó Maite.

—Bueno, a mí me gustan maduros y no me molesta que sean millonarios. Mi madre se volvería loca si me casara con él. Es su actor favorito —respondió Monique—. ¿Os importa que dé una vuelta para hacer un poco de relaciones públicas?

—Claro, es tu deber. Aquí nos quedamos las viudas recientes —bromeó Maite.

El local que estaba a punto de abrir Monique era el tercero de su cadena de night clubs, después de París y Nueva York. Ese iba a ser el espaldarazo definitivo para Mayte's. Se complementaban de manera perfecta, ya que ella acogería los clientes para las primeras copas que luego recalarían en la discoteca. Que hubiera un Monique Rimbaud en Marbella era darle un certificado de lujo y asegurar el desfile de la jet set internacional y la diversión. También era la guinda perfecta que completaba un recorrido que incluía a Kiss, la *boîte* que acababa de abrir Jaime de Mora, donde amenizaba algunas de las noches tocando el piano. Maite hubiera agradecido que se decidiera antes, pero Monique era astuta y no se lanzó hasta estar segura de que la fama de Puerto Banús sería consistente. Adoraba a su amiga, pero *«business are business»* era uno de sus *leitmotivs*. Cuando Monique se alejó, Maite se recogió la melena para posarla sobre su hombro derecho, como siempre que algo la inquietaba. Covadonga se dio cuenta; imaginaba de qué iba a hablarle, pero no se lo puso fácil.

—Ya podrá estarle agradecido el yernísimo a Franco, porque que haya venido a esto es todo un logro.

—Sí, hace tiempo que no va a actos sociales, ¿no? Pues tampoco se le ve tan mal —respondió Maite.

—Hombre, un poco renqueante sí que está.

Covadonga iba a seguir su análisis, intentando que no surgiera ningún silencio, pero Maite la interrumpió.

—Cave, ¿Anja te ha contado que va a venir con Claudia?

—Sí, en un par de semanas, ¿no? Tenemos que firmar la venta del chalet.

—Como ella es tan... libre, me preguntó si se podían quedar en mi casa y le dije que sí, pero llevo días dándole vueltas. Lo mismo no te parece bien.

Covadonga soltó una carcajada.

—No te angusties, Anja me preguntó antes y le dije que lo veía perfecto.

—Pues me lo podía haber comentado. ¿No te produce ni un poco de celos que estén juntas? Te admiro profundamente.

—La verdad es que no. Llevábamos años sin dormir en la misma cama... Creo que es el amor de mi vida, pero yo lo estropeé todo, me lo tengo merecido. Lo que siento es no haber tenido las narices de presentarla como mi novia y, luego, las de no romper oficialmente. Me van a dar la medalla a la cobardía.

En ese momento se acercó Monique, que volvía de su ronda de negocios.

—Estos tacones de aguja me están matando. No recordaba lo incómodo que es vestir de señorita. Os traigo novedades y así descanso cinco minutos. Grace y Raniero acaban de prometer a los duques de Cádiz que vendrán en agosto a pasar quince días.

—Nos viene de maravilla —dijo Maite.

—Espero que se queden más tiempo porque, mientras estén en Incosol, no pueden trasnochar. Mi esperanza es que aprovechemos el paso de las celebridades por aquí cuando, tras el tratamiento, salgan desaforados a beber y comer.

—Eso espero.

—Me he quedado con Carmen y Alfonso... Los duques, la nietísima... —aclaró Monique, mientras ambas afirmaban con la cabeza, animándola a seguir—. Al parecer, Franco está fascinado con las vistas de Marbella desde aquí y espantado por el mamotreto del edificio del hotel Hilton. Le ha dicho al alcalde que va a promover una ley por la cual se prohíba construir edificios de más de tres plantas.

—¿En serio? Pues no puedo estar más a favor.

—Completamente. Mira, ahí van los Banús y los De Mora, creo que estaban delante cuando lo dijo. Y otros empresarios inmobiliarios, que, por supuesto, viven al borde del síncope; les ha hecho perder millones de pesetas en cinco minutos. Pero ninguno ha dicho ni mu, claro.

Ambas se levantaron para seguir el chisme de la tarde y porque empezaba a resultar descortés llevar tanto tiempo aisladas. Recabaron información sobre algunos de los vecinos ilustres que ya habían reservado tratamientos, como el matrimonio Ferrer Hepburn, Deborah Kerr y Sean Connery. Maite notaba que era incapaz de concentrarse en las conversaciones y la invadía una ligera sensación de debilidad que ni siquiera la brisa de aquel jardín paradisiaco ni las espectaculares vistas conseguían paliar. Covadonga se acercó al grupo en el que estaba su prima, la agarró del brazo y, sonriendo, pidió disculpas por raptarla.

—Estás muy pálida y sudando... Venga, vámonos a la francesa. No andas tú para despedidas.

—Estoy bien y quiero enterarme de lo de la prohibición de edificar torres...

—No te preocupes, que Pilar estará al tanto. ¿Has comido?

—No.

—¿Te has tomado algo?

—Dos Optalidones. Me dolía la cabeza.

—¿Tienes comida en casa?

—No sé, supongo.

—Dame las llaves de tu coche.

Las primas hicieron el trayecto hasta Finca Malibú en silencio, con las ventanas del Jaguar bajadas. Una arcada de Maite rompió la tranquilidad.

—Espera, que paro, aguanta. Lo que te faltaba era vomitar sobre el cuero blanco del coche.

Maite soltó una carcajada.

—Desde luego, menudo remate de día. Estoy bien. Lo que necesito, creo, es comer algo.

—¿Seguro? Pues sigo. Queda poco. ¿Tú no estarás embarazada?

—Como no sea del Espíritu Santo...

—¿Cuándo vino por última vez Roberto?

—Covadonga, no seas ridícula. En febrero, pero llevamos sin acostarnos desde mucho antes.

Covadonga se dio cuenta de que había sido poco delicada. Su prima debía de estar realmente molesta, porque la había llamado por su nombre de pila. Decidió cambiar de conversación.

—¿Cuándo vas a ir a La Virginia para ver la casa que venden?

—Mañana. Me quiero ir de aquí ya.

Trece días después, el día de Jueves Santo, Maite daba una cena en su nueva casa con Pilar Banús, Anja, Monique y Claudia. A esta última la había conocido unas horas antes y su primera impresión fue inmejorable. Aunque estaba previsto, Covadonga no acudió a la cita. Por la mañana habían firmado en el notario la compra de su parte del chalet a Anja y su entereza se había quebrado. Maite lo entendió y lo consideró lógico. Se habían separado y, por muy acabada que estuviera su relación amorosa, necesitaban hacer un duelo. Anja, Claudia y Maite estaban sentadas en el patio lleno de claveles, buganvillas e hibisco, tomando una copa de champán, mientras llegaban las invitadas. Anja se había puesto un traje de chaqueta de lino gris, sin nada debajo, que acentuaba aún más su elegancia. Maite pensó que se notaba que pasaba cada vez más temporadas en Madrid y con Claudia; había cambiado el estilo de gasas hippy chic de la Costa por uno más urbano y andrógino, muy al estilo de Claudia, que no podía negar, ni quería, que había vivido los últimos diez años en Nueva York. Llevaba el pelo cortísimo, teñido de blanco, y su delgadez extrema se acentuaba con el traje de corte sastre unas dos tallas más grandes de lo debido, con una camiseta blanca que podría haber usado como vestido. Remataba su atuendo con unas gafas de pasta negras, cubriendo sus cejas del mismo color, que enmarcaban una mirada inteligente y azul cielo. Claudia, durante su estancia en Manhattan, había combinado una vida frívola, visitando The Factory de Andy Warhol y el ambiente bohemio del barrio de Bowery, con sus estudios de Ciencias políticas en la universidad femenina de Simmons, en Boston. A Maite le llamó la atención la complicidad entre ambas, teniendo en cuenta el poco tiempo que, en teoría, llevaban como pareja. Intuyó que, aunque Anja lo había hecho lo mejor que había podido, hacía meses que la relación había ido más allá de lo amistoso. Ese detalle pasó a un segundo plano cuando Claudia intervino en la delicada conversación que estaban manteniendo. Anja reconocía que quizá había dado por hecho que Covadonga aceptaría la nueva situación con la misma naturalidad que ella y que era injusto por su parte.

—Para mí también fue doloroso esta mañana. Era como firmar el papel del divorcio. Claudia, tuviste razón, fue mejor que no estabas.

—¿Tu idea era que Claudia te acompañara? —preguntó Maite, con cierto tono de reprimenda.

—Sí, estoy equivocada, lo sé.

—Anja, mi amor. Tú lo has hecho lo mejor que has sabido, con todo tu cariño. Pero yo creo que, de momento, no deberíamos estar en Marbella, en el mismo círculo de Cave. ¿Qué te parece si terminas de arreglar los papeles tú sola y yo me voy mañana a Madrid? Tengo la sensación de que nos hemos precipitado. Por ti y por Cave, y también por mí, que no quiero verte así.

Anja se abrazó a ella y le dio un beso. Maite estuvo a punto de hacer lo mismo. Pensaba que nunca conocería a alguien más cabal que Anja, pero ahí estaba.

—Gracias, tienes razón. El martes estoy de vuelta.

—Pues yo también tengo que darte las gracias. Si os soy sincera, no acababa de estar cómoda con esta situación...

—Estás en lo cierto. Mañana iré al Marbella Club.

En ese momento se abría la puerta de hierro forjado del patio. Maite la había dejado entreabierta para que entraran las invitadas. La primera fue Pilar, que oyó la última frase.

—Iremos todas. Tengo un reservado para nosotras en la playa. ¿Y Cave?

Maite entendió que para Anja explicarlo todo iba a ser un lío, probablemente imposible de entender.

—Resumo, ya te contarán tranquilamente. Las modernidades de Anja y sus teorías del no apego (con todo mi cariño) no funcionan. Cave no viene, Claudia ha decidido, con una inteligencia y generosidad encomiables, que se va mañana a Madrid y Anja traslada su estancia estos días al Marbella Club.

—Pues lo veo perfecto. Yo no decía nada porque sois todas muy avanzadas, pero vuestro plan era un disparate. Ven que te achuche, Claudia. ¡Toda huesos! Si es que nunca ha comido nada. Desde niña. Hablando de comer, vengo muerta de hambre. La semana en Incosol me ha matado. ¿Lo que huelo es paella?

—Sí, cenamos ya, si queréis. Rosa iba a preparar algo más ligero, pero, teniendo en cuenta que Monique y tú salíais del encierro, he pensado que sería una buena idea.

—No lo sabes bien —dijo Monique.

Tras narrar, con su gracia natural, las vicisitudes con la estricta disciplina de la doctora Ana Aslan y reconocer lo absurdo de pagar por ello y de haber reservado ya quince días para mayo, la conversación se centró en Maite. En cómo estaba y en si Roberto había dado señales de vida desde la «ruptura por poderes», que era como la había bautizado Covadonga. Les explicó que no estaba del todo bien y que, una semana después de haber roto por medio de su ayudante, recibió una escueta y elegante carta de Roberto: «Tienes toda la razón. Lo mejor es que lo dejemos. Perdóname».

Tras un silencio, en el que no tenían muy claro qué decir, Pilar comentó que se había encontrado en Incosol con un exsocio del padre de Roberto, a lo que Maite respondió con un «menudo imbécil». Los padres de su exnovio nunca habían comulgado ni con la vida yeyé de su hijo ni con su relación. Maite lo había aceptado. Podía entender su postura, pero no que la hubieran (educadamente) tachado de loca y de exagerada cuando fue a hablar con ellos para explicarles el problema de su hijo y la necesidad de que la apoyaran en su intención de ayudarle.

—Pues entre lo de Roberto, que tendrán que acabar por aceptar, y lo que me contó su antiguo socio de Sofico, van a pasar una temporada complicada.

—¿Qué pasa con Sofico? —preguntó Claudia.

—Es confidencial. No se te ocurra contarlo a los de tu grupo comunista ese.

Pilar esperó a que la hermana pequeña de su amiga de la infancia le asegurara que iba a ser discreta; cuando esta asintió enérgicamente, continuó:

—Es posible que entren en suspensión de pagos. Lo de la venta de los pisos en el extranjero y el truco de los alquileres no da para pagar el famoso doce por ciento que prometieron a los inversores antes de la inflación.

—¿Crees que el Gobierno los dejará caer? Pero si la cúpula está llena de altos mandos militares y gente afín al régimen... Sería un escándalo —apuntó Claudia.

—¿Recordarás la ágape en tu casa, hace largo tiempo, con Ira, Mark, Carmen...? Mark dijo algo de sus padres, que pensaron invertir en Sofico, y Roberto le respondió que no la harían —rememoró Anja.

—Sí, el padre ya sabía que algo iba mal entonces. Estaban vendiendo pisos sobre plano en terrenos que no habían ni comprado —contestó Maite.

—Creo que no quiero saber más. Me estoy poniendo en un compromiso —dijo Claudia.

Monique decidió cambiar el rumbo de la conversación, muy a su manera.

—Entonces ¿estás involucrada en el Partido Comunista?

Claudia la miró sin dar crédito a la pregunta, pero Monique no entendía bien la política española ni los entresijos de la clandestinidad.

—Por supuesto que no, eso está prohibido. Pero en el caso de que perteneciera, tendría un puesto en la cúpula directiva o como lo llamen —atajó Pilar.

18

30 de noviembre 1974

Había pasado un tiempo prudencial para que Maite llamara a Roberto: hacía un año y medio desde que habían roto y un mes exacto desde que Sofico entrara en suspensión de pagos. Su contacto había sido cordial, para felicitar el cumpleaños o dar la enhorabuena por algún logro profesional del que se hubieran hecho eco los medios de comunicación. Maite consideró que era hora de preguntar cómo estaba su familia, aparte de en la ruina. Roberto había vuelto de Londres y, según decía, ya estaba recuperado de sus adicciones. Maite se interesaba por él porque le tenía cariño. En contra de lo que pensaban algunas de sus allegadas, como Monique, se curara o no, no le pasaba por la cabeza darle una segunda oportunidad. Estaba convencida de que haberlo dejado con él era lo correcto y, durante el tiempo transcurrido desde su ruptura, había quedado claro que Roberto había sido un lastre; era evidente que la energía que había desperdiciado en intentar socorrerle se la había quitado a su negocio. Tras la separación, recuperó el tiempo perdido. El éxito era tan desbordante que se decidió a abrir otro Mayte's, un champán bar en el hotel Los Monteros. Maite era consciente de que su prima tenía razón y que ese centrarse en el trabajo era una huida hacia delante, una forma de no pensar en ella misma y de desatender su vida personal. Se había enfundado una coraza que la llevaba a escapar cada vez que algún posible pretendiente se le acercaba, incluido Mario Pessoa, al que habían contratado para una película en Hollywood y parecía que se iba a instalar allí. Maite le despidió para sus adentros con un: «Ha sido la providencia. Estoy muy vulnerable y era capaz de caer».

La armadura protectora de sentimientos superó una dura prueba aquel día de la llamada a Roberto. Lo que Maite pensaba que iba a ser una charla de cortesía se convirtió en una bomba. Tras un escueto «gracias por interesarte, estamos bien, a mi padre no le va a afectar demasiado», Roberto guardó silencio.

—Te iba a llamar uno de estos días… —dijo al fin.

—¿Estás bien?

—Sí, todo bien. Reme está embarazada.

—Vaya, me alegro por ella. No sabía que tenía novio, ¿o se ha casado?

—Es mío. Nos casamos el mes que viene.

—Qué estupendo, me alegro mucho. Perdona, tengo que dejarte, llego tardísimo.

Maite colgó tan impresionada que, como un autómata, fue a la cocina, abrió la nevera, dejó allí el paquete de Sombra, la cerró y se dirigió al sofá. Al ir a encenderse un cigarrillo, no encontraba la cajetilla. Mientras la buscaba con inquietud, murmuraba: «¿Será otra Reme? No, no, lo ha dicho dando por hecho que la conozco». Paseaba por la casa frenéticamente, con el mechero en la mano, preguntándose desde cuándo estarían juntos, si se habrían visto en Londres, si quizá la actitud tan fría de Roberto a la hora de romper podía deberse a que ya salía entonces con ella... Ante la evidencia de que no sabía dónde había dejado sus cigarrillos, fue a la despensa a coger un paquete nuevo. Se sentó en el sofá y, aunque era la hora en la que solía poner la chimenea, no tenía fuerzas. Dio la primera calada y se tranquilizó un poco. Lo suficiente para analizar por qué le estaba afectando tanto la noticia. La intuición le dijo que porque, en el fondo, siempre había presentido que su exnovio seguía enamorado de Reme y ella no había podido evitar durante años compararse con ella, convencida de que nunca alcanzaría su grado de sofisticación, de *femme fatale*. Pensó en lo difícil que era aplicar las enseñanzas de Anja: analizar y respirar para tranquilizarse. Consideró llamarla, pero tenía poco tiempo para arreglarse e ir a abrir el Mayte's de Los Monteros. Decidió que le pediría un alivio rápido; Anja era perfecta pronunciando frases que la ayudaban a centrarse. Antes fue a coger un yogur, a la vez que recuperaba la cajetilla; se sentó en el sillón del teléfono y lo asió con cuidado, como si las palabras de Roberto siguieran pegadas al auricular y fueran a infectarla de tristeza.

En tres frases le contó a Anja los hechos y lo que sentía, lo que siempre le había provocado Reme. También le advirtió que no podían mantener una de sus charlas eternas porque debía irse a abrir la champanería. Su interlocutora fue breve.

—No sabía el embarazo ni el casamiento, pero sí que están juntos, de novios. Me contaron hace unos meses, en verano.

—¿Cómo no me lo dijiste?

—Estoy siendo más silenciosa, austera.

—¿Discreta?

—Eso, pensaba que no te gustará y también que dejarán... ¿dejarían? de ser los novios temprano. Pero da igual. Piensa que ella te ve como una diosa. Eres bella, millonaria, sales en las revistas de todo el mundo, la muchedumbre te admira. Ella es aspirante a modelo. No puedes sentir que eres inferior. No hay un punto de comparación. Es tu cabeza. Saluda ese pensamiento cuando llega y despídelo.

—Educadamente —completó Maite, aludiendo a lo que Anja solía recomendarle en estos casos.

—Eso es. La furia hace que pagues atención. No queremos ira.

—Gracias, querida. Solo con oírte estoy más tranquila. Vosotras, ¿bien?

—Sí, lleva tres días de aguacero, pero Rondo y Claudia están en su hábitat. Ya sabes tú que, cuando llueve en Torremolinos, es como Escocia. Te quiero. Llámame mañana.

—Claro. Te quiero.

Maite se puso rápidamente una camisa de seda con lazo, sin cambiarse los vaqueros, y se maquilló de marrón chocolate los labios; no tenía el día para pintárselos de rojo ni tiempo para más. Podía haber faltado esa tarde, pero el local aún no se había establecido del todo y prefería abrir ella y repasar que todo estuviera perfecto. Una vez en el coche, empezó a chispear. Era consciente de que aquello, en la Costa, significaba un aguacero próximo que vendría del este y una noche sin clientela. Lo agradeció, porque así, en cuanto llegaran los camareros, podría volver a casa y acostarse pronto. Sabía que el sueño era un buen cambio de capítulo y que la mezcla de sentimientos y angustia indefinida quizá se aplacaría al amanecer. Al llegar, desde la puerta de cristal vio que los cojines no estaban ahuecados como debían. Para ese local había optado por una decoración de cuero, terciopelo, alfombras persas y adamascados, algo acogedor con cierto aire inglés que Covadonga había descrito como «una casa de citas de lujo». El *¡Hola!*, en un reportaje publicado quince días antes, lo describió como «un salón con la clase del palacio de una condesa arruinada». A Maite le había parecido muy apropiado el símil; esa era la impresión que quería dar y, además, consideraba que era un reclamo atractivo para posibles clientes. Ese aire de elegancia descuidada, en el que tanto esfuerzo había que invertir, era el que cautivaba al público de Marbella, que cada vez era más numeroso, compuesto por millonarios que atraían a otros y por los visitantes que pretendían codearse con ellos.

Al entrar, sacudió el almohadón para que quedara mullido. Mientras lo agitaba, oyó una voz a sus espaldas: «Déjalo, seguro que no ha sido para tanto». Le resultó familiar y se dio la vuelta temiéndose lo peor. En efecto, era Alfonso. Tardó en reaccionar un minuto, en el que le llegaron dos ideas: que ya era casualidad para un día que no se arreglaba y que ya era casualidad que apareciera horas después de la noticia que le había revuelto por dentro de una manera muy similar a la que Alfonso la tenía acostumbrada.

—¿Qué haces aquí?

—Ya sé que no quieres verme y lo entiendo. Venía con la esperanza de que pudiéramos hablar…

—Pues no.

—Pero fundamentalmente quería darte esto.

Alfonso le entregó una caja que Maite reconoció. Era de las que su padre usaba como archivo en la oficina. Le miró interrogante, sin querer abrirla.

—Son cartas que te escribió tu padre y las tarjetas que tú le debiste de enviar.

—¿De dónde has sacado esto? ¿Las has leído?

—No, por supuesto que no las he leído. Como bien sabes, nuestra empresa compró el edificio de oficinas donde estaba la de tu padre. La caja estaba en su despacho. Al fondo de un armario. La encontré hace un mes, cuando fuimos a vaciarlo para hacer obras. Todo este tiempo ha estado cerrado. Me he tenido que armar de valor para venir a verte. Tampoco quería irrumpir en tu vida así como así, estando con Roberto. Pero ya no seguís juntos, ¿no?

—No, ¿cómo lo sabes?

—Leo el *¡Hola!* Estabas guapísima en las fotos, pero lo estás más ahora, al verte.

—Gracias por traérmelas. Bueno, era lo lógico. Te agradecería que te marcharas.

Maite se dio la vuelta y se dirigió al equipo de música; el local ya estaba abierto y debía sonar algún disco de fondo.

—Me quedo todo este mes aquí, en Torremolinos, estoy en el Pez Espada. Te pido que te lo pienses y me des la oportunidad de hablar. Desde que murió mi madre, he cambiado; veo la vida de otra forma y no paro de darle vueltas a lo nuestro.

Maite no se dignó a girarse. Siguió buscando, sin ver, algún disco; cogió uno al azar y, temblando, logró ponerlo en el plato y acertar con la aguja. Empezó a sonar «Gigi el amoroso», de Dalida. Maite se sorprendió al oír las primeras estrofas del single y Alfonso, desconcertado, se paró en su camino hacia la puerta del local y se dio la vuelta, convencido de que su exnovia había elegido la canción a propósito, y que el estribillo en el que hablaba de un sinvergüenza conquistador y seductor iba por él. Maite estuvo a punto de soltar una carcajada por lo cómico de la casualidad, pero venció la rabia de pensar que él considerara que se había tomado el trabajo de elegir esa tonada en su honor. Desde el estrado del disc jockey, en alto, podía ver cómo se alejaba y se subía el cuello de la americana de tweed, antes de que le abrieran la puerta de salida del hotel. Quitó el vinilo, cuya letra la estaba atormentando, y puso su LP favorito de los últimos meses: *Diamond Dogs*, de Bowie. Era demasiado moderno para el estilo del local, pero en ese momento necesitaba algo que la hiciera sentir bien. Se saltó «Future Legend», murmurando: «No estoy para recitados», y pinchó la canción que daba nombre al disco. Agradeció la lluvia de ese día y no tener que guardarse su desazón para conversar con algún cliente. Quedaba una hora para que llegaran los camareros y, en vista de que no parecía que fuera a entrar nadie, se acercó al almacén, donde tenían el teléfono, para dejar allí las cartas y llamar a Covadonga. La parte de Roberto decidió obviarla; acababa de pasar a un segundo plano. Pensó que era como cuando te duele la cabeza hasta estallar, pero te rompes una pierna y olvidas tu jaqueca.

Le narró la escena detalladamente a su prima y agradeció tener delante de sus ojos la caja, porque, según iba desgranándole los hechos, tenía la impresión de que sonaba a sueño o alucinación. Cuando terminó, Covadonga guardó silencio.

—¿Has empezado a leerlas?

—No, no me siento con fuerzas.

—¿A qué hora sales? Si te parece, vamos a tu casa y me lo cuentas bien.

Maite estuvo a punto de decirle que no, que prefería quedar al día siguiente, pero, por el tono de su prima, intuyó que le esperaba una tercera sorpresa en ese agitado día. La curiosidad venció al agotamiento y aceptó la cita.

Se sentó en su sillón favorito, un orejero de cuero que había comprado en un anticuario de Camden. Pensó que, si el día en que salió de Oviedo, embarazada y destrozada, le hubieran dicho que tendría un sofá comprado en Londres, que sería la propietaria de dos night clubs de éxito mundial y que aparecería en el *¡Hola!*, quizá se habría dado la vuelta. Del terror. Aquella chica insegura y asustadiza de diez años atrás se había transformado en una triunfadora valiente, pero esa noche se había despertado la niña apocada que mendigaba amor y dudaba de todo. Empezó a darle vueltas al asunto de Roberto y Reme y descubrió que lo que, en el fondo, más le dolía, de una manera punzante y sorda, era el embarazo. Sus miedos la habían alejado de esa idea de tener un hijo que Roberto albergaba, y quizá se había equivocado. Ya tenía treinta y seis años, llevaba un año soltera, sin demasiados pretendientes (escasez que Monique achacaba a que, como ella, asustaba a los hombres), y ya le quedaba poco tiempo para poder emprender ese camino. Se dio cuenta de que estaba desvariando cuando conjeturó cómo habría sido su vida de haber hecho caso a Alfonso y abortar, casarse con él y seguir en Oviedo. La idea duró un segundo. Lo que tardó en darse cuenta de la insensatez que la estaba ocupando y de que Monique, como casi siempre, tenía razón cuando la advertía de que no debía dejarse llevar por el síndrome de la impostora. Era cierto, tenía una tendencia irresistible a boicotear el orgullo de haber creado un imperio, a minimizar sus logros de cara al exterior y a ella misma. Se levantó y se puso a sacar brillo a las copas de champán; necesitaba hacer algo con las manos para desenfocar esos pensamientos. Recordó una entrevista reciente con Jaime de Mora, titulada: «Yo creé Marbella». Envidió esa seguridad en sí mismo que le llevaba a exagerar hasta tales extremos.

Sus reflexiones se interrumpieron al ver entrar a Jorge, el camarero. Tuvo la misma alegría que cuando, en el colegio, la campana anunciaba el principio del recreo. Salió a idéntica velocidad que en clase y quince minutos más tarde estaba preparando un par de tortillas francesas, la cena favorita de las primas Morán. Covadonga llegó con el pelo empapado; se lo había vuelto a cortar, esta vez a lo *shag*, como Jane

Fonda. Cogió una toalla y lo secó en un momento. Al terminar en el baño, ya estaba la mesa puesta y su prima la regañaba por haber salido sin paraguas.

—Pero si estaba a tres minutos.

Maite hizo como que aceptaba sus excusas y guardó silencio con una sonrisa pícara. Covadonga comía la tortilla y la ensalada de tomate con una concentración exagerada.

—¿Qué tienes que contarme?

—Las cartas...

—Sí, ¿qué pasa?

—Juré a tu padre no contarte nada, incluso después de su muerte, pero creo que debo decírtelo.

—Covadonga, por Dios, ¿qué?

—Hasta un par de años antes de morir, tu padre me llamaba, a las once de la mañana, en jueves alternos. Quería estar al tanto de tu vida. De todos los detalles de tu trabajo, esencialmente; lo de tus amoríos le importaba menos. Estaba tan orgulloso de ti...

—Por eso no se ponía cuando yo llamaba, ya lo sabía todo... Pero no lo entiendo, y ¿qué tiene que ver esto con las cartas?

—Debía de pensar que, si hablaba contigo directamente, no ibas a contarle nada. Tampoco querría hacerlo a espaldas de tu madre... Las cartas, me explicó, las iba escribiendo según veía que te podía guiar, pero se había dado cuenta de que te serían más útiles cuando muriera.

Covadonga continuó su relato contándole que poco a poco dejó de llamarla. Aquel silencio, calculaba, coincidió con cuando cayó de lleno en la depresión. Ella, al ver que en el testamento no se mencionaban las misivas, pensó que quizá su tío se había deshecho de ellas. Esa confesión hizo que Maite entendiera algunas lagunas de la relación con su progenitor, y sintió una mezcla de curiosidad por leerlas, miedo por la reacción que podrían causarle y cierta culpabilidad. Covadonga le preguntó si quería quedarse sola para ponerse con ello y Maite le respondió que no; necesitaba tomarse un tiempo. Preparó un chocolate caliente.

—Por cierto, lo de que se queda un mes en el Pez Espada ¿te ha dicho por qué es? ¿Esperando a ver si le llamas? —ironizó Covadonga.

—Sí, claro. De rodillas en la recepción. No tengo ni idea, pero he supuesto que por algo de trabajo. Irán a construir una promoción.

—Es todo muy raro.

—No tanto, ¿no? Tendrá algún negocio entre manos y, ya que venía, me trae la caja.

—De verdad, con lo lista que eres para algunas cosas...

—A ver, ¿cuál es tu teoría?

—No tengo ninguna, pero saliste en el *¡Hola!*, queda claro que tienes un éxito estratosférico, en el reportaje incluyen (y ya te dije que no era buena idea hablar de tu vida privada) que no estás con Roberto...

—Yo no dije nada, me pidieron que lo confirmara y respondí. Ya lo sabían.

—Bueno, vale. Y él aparece aquí con la caja. Algo no me casa.

A Maite no le quedaban ganas ni fuerzas para analizar el asunto, pero le tenía que dar la razón. Covadonga se dio cuenta y cambió de tema, sin saber que iba a rematar la jornada de su prima.

—Por cierto, me he enterado de un chismorreo esta tarde.

—¡Cuenta!

—¿A que no sabes con quién está Diane?

—¿Diane exConnery?

—Sí. Con Mario. Sabía que te ibas a quedar de piedra. Con esa cara. Se han encontrado en Los Ángeles y ha surgido el amor.

Maite dio por terminado el día. Adujo que estaba agotada, lo cual era cierto, y despidió a su prima temiéndose que, si seguían hablando, surgiría alguna nueva noticia que eliminaría por completo su listado de pretendientes, incluidos los que no la atraían.

19

7 de diciembre de 1974

La llamada de Adela encontró a Maite enjuagándose la boca con Listerine. Llevaba una semana enferma, vomitando todo lo que ingería. Los médicos le dijeron que no era un virus y que quizá se debía al estrés; necesitaba descansar. Maite sospechaba que tenían razón. Las noticias recientes, la reaparición de Alfonso y la caja con las cartas de su padre la tenían revuelta desde hacía una semana. Era la segunda vez que sonaba el teléfono en un lapso de tres minutos, así que decidió cogerlo.

—¿Tú sabías que tu Alfonso está en Torremolinos?
—Buenas noches, Adela. ¿Cómo va todo?
—Hasta esta tarde, bien. Dime.
—Sí, vino a verme hace una semana. Te lo iba a contar, pero llevo mala desde entonces.
—No es para menos. Luego me cuentas lo tuyo. El malaje ese se ha alargado esta tarde al hotel, preguntando por mí. Yo pensaba que te había pasado algo, porque se ha pre-

sentado como un amigo tuyo. Así que le he recibido. Lástima que no diera el nombre antes. Al decirme «Alfonso», le iba a echar, pero le he dejado al muchacho que me contara. En conclusión: como sabe «lo que nos apreciamos», que te convenza para hablar con él. Que nos apreciamos, será majarón.

—¿Y tú qué le has dicho?

—Yo le iba a meter una *guantá*, pero me he controlado y he decidido ser sueca, como mi suegra. Le he dicho que claro que sí y que me alegraba mucho de conocerle. Se ha ido to contento.

—Eres la mejor. Pero ¿cómo te ha localizado?

—Inmediatamente he llamado al Pez Espada. ¿Te acuerdas de Encarni? ¿La limpiadora, la prima de Börj?

—No, pero da igual.

—Pues ahora es gobernanta. Al parecer, el majarón ha ido preguntando a unas y otras y dejando unas propinas que no veas. Quería saber con quién te relacionabas cuando trabajaste allí y quién seguía en contacto…

—Es todo absurdo, ¿no? ¿Te ha contado por qué está aquí?

—Según él, con la esperanza de hablar contigo.

—Te llamo dentro de un momento.

Maite dijo la última palabra corriendo hacia el baño. El trámite fue rápido, únicamente había ingerido el suero casero de agua, bicarbonato, sal, limón y azúcar que le admitía su contraído estómago. Volvió a marcar el número de su amiga.

—¿Te está cuidando Cave? ¿Necesitas que vaya?

—No, no, están Cave y Monique. Es lo bueno de La Virginia, que vivimos todas al lado.
—Yo solo digo una cosa: con tu situación actual, como le hagas caso al majarón, te juro que voy a tu casa y te arreboleo de los pelos.

Una vez hecha la advertencia, la conversación transcurrió por una puesta al día del hotel, la crianza de Rocío, que estaba encantada con las clases de yoga del avanzadísimo colegio del Rincón, y otros detalles cotidianos.

Al colgar, Maite se tumbó en el sofá y, mientras se hidrataba a sorbitos con el mejunje, daba vueltas a la extraña actitud de Alfonso. Ella le conocía bien y tenía la impresión de que había hablado con Adela no para llegar a ella, sino como un acto melodramático, para que pensara que su desesperación llegaba a unos límites en los que no le importaba quedar en ridículo. Ella sabía que Alfonso dejaba a un lado el orgullo cuando quería conseguir algo. La posibilidad de que realmente persiguiera su amor seguía apareciendo de vez en cuando en un recóndito espacio de su mente, pero esos gestos grandilocuentes la hacían pensar cada vez más claramente en que las intenciones de Alfonso no eran honestas.

Se había resistido a hablar con su madre durante esos días. No sabía si contarle lo de las cartas, y tampoco se sentía con fuerzas de explicarle que su exnovio estaba allí. Sabía que ella podría ofrecerle pistas sobre la situación de Alfonso y que eso le aclararía algunas dudas, pero decidió posponer la charla, era tarde.

A la mañana siguiente se levantó con una energía inusitada. Por primera vez en varios días, había dormido profundamente, el nudo en el estómago amaneció deshecho y tenía hambre. Se preparó una tostada de pan de Coín y aceite de Tolox. Esperó un rato, para ver cómo le sentaba, y notó que el hormigueo de los brazos mutaba en un agradable cosquilleo, como si el cuerpo le agradeciera su renovada atención. Hacía uno de esos días de invierno de Marbella con un cielo azul radiante. El sol entraba en el salón y reposaba sobre su pecho. Era lo suficientemente fuerte como para tibiar el cuerpo más destemplado, que, hasta hacía un instante, era el suyo. Se estiró, acomodándose, para que los rayos la cubrieran. Cerró los ojos y ahondó en la idea que le había llegado la noche anterior en el duermevela: la razón de la presencia de Alfonso en la Costa podría ser Sofico. Su ego hubiera preferido que se tratara, como él afirmaba, de una revelación que le llevaba a implorarle que volvieran a estar juntos, pero su necesidad de entender y de tener todo bajo control agradeció haber encontrado una posible clave.

Sin pensarlo demasiado, aprovechó ese arranque de fuerzas y llamó a su madre. Lo primero que hizo Mila fue reprocharle que llevaba casi una semana sin saber de ella, y luego pasó, orgullosa, al listado de gente que la había parado por la calle para darle la enhorabuena por el reportaje del *¡Hola!* Maite la dejó hablar. Escuchó por enésima vez la recriminación sobre el error de haber vestido con pantalones en todas las fotos, «con las piernas tan resultonas que tienes», y lo imperdonable que había sido no aludir a sus orígenes asturianos, «hasta don Ginés, el párroco, me lo ha comentado». Afortunadamente, según concluyó, todo el mundo había coincidido en lo inteligente de sus respuestas, el gusto con el que estaba decorado el bar y lo trabajadora que era. Cuando terminó, Maite fue concreta. Le hizo un resumen de lo que calificó como el «advenimiento de Alfonso» y lo remató preguntándole si sabía algo de la situación financiera de él y de su empresa. Mila Morán guardó silencio un instante.

—¿Por qué me lo preguntas?

—Porque sospecho que está en la ruina y que su acercamiento tiene que ver con eso.

—Me asusté. Pensé que planeaste hacerle caso. No, ¿verdad?

—No, no, por favor...

—Maitina, el miércoles estoy contigo. No me fío ni un pelo. El martes tengo la gala del Náutico en Gijón, pero desde allí me voy a verte. Con todo lo que conseguiste, no voy a permitir que el sinvergüenza ese te fastidie la vida.

—Pero ¿estás loca? Que no, que sé a lo que viene. Ya puede arrastrarse de rodillas, pidiéndome en matrimonio, que...

—¿Viste? Voy para allá. Además, así me quito del frío, que lleva un mes lloviendo. Respecto al pelagatos, en efecto, se han arruinado. Con lo de Sofico han perdido millones. ¿Eso no era en lo que estaba tu exsuegro?

—Sí, pero, mamá, de verdad que no hace falta que vengas.

—Algo ocultas, Maitina. Me quedaré en Los Monteros, no quiero molestar.

Tras varios tira y afloja del proverbial victimismo casi paródico de Mila Morán, quedó claro tanto que su madre llegaría al cabo de cuatro días sin que su tía Cova la acompañara (a diferencia de su visita anterior para la inauguración del champán bar, «porque está muy pesada con que no quiere viajar, está mayor») como que la intuición de Maite era imbatible.

La noche anterior a la llegada de su madre, Maite tampoco fue al champán bar. No quería que Alfonso la encontrara allí. Varias llamadas telefónicas y ocho ramos de flores con tarjetas en las que le rogaba que hablara con él hacían presagiar que el siguiente paso sería presentarse por sorpresa, y Maite intentaba evitar una confrontación.

Era consciente de lo ridículo del asunto, porque alguna vez tendría que volver a su local, concretamente al día siguiente, porque su madre se iba a quedar en el hotel que lo albergaba. Según ella, por no ser un incordio, cuando la realidad era que adoraba dormir en hoteles y Los Monteros era su favorito. Durante la inauguración del segundo Mayte's, se habían alojado allí una semana. Las hermanas Morán disfrutaron de Marbella y por fin vivieron de cerca esa vida de glamour y desenfreno que imaginaban en sus hijas, y que resultó ser de mucha más sofisticación y de menos libertinaje de lo que suponían. La presencia de Pilar Banús, que las adoptó como invitadas propias, fue determinante y, en ese viaje, se inició un acercamiento que abrió la espita de desvelar secretos. El primero fue el de su intercesión para abrir el local del puerto. Maite mantenía su promesa a Pilar Banús de no desvelarlo, pero fue su madre, en una cena, la que lo contó. A esas alturas quedaba en una anécdota, pero a Maite le quitó un peso de encima; tras su ruptura con Roberto, llevaba tiempo queriendo dar las gracias a su madre y decirle que lo sabía. Así que fue un alivio.

Esa noche, en su casa, había decidido abrir la caja. Empezar a leer lo que su padre deseaba transmitirle. Su idea era hacerlo antes de la llegada de su madre, porque, con ella en Marbella, necesitaría sacar el tema. Cogió la caja del armario donde guardaba los recuerdos. Fotos, otras cartas de Alfonso en la adolescencia y de cuando se fue a hacer la mili a Vitoria, y también de Covadonga cuando vivía Londres. Maite, desde pequeña, como su padre, lo guardaba todo. Covadonga le decía que era absurdo; como nómada, ella era poco de acumular, pero, en ese momento, Maite corroboró que había hecho bien en preservar esos papeles. Cogió una de las misivas de Alfonso. Constató que, a sus dieciocho años, ya era un petulante que tenía la desfachatez de hablarle sobre la encantadora hermana de su amigo de Vitoria, con la que solían salir a pasear. Maite se compadeció de su yo adolescente, que se sentía culpable por tener celos de aquella chica que recorría la calle Dato con el que era, en su opinión, el hombre más guapo, interesante y carismático del mundo. Guardó la carta. Había tenido suficiente.

Con el corazón acelerado y contraído, husmeó en la caja de su padre. Lo lógico hubiera sido empezar por orden cronológico, pero decidió picotear, buscando algún escrito en el que se aludiera a su madre. La relación de ellos dos durante los últimos años la intrigaba, y quería también componer el puzle de su propia relación con su madre. En su búsqueda, encontró frases que la emocionaron: «Desde pequeña fuiste valiente. Te tirabas desde la roca más alta de Aguilar, protegías a las niñas del colegio con las que se metían en el recreo. Siempre saliste airosa. Como ahora». Las primeras incluían párrafos en los que le hablaba de su confianza en ella y de lo orgulloso que estaba de sus logros. A medida que iba asentándose, que el Lali Lali empezaba a convertirse en un local de éxito y que se relacionaba con la élite de la hostelería mundial, pasaba a darle algún consejo: «Si necesitas un socio para crecer en una empresa, espera, no es el momento de lanzarte». Maite se alegró de haber, instintivamente, seguido esas pautas. La de las alianzas, la de no endeudarse, la de aprender de la competencia... Podían parecer recomendaciones de Perogrullo, y quizá así las habría entendido Maite en su momento, de haberlas recibido, pero, con los años, se daba cuenta de que eran fallos en los que resultaba muy fácil caer y que recordárselos a un principiante no podía ser más acertado. Ya cerca de los escritos finales, sí que aparecían algunas alusiones a su esposa y a él mismo. Hablaba, veladamente, de lo cansado que andaba, de que estaba pensando en vender la empresa y de detalles como que se había borrado de la subscripción a la revista *The Architectural Forum*. Este último pormenor indicó a Maite que la depresión debía de estar ya hostigándole por esas fechas. La llegada de esa publicación al buzón conllevaba un ritual para su padre. La desenvolvía con cuidado. Escrutaba el contenido de la portada y el índice en el sofá del salón y esperaba a haber cenado para encerrarse en su despacho a fumar y empezar a casi estudiarla. Maite sonrió recordando esa cara de ilusión infantil de su padre y se dio cuenta de cómo le echaba de menos. No quiso reprimir el llanto y, después de un buen rato de cuidar que las lágrimas no corrieran la tinta azul de la estilográfica, empezó a leer las alusiones a su madre. La frase que le hizo dejar de seguir buscando, por el momento, lo explicaba todo: «Tu madre intenta ocultarme todo lo que está haciendo por la empresa, pero, desde que me rendí y dejé de ir a la oficina, ella es quien la lleva, por completo. A Cova y a Pilarín les dice que se va a visitar a los ancianos del Cotolengo, pero yo sé que está en la oficina. Carlos (¿te acuerdas de él, del gerente?) me lo cuenta maravillado por la habilidad y la discreción de tu madre. Mientras, aquí estoy con Pepón, en su casa, en Muros, ayudándole con el maíz y las gallinas, que es lo único que me saca de esa apatía que me ha infectado».

Le habían dado las cuatro de la madrugada y tenía que levantarse a la ocho para ir a recoger a su madre. Se acostó en el sofá del salón, como llevaba semanas haciendo, convencida de que evitar la cama le permitiría disimular su insomnio. Acurrucada con dos mantas de cachemira blancas, no paraba de dar vueltas a todas las pistas que contenía esa epístola. Decidió dejarla fuera de la caja, tenía que analizar ese párrafo. Volvió a desdoblarla para estar segura de que había leído bien, pero el sueño la venció y se quedó dormida con el pliego en su regazo.

Doce horas más tarde, tras un agradable almuerzo en Puente Romano con Covadonga, Mila sugirió ir a casa de Maite a tomar un café. Ella, que había salido a toda prisa esa mañana, sin recoger la improvisada cama y dejando la ropa tirada por el suelo, propuso ir al Marbella Club para disfrutar del sol de la tarde, pero su madre insistió.

—Quiero ver qué tienes en la nevera. Estás escuálida. Seguro que estás comiendo gazpacho y tonterías de esas vuestras —dijo mirando a ambas primas—. Y tú no te rías, Cave, que luego me paso por la tuya.

Covadonga no acababa de acostumbrarse a que su madre y su tía la llamaran Cave; ese nombre lo consideraba parte de su vida secreta. Ellas se habían empeñado, para ser una más. Igual que, cuando visitaban Marbella, adoptaban una indumentaria acorde escogiendo los modelos más conservadores de CaveWoman, querían hacerse a las costumbres del círculo marbellí llamando a la diseñadora como todos.

—Entonces me voy ya, que está hecha unos zorros.

—La mía igual, mamá. He salido esta mañana a toda prisa y no he podido recoger.

—No os entiendo, eso de tener una asistenta dos veces por semana es ridículo. Con el dinero que ganáis, ¿por qué no va a diario? No digo que duerma en casa, que ya sé que sois independientes y modernas, pero...

—Mamá —interrumpió Maite, exasperada, intentando no resultar brusca—, ya te lo hemos explicado: queremos intimidad y, aparte, tenemos ya casi cuarenta años.

—Pues como vivís como si tuvierais catorce, os trato así.

—Tienes toda la razón, Mila —dijo Covadonga, levantándose para darle un beso y emprender la marcha hacia su casa, que estaba llena de retales, bocetos tirados por cualquier parte y trajes a medio hilvanar de la nueva colección.

Aunque tenía un taller donde producía con diez empleados, prefería diseñar en casa.

Durante la primera parte del camino hacia La Virginia, Maite condujo en silencio, enfurruñada. Mila Morán, como siempre que ella adoptaba esa actitud, no paraba de hablar sin requerir respuesta, como si tapando el silencio de su hija hiciera oídos sordos a su talante. Tras varios minutos del soliloquio de su madre sobre bodas, bautizos, defunciones y noviazgos del círculo de amistades de Oviedo, Maite reaccionó. Su mutismo pasivo agresivo era el de una adolescente. Ante el asombro de su progenitora, inició una sarta de preguntas sobre esa gente que no le importaba en absoluto, pero de la que su madre adoraba hablar. Esto ablandó a Mila al llegar.

—Qué exagerada eres, no está tan mal —dijo, precipitándose sobre el desorden del sofá para arreglarlo.

Al ir a estirar las mantas, reconoció la letra de su marido en la carta que Maite había dejado allí. Ella se dio cuenta y lo agradeció, porque dudaba sobre cómo abordar la cuestión. Le explicó cómo habían llegado las cartas a sus manos y, antes de acometer el tema de su callada implicación en el negocio familiar, quiso despejar las dudas sobre algo que la inquietaba desde el día anterior. Su padre, en aquella carta (una de las últimas que escribió), decía que ya no iba a la oficina; sin embargo, Alfonso aseguraba que la caja la había encontrado allí. Algo no encajaba. Maite fue directa y quiso saber desde cuándo había dejado de ir su padre al despacho. Mila balbuceó, pero tomó aplomo para responder de forma vaga que en los últimos tiempos iba de vez en cuando, pero que lo manejaba todo desde su gabinete de casa. En vista de que así no iba a conseguir que le contara la verdad, Maite decidió darle a leer la carta y afrontar el asunto directamente. Cuando acabó, Mila rompió en llanto. Algo inusual en ella, porque, tal y como llevaba escuchando Maite desde pequeña, «los Morán no somos de llorar». Se abrazaron en silencio para unir sus lágrimas. Maite se sintió reconfortada, volvió a esa etapa anterior a su adolescencia en la que se ovillaba con su madre y todas las penas se esfumaban. Poco a poco se tranquilizaron. Mila fue la primera en despegarse y, mientras limpiaba con el dorso de la mano la cara mojada de su hija, se disculpó:

—Perdona, pero es que me ha emocionado.

—No me pidas perdón por llorar, mamá. Necesitábamos este desahogo y este abrazo. Yo debo de estar dejando de ser Morán, porque me he hecho muy de llorar. Sienta de maravilla —intentó bromear Maite.

—¡Ay, Maitina! Mi niña... Voy a tener que venir más a menudo a cuidarte. Hemos estado muy alejadas.

Volvieron a abrazarse y a desbordar las lágrimas. Poco a poco se fueron recomponiendo y Mila empezó por aclarar la duda de su hija sobre la localización de la caja. Reconoció que Alfonso no podía haberlas encontrado en la oficina porque su padre estuvo años sin pisarla, e hizo especial hincapié en que su exnovio había cometido un robo que no podía quedar impune. Maite le dio la razón, sin tanta vehemencia, e intentó centrar la conversación porque notaba que su madre se escabullía. Quería saber cuál había sido exactamente su labor en la empresa familiar durante los últimos años; no sabía si su padre exageraba. Tras varios requiebros, Mila Morán terminó confesando que, primero con la ayuda del gerente y luego ella sola, tomó las decisiones fundamentales que habían hecho que salieran adelante todos los exitosos proyectos de los últimos años.

—Pero ¿por qué lo hacías a escondidas, engañando incluso a tía Cova y Pilarín?

—Para que no opinaran, y porque no quería que se enterara tu padre. Pero veo que Carlos, el gerente, me traicionó.

—Es que no lo entiendo. ¿A qué venía que no supiera que estabas al frente? Era una forma de que se sintiera más tranquilo, ¿no?

—No entiendes nada, Maitina. Los hombres, por mucho rock and roll que oigan, antes, ahora y siempre se sienten intimidados si su mujer destaca por encima de ellos. Hay que hacerse la tonta, Maitina, las mujeres inteligentes nos hemos hecho las tontas desde Cleopatra.

20

16 de diciembre de 1974

Maite disfrutaba viendo cómo su madre desplegaba sus dotes de encantamiento con la sociedad marbellí. Durante su segunda visita ya se desenvolvía con independencia y tenía una vida social más intensa que la de su hija. A sus cincuenta y tres años, se sentía en la plenitud de la vida, algo en lo que coincidía con su amiga Pilar Banús. Buena parte del tiempo lo pasaba con ella, pero también había hecho algunas amistades por su cuenta que dejaban perplejas a Maite y Covadonga. Una era la del barón Keller, un aristócrata suizo diez años más joven que ella, con el que les constaba que quedaba para merendar y almorzar, aunque Mila las intentaba engañar aduciendo que tenía cita en la peluquería o que se iba a playa. La otra era la de Anja y Claudia. Era imposible que no coincidieran, porque estaban en el círculo más íntimo de la señora Banús, pero Covadonga había albergado la esperanza de que su tía las evitara; una pareja del mismo sexo no entraba dentro de sus esquemas morales. Se equivocó.

Aquella tarde de lunes se le quedaría grabada. Como era habitual en los días en que Maite no acudía a su negocio, estaban vagueando en su casa. El plan solía consistir en comer chocolate con churros, oír música y comentar las revistas del corazón. A estas reuniones decidió, sin preguntar, unirse Mila. Su presencia rompía la dinámica de las primas, que podían estar horas sin hablar, pero creaba un ambiente familiar que ellas agradecían. Ese día, su tía apareció con un *strudel* de manzana que Covadonga reconoció al instante. El plato también. Mila tenía llave de la casa, aunque seguía alojada en Los Monteros. Entró dando instrucciones, arrolladora como siempre.

—Maitina, con esa postura te va a salir papada. Haz el favor de apoyar la cabeza en un almohadón. Os he traído esta tarta de manzana que me han regalado Anja y Claudia. Son un encanto. ¿Cómo no me habéis hablado de ellas?

Ante el silencio que se produjo, Mila continuó con su perorata mientras metía el postre en la nevera.

—No me puedo creer que aún tengas aquí la ensaladilla rusa que te compré. Ni la has tocado. Voy a tirarla. Estará mala. No me iréis a decir que, con lo modernas que sois, os parece mal esto de las lesbianas. Son un encanto y se las ve más compenetradas que muchas parejas normales.

Covadonga se levantó murmurando alguna cosa y caminó hacia el baño. Maite recogió el pañuelo de la pregunta.

—Sí, son estupendas. La verdad, mamá, es que no te las presenté ni nada porque supuse que te incomodaría que fueran homosexuales. Bueno, y que Claudia estuviera en el Partido Comunista…

—Eso son tonterías. Es de una familia estupenda, conozco desde hace años a sus hermanas mayores. Ya se le pasará.

—¿Lo del comunismo o lo del lesbianismo?

—Me refería al comunismo, pero ¿quién sabe? Lo otro quizá también.

—No creo.

Mila se sentó en el sofá agitando la cabeza, sin dar la razón a su hija. En ese momento volvió Covadonga, que se dirigió a la nevera para sacar el dulce.

—¿Queréis un trozo? La caliento. Y lo ideal sería tomarla con helado de vainilla, pero no tienes, ¿no?

—No, no tiene. En el congelador hay una rosada y cuatro polos de limón. Por cierto, tira la rosada, que debe de llevar meses. ¿Y tú cómo sabes lo del helado? ¿Has probado antes eso?

—Sí, alguna vez. Una adopta costumbres muy internacionales aquí.

Covadonga preparó los platos, los puso en la mesita de cristal del sofá e introdujo un tema que sabía que desviaría la conversación de su tía sobre las bondades de las relaciones entre personas del mismo sexo. En la última semana, Alfonso había estado especialmente insistente en su empeño de encontrarse con Maite. El último gesto había sido presentarse en su tienda para hablar seriamente con Covadonga, en vista de que no contestaba a los recados que dejaba a su dependienta. Maite y ella estaban convencidas de que no podría alargar más su estancia (su empresa se negaría a seguir pagando) y que había iniciado una etapa de medidas desesperadas. Maite se mantenía al tanto de todos los detalles del encuentro, pero Covadonga quiso sacar el asunto para, por supuesto, desviar el foco de Anja y Claudia, y también para asegurarse de que su tía aportara más argumentos sobre las malas intenciones de Alfonso. Maite afirmaba estar convencida de que solo la pretendía por su posición y fortuna, pero Covadonga había vivido de cerca la obsesión de su prima por ese embaucador y no descartaba la posibilidad de que algún requiebro acabara por hacerla caer. Necesitaba el refuerzo de Mila Morán. Una vez hubo contado Covadonga su encuentro, Mila respondió, ofendida:

—Pero ¿cómo no me habéis dicho esto antes?

—Porque, entre tus citas en la peluquería y tu obsesión con la playa, no te vemos el pelo últimamente.

Mila tuvo que reconocer que su hija era una buena alumna. Se hizo la loca ante ese comentario que hubiera sido muy propio de ella y que claramente contenía un reproche por su secretismo adolescente respecto al barón Keller. Miró a Covadonga, a la que veía inquieta, e intervino.

—Claramente está desesperado. Yo diría que está preparando un golpe maestro.

—Yo pienso lo mismo —apostilló Covadonga.

—Pero nos da igual, porque tú, Maite, estás absolutamente segura de que es un caradura y un timador.

—Claro —dijo Maite con un tono que alarmó a sus contertulias.

Mila fue a decir algo, pero su hija no la dejó. Adoptó ese estilo tan Morán del ataque como defensa.

—Bueno, mamá, hablando de pretendientes: ¿voy a tener un padrastro barón?

—No tengo ni idea de a qué te refieres —respondió Mila, coqueta y guasona.

—El barón Keller y tú sois la comidilla de Marbella... —comentó Covadonga.

Mila miró asustada a su sobrina; dar que hablar la espantaba. Intentó adivinar si estaba bromeando, pero no lo tenía claro, así que decidió afrontar el tema.

—Somos amigos y el asunto no va a ir a más. No estoy interesada en absoluto, pero goza de una conversación muy agradable y así perfecciono mi francés, que lo tengo muy oxidado.

—Claro, mamá. Entonces ¿por qué no nos cuentas que quedas con él?

Mila se ruborizó, estiró su caftán de cachemira e hizo ademán de levantarse, mientras farfullaba: «Porque os conozco y sabía que ibais a...». Su hija la cogió de la mano, soltando una carcajada.

—Anda, no huyas. Era broma. El barón me encanta como novio para ti, pero haz lo que te parezca, y si no nos quieres contar nada, pues perfecto. Yo, feliz de ver que te diviertes.

—Si debo anunciaros algo, lo haré. Pero de momento no hay nada que contar.

—Te veo muy en tu papel de dar declaraciones al *¡Hola!* —pinchó Covadonga.

—Sois terribles. Pues precisamente tengo que irme, porque voy a cambiarme para ir a Málaga con él a un concierto de música sacra en la catedral. Así que os podéis quedar aquí tranquilas, bromeando sobre nosotros.

—¿Ves, mamá? No te vemos el pelo. No nos cuentas nada.

Efectivamente, cuando Mila se marchó, las primas siguieron comentando esa relación. Maite reconoció que disfrutaba viendo cómo su madre sentía en carne propia lo que ella había padecido durante años. Esa intromisión en su vida sentimental que de adolescente era comprensible, pero que posteriormente le parecía exagerada. Le extrañó que su prima no le diera la razón de inmediato. Estaba meditabunda, mirando hacia el patio, donde la lluvia empezaba a convertirse en torrencial y tumbaba las hojas de los ficus.

—En tu caso, con Alfonso, creo que no hacía mal en entrometerse. Todos veíamos lo que sufrías por su culpa. Intentaba protegerte. Por otro lado, no soy la más indicada para criticar la discreción sobre la vida privada...

—Quizá tienes razón. A todo esto, me da la impresión de que lo tuyo con Anja acabará saliendo a la luz. ¿No crees que podrías contarle que te gustan las chicas? A ella y a tu madre.

—No. No veo la necesidad. No pienso volver a tener pareja, así que da igual si me gustan las mujeres, los hombres o los cactus.

El teléfono interrumpió la respuesta de Maite, que se disponía a quitar dramatismo a la fatalidad de Covadonga. Era su madre. Ante la intensidad de la lluvia, el chófer de Keller había recomendado que no emprendieran la marcha a Málaga. Hugo y ella iban a quedarse a cenar en su casa y las invitaban a unirse. Maite le preguntó que si era en calidad de carabinas, a lo que su madre respondió con un «por supuesto», para añadir que Hugo estaba deseando conocerlas. Sin esperar respuesta, les dijo que las esperaban a las siete y cuarto y remató: «En casa de Hugo siempre nos vestimos para cenar». Bajando la voz, añadió: «Ponte el Dior de tu cumpleaños».

Covadonga intentó escabullirse. Lo último que le apetecía era una cena formal, pero Maite no le dio opción y tampoco cedió ante su comentario de que le parecía excesivo, por mucho que en casa de Hugo Keller se vistieran para cenar, ir con un Dior de noche. Su prima estaba de acuerdo con ella, pero le recordó que eran órdenes de Mila Morán. No se dijo una palabra más.

Dos horas más tarde, un taxi atravesaba el portón de Cortijo Virgen del Carmen para recorrer el camino flanqueado por cipreses, desde donde se veían, a lo lejos, las luces de Benahavís. Un mayordomo las recibió en la puerta del edificio principal, que, por el estilo, Covadonga supuso que debió de construirse a principios del siglo XIX. Al entrar en el inmenso recibidor, donde destacaba una araña de cristal de Bohemia de unos dos metros de diámetro, oyeron voces y risas.

—¿Había más invitados? —preguntó entre dientes Covadonga.

—Primera noticia.

Al acercarse más, guiadas por el mayordomo, pudieron oír con nitidez las voces. Intercambiaron sendas miradas de terror (Covadonga) y diversión (Maite). Duró un segundo. El barón Keller se acercaba para recibirlas efusivamente. Mientras las acompañaba al salón, donde estaban tomando un cóctel antes de la cena, comentó que habían decidido, a última hora, invitar a Anja y Claudia.

—Pensé que sería muy agradable y que, sin duda, tenéis que conoceros mejor. Sois cuatro almas gemelas.

Covadonga lanzó una mirada a su prima, que ella descifró claramente. Le preguntaba si aquello era una pantomima. Si Mila estaba al tanto de lo suyo con Anja y se estaba riendo de ellas. A Maite se le había pasado por la cabeza, pero tuvo claro que no. Su madre no habría jugado jamás con una cita social como esa. La cena era importante para ella y no iba a andarse con bromas. Tras los saludos ridículamente entusiastas, Covadonga pidió un whisky solo que se tomó de un trago, como un *cowboy* sediento. Los planes de Anja de amistad tras la ruptura no habían dado los frutos deseados. Covadonga lo había intentado. Durante un tiempo se esforzó en quedar con ellas, pero se le partía el corazón cada vez que tenían contacto. Tras meses sintiéndose culpable por no ser capaz de vencer sus celos y su nostalgia, decidió ser sincera con Anja y decirle que no quería volver a verlas. Anja le dijo que lo aceptaba, aunque le dolía profundamente perder a Covadonga en su vida. Maquilló el asunto diciéndose que necesitaría tiempo, pero pasaban los años y, aunque coincidían a menudo, evitaban hablar más allá de las palabras de cortesía.

La cena fue para la expareja un campo de minas por el que transitaron con cuidado y silencio. Anja tuvo que morderse la lengua para no decirle a Covadonga que, en vez del tercer whisky, podía probar la limonada con menta que ella estaba tomando, y esta estuvo a punto de meter la pata cuando la alemana comentó que nunca había estado en Badajoz, cuando ambas habían visitado juntas la ciudad. Pero el momento más incómodo llegó cuando Hugo preguntó cómo se habían conocido las primas y la pareja. Claudia rompió el silencio inventando una rocambolesca historia que incluía Torremolinos, Nueva York, Madrid y Marbella, con la ambigüedad suficiente como para no quedar demasiado mal si algún día Mila descubría la verdad, como Claudia sospechaba que sucedería. Maite la miraba con admiración por su capacidad para inventar historias, su inteligencia y aplomo, así como su manera de proteger a Anja y también a Covadonga. Posteriormente, durante el café, aprovechó un momento en que Claudia salió al jardín a fumar esos More mentolados que le daban un aspecto tan chic. Le agradeció que hubiera salvado el «secreto familiar» con esa soltura. Ella quitó importancia a su actuación, achancándola a la clandestinidad, en la que la rapidez mental y la capacidad de inventiva eran esenciales para la supervivencia. Mientras, en el salón, Anja y Covadonga intentaban evitar que sus miradas se cruzaran y hablar lo menos posible. Estuvieron a punto de ser pilladas en falta al pedir, al unísono, una infusión de manzanilla con limón y sin azúcar. Pero Mila estaba tan preocupada por que todo fuera perfecto y en ejercer de anfitriona, sin excederse, que soslayó un detalle que, posiblemente en otro momento, no le hubiera pasado inadvertido.

Al finalizar la velada, Maite sabía que Covadonga hubiera preferido recorrer de rodillas los veintidós kilómetros que separaban Benahavís de Marbella antes que aceptar la invitación de Claudia de acercarlas a casa en su Land Rover. Pero no le quedaba más remedio si no quería levantar sospechas. Durante los primeros diez minutos de camino, las cuatro permanecieron en silencio. La confianza y lo evidente del tema que flotaba en el aire convertían en un estorbo las palabras. Covadonga consideró que le correspondía romperlo.

—Os pido perdón a las tres. Mi cobardía os ha puesto en este aprieto y en otros desde hace años...

Anja y Maite reaccionaron con frases hechas, quitando importancia al asunto, aunque consideraban que a esas alturas era rotundamente ridículo mantener esa farsa sobre sus preferencias sexuales.

—Mañana voy a hablar con tía Mila. Se lo voy a contar.

Covadonga lo dijo en un tono épico y esperaba una reacción entusiasta por parte de sus compañeras de viaje, pero no. Recibió unos escuetos «muy bien» por parte de Anja y Claudia y un «ya era hora, luego llama a tu madre» de Maite.

Covadonga decidió volver a romper el hielo aludiendo a la relación entre Mila y el barón. De haber estado a solas con su prima, habría comentado directamente lo integrada que estaba con el servicio, que incluso sabía dónde se guardaban las servilletas de té, o el comentario de Keller, cuando Maite fue a sentarse en uno de los sillones y le advirtió que ese era el de su madre. Pero no sabía el grado de intimidad de la pareja con su tía, así que fue cauta, lo cual le produjo una sensación de vacío; era extraño haber perdido esa complicidad con Anja.

—Se les ve muy bien a tu madre y al barón.

—Muy bien y nada que ver con lo que nos ha contado ella esta tarde. Trata al servicio como la señora de la casa, sin un ápice de distancia. Y no se ha molestado en poner una disculpa para explicar que no volvía a Marbella.

—¿Por qué debería hacerlo? Son novios —replicó Anja.

—Claudia, no sé cómo lo consigues, pero ese «debería» de Anja me ha llegado al alma. ¡Cómo has mejorado tu español, Anja!

—Por primera vez en mi vida, he dado clases. Los verbos los domino ya, creo, perfectamente.

—Yo no he tenido que ver... A mí que me registren.

—Sí que has tenido que ver, mi amor. Tú me has convencido para que me apuntara en la academia.

Maite apretó la mano de Covadonga; sabía que estaba a punto de abrir la puerta del cuatro por cuatro y lanzarse a la N-340. Ella había insistido durante años en que Anja recibiera clases de español, pero su respuesta era siempre que un idioma no se estudia, sino que se aprehende. Ante el riesgo de que volvieran a lo que a Covadonga le estaba pareciendo un empalago excesivo, retomó el tema:

—Lo decíamos porque esta misma tarde nos ha dicho que son amigos...

—Bueno, será un asunto familiar lo de ocultar relaciones —respondió Anja.

La carcajada fue general. Covadonga debía reconocer

que la nueva Anja, más sarcástica y menos esotérica, le caía muy bien.

Al día siguiente, Covadonga cumplió su palabra. Habló con las hermanas Morán sobre su homosexualidad. La reacción fue casi tan discreta como la de su prima, pero, en cualquier caso, la noticia quedó pronto deslucida por otro hecho más llamativo.

Tres días más tarde de la cena, sonó el timbre de la casa de Maite a las ocho de la mañana. Ante lo intempestivo de la hora para los que la conocían, se levantó de la cama y abrió pensando que había ocurrido alguna desgracia. En la puerta estaba un joven trajeado que traía un sobre y una caja de la joyería Suárez de Madrid. Le pidió que firmara el documento de recepción. Al ver el remitente (Alfonso), Maite le respondió que esperara unos minutos. Cerró la puerta, deshizo el paquete y se encontró con un anillo de brillantes. Cerró el estuche como si contuviera una araña venenosa. Se levantó para devolverlo, pero lo pensó mejor y decidió echar un vistazo a la carta. Leyó frases como: «Siempre te he adorado» o «Pensar en la opción de pagarte un aborto en Londres fue un error», y la curiosidad pudo más. Así que acusó recibo de la misiva y devolvió la sortija, con un papel escrito a mano en el que pedía la firma y el nombre del mensajero para certificar que la destinataria no aceptaba el envío. Maite se sintió orgullosa de haber mantenido la cabeza fría y ser práctica en un momento como ese. Que la mujer de negocios venciera a la adolescente excitada ante una petición de matrimonio que había esperado durante años. Decidió tomarse un par de cafés antes de ponerse a leer el texto. En ese momento, somnolienta, estaba segura de que debía hacerlo, pero no confiaba en las decisiones que tomaba cuando dormía menos de cinco horas. Quizá lo cabal era quemarla.

Mientras bebía la tercera taza, se convenció de que no había razón alguna para destruirla. Y que iba a revisarla no por una cuestión emocional, sino por curiosidad, por analizar la sarta de mentiras que era capaz de escribir su exnovio.

Querida mía:

Esta es una carta de arrepentimiento e iluminación, aunque fundamentalmente de petición de perdón. Me hubiera gustado poder explicarme bien. Poder verte, charlar, contarnos, hacerme entender. Pero entiendo que no quieras verme. Ahora, con el tiempo, soy consciente del daño que te he hecho. Y merezco tu desprecio.

Escribo esta carta sin saber si la leerás, aunque espero que lo hagas. La acompaño de este anillo que debí haberte dado hace años. Es un anillo de compromiso. Mi más profundo deseo es convertirte en mi esposa. Envejecer juntos y ser felices como lo fuimos durante esa adolescencia que siento que vuelve a mí cuando pienso en tu amor, en tu risa, en tu inteligencia y en nuestras tardes en la casina. Pero también es un anillo de disculpa que, aceptes mi compromiso o no, querría que estuviera en tu poder.

Quiero que sepas que, después de sufrir inmensamente, de refugiarme en el alcohol, de morir de celos cuando nos vimos en Oviedo e ibas acompañada por Roberto, de pensar en el hijo que no tuvimos, he llegado a la conclusión de que me asustaba estar con una mujer como tú. No quiero justificar con ello mis infidelidades o mi falta de decisión a la hora de pedirte en matrimonio, pero necesito que sepas que no fue por ausencia de amor. Siempre te he adorado y mis deslices no fueron nada sino una simple falta de autoestima.

Respecto a tu embarazo, mi mezquindad no tiene perdón. Pensar en la opción de pagarte un aborto en Londres fue un error, ahora lo veo, pero en ese momento era la única alternativa que veía posible por tu honor, por nosotros y, sí, lo reconozco, por mí. Admiro tu valentía y que no me hicieras caso, y me entristece que finalmente nuestro hijo, por el destino, no viniera al mundo. Pero no es tarde. Podemos volver a intentarlo. Nada me haría más feliz que tener un hijo, una familia contigo. Y verle crecer en las playas de Marbella y veranear en Aguilar.

El lunes que viene vuelvo a Oviedo. Pero si tú me das el sí, o al menos un «me lo pensaré», me quedo. Espero ansioso una respuesta. Estaré todos estos días, aguardando, en mi habitación del Pez Espada. El lugar en el que vivisteis nuestro hijo y tú una etapa en la que yo fui un patán y donde nació la nueva Maite que yo siempre supe que estaba ahí: decidida, valiente y sabia.

Te adoro más que nunca.

Tu pretendiente,

ALFONSO

Maite dejó temblorosa la carta sobre la mesa. Llovía, como todos los días desde hacía una semana. Se quitó la bata para quedarse en pijama, abrió la puerta corredera que daba al patio y se plantó de pie al lado de la palmera para que sus hojas ejercieran de ducha. Empapada, arrancó a llorar. Se mezclaban el dolor y el alivio. La pena por la inocencia perdida, la incapacidad de creer lo que Alfonso le contaba y la alegría por sentir que, por fin, había roto el lazo. Verle las costuras en su zalamería, haber experimentado pena de esas frases cursis y vacuas que años atrás la habrían engatusado, devolver el anillo y sentirse impermeable a las palabras de Alfonso eran la constatación de que se acababa el sortilegio. De que, definitivamente, Alfonso estaba fuera de su vida. Cuando el calor de su cuerpo templó la ropa mojada, decidió entrar. Se desnudó, dejó la ropa en el suelo, arrancó un papel cuadriculado de una libreta y garabateó sin pensar demasiado: «He recibido la carta y el anillo. La sortija la tienes de vuelta, y respecto a la carta, agradezco el esfuerzo, pero me ofende que pienses que podría querer casarme con alguien como tú. Un saludo cordial».

Dobló la cuartilla en cuatro partes, como las cartas de cuando era niña. La metió en un sobre, puso un sello, se vistió y salió a echarla, con la dirección de Alfonso en Oviedo, en el buzón de la esquina. A la vuelta, pasó por el quiosco de flores y compró tres docenas de claveles.

Lo siguiente fue llamar a Covadonga, a su madre y a Adela. Esta última consideró que el cónclave bien merecía dejar a Börj solo con la niña, e incluso pasar la noche en Marbella. Las había convocado para cenar en casa.

Adela se encargó de llevar su famoso ajoblanco y varias botellas de Dom Pérignon que, según explicó, habían sobrado de su fiesta de cumpleaños y estaba guardando para una gran ocasión como esa. Mila apareció con una paella, Covadonga aportó jamón serrano y Maite cocinó su célebre arroz con leche. Con las viandas sobre la mesa, Adela hizo notar que aquello parecía un catering para guiris y tuvieron que darle la razón. Maite les contó la escena del anillo, el documento y la devolución. Todas la aplaudieron, la besaron y la abrazaron como a un goleador en un partido de fútbol. A continuación, exigieron leer la carta para poder desmenuzarla con cuidado y un cierto sadismo; la comparación con Jack el Destripador que hizo Covadonga no iba desencaminada. Mila se erigió en lectora oficial y pidió a su hija que le acercara las gafas. Al volver con ellas y observarlas en la distancia, a las tres arrebujadas en torno al papel, recordó una de sus películas favoritas de la infancia, que la televisión emitía cada Navidad.

—Estáis como las hermanas de *Mujercitas* cuando recibían carta de su padre. Idénticas. Cave es Jo, mi madre Amy, yo me pido Meg y Adela, tú Beth.

—Trae las gafas y déjate de películas. Qué obsesión teníais las dos de pequeñas con el libro. Os pasabais el día jugando. A ti, Cave, una temporada te tuvimos que llamar Jo. Menuda perra cogiste.

Mila empezó a leer y Maite se dio cuenta de que aquella era la mejor terapia posible. Oír en voz alta las palabras de Alfonso incrementaba lo absurdo del contenido y la falsedad de todo lo que decía. Con algunos pasajes especialmente líricos y los comentarios de Adela, que lo había convertido en su peor enemigo, acabaron llorando de risa. Pero con los primeros párrafos bastaba. Había detalles, como el del aborto en Londres, que le parecían innecesario compartir, especialmente con su madre. Así lo explicó y todas lo entendieron. Mila fue tajante.

—Pues después de leer este despropósito, lo único que saco en claro es que has estado poco espabilada con el anillo. Te lo deberías haber quedado para venderlo y comprarte un capricho.

—De eso nada, Maite puede hacerse con media docena de anillos y la dignidad está por encima. Ha hecho muy bien.

—Sois muy jóvenes. Dignidad, dignidad... Alfonso está muerto de hambre y lo que de verdad le habría fastidiado es que la negativa de Maite le costara encima lo que valga el anillo, que no será barato. Ahí le habría dolido. Pero da igual. Hay que agradecerle el buen rato que nos ha hecho pasar.

—Lo más perita de todo es que la carta la hayas mandado a Oviedo. Ahora el majareta ese estará todos estos días esperando a que le contestes —dijo Adela.

—Encerrado en su habitación del Pez Espada —apuntó Covadonga.

—¡De momento! Ese no ha estado en su cuarto ni diez minutos desde que llegó. Se pasa el día en el Pedro's y en Tiffany's, a ver quién pesca.

—¿En serio? Pues vaya estratega. Cualquiera, por ejemplo tú, podría irle con el cuento a Maite.

—A ver, el muchacho tonto no es. Habrá visto que Maite no está muy receptiva y andará buscando alguna guiri millonaria, por si cae.

—Me apuesto el cuello a que ya habrá conquistado a alguna incauta heredera de Oviedo. Menuda buena mano tiene con ellas. Con perdón, Maitina.

21

30 de marzo de 1983

El día de su cuadragésimo quinto cumpleaños, Maite entró en lo que Covadonga calificó de crisis de los cuarenta y perdió la fascinación por la Costa. El desenamoramiento venía de lejos. En 1979, el rey Fahd de Arabia Saudí había hecho saltar la banca en el Casino de Montecarlo. A la mañana siguiente, el príncipe Raniero de Mónaco llamó a su amigo Alfonso de Hohenlohe para avisarle de que el billonario monarca árabe llegaría esa tarde para alojarse en el Marbella Club. A partir de entonces, el rey saudí quedó maravillado por el pueblo malagueño, que le recordaba a Tierra Santa. Realizaba donaciones para construir un hospital y viviendas sociales; él y su séquito daban propinas de miles de pesetas e inauguraban una nueva etapa de la Costa del Sol. Maite poco a poco había ido desencantándose del lugar que tanto quiso y por el que lo dio todo. Había empezado a estar cansada de la noche, su grupo de amigas se había disgregado: Claudia, con la victoria socialista de 1982, había pasado a formar parte del Gobierno; Covadonga también se había mudado a la capital, inmersa en la movida madrileña.

Cuarenta y cinco años era una fecha lo suficientemente importante como para celebrarla por todo lo alto, pero Maite no quiso hacer algo llamativo. Empezó a confeccionar la lista de invitados y se dio cuenta de que más de la mitad eran compromisos; a quienes realmente quería ver vivían en Madrid, Londres o París. Pensó dónde le apetecería realmente estar ese día y la respuesta fue Oviedo, con su madre y el barón Keller (vivían juntos, sin casarse, a caballo entre Asturias, Lausana y Benahavís), y con su tía Cova, Covadonga y Pilarín. Su madre recibió la noticia entusiasmada y ella se alegró de oírla tan contenta.

Durante los últimos diez años, su relación se había vuelto muy estrecha, pero Mila tenía la sensación de que no existía la familiaridad del roce, del día a día que ella suponía en el vínculo con una hija. La tarde de un par de años antes, en la que se lo comentó a Maite durante una de sus charlas en la finca de Benahavís, ella le replicó con naturalidad:

—Es que has tardado mucho en dejarme ver cómo eres realmente. Y cuando lo has hecho, nos habíamos perdido casi cuarenta años, mamá.

—Bueno, nunca es tarde.

—Claro, pero hacerse la tonta tiene estas consecuencias.

Aquella conversación le vino a la cabeza al colgar el teléfono. Ella había rogado a su progenitora que no preparara una gran fiesta y, por la forma de darle la razón, sin rechistar, intuyó que no le habría hecho caso. No le importó; una de las cosas que había aprendido durante ese tiempo era a dejarla hacer. Había demostrado con creces que su fuerza no se limitaba a sacar adelante la empresa familiar, también sabía desenvolverse en la vida. El barón y ella habían comprado una antigua mansión de indianos y en la casita anexa habían montado un restaurante. Era un viejo anhelo que compartían los dos. El sitio se había convertido en el local de moda y se debía reservar una de sus doce mesas con seis meses de antelación.

Una semana más tarde, efectivamente, Mila Morán no había hecho caso a su hija. Alegó: «Es por tu bien, no se puede cumplir cuarenta y cinco años merendando con tu madre, en familia. Hay que hacerlo a lo grande, como un propósito de vida». La introspección melancólica de Maite se tornó primero en enfado y luego en amor a su madre y al disparate cuando, al entrar en el caserón de Cudillero, oyó un coro de «¡Sorpresa!». Y empezó a salir gente, que conocía de pasada, de detrás de los cortinajes de aquella casa lúgubre que el barón y su madre habían convertido en Versalles. La mayoría eran amigos de Mila que había conocido en actos sociales de su niñez y adolescencia. Maite sonrió, hizo que se emocionaba, abrazó a su madre, echó una mirada de odio a su prima (se encogió de hombros divertida, como diciendo que no había podido parar aquello) y reparó en algunos chicos apuestos, de su edad o algo mayores, que respondían al porqué de esa fiesta. Mila Morán había pasado a la acción en su empeño de encontrarle pareja. «Maitina, no puedes seguir así. No es que se te vaya a pasar el arroz, que también, es que necesitas una ilusión», le decía en cuanto encontraba pie para ello. Maite solía responderle con «o un disgusto», y recitaba la lista de tareas que su emporio hostelero le exigía.

Maite se había vestido de manera informal para lo que se suponía que iba a ser una reunión familiar campestre. Estaba prácticamente convencida de la treta de su madre, pero, como en teoría no sabía nada, se vengó poniéndose unos vaqueros, unas zapatillas de deporte John Smith blancas y un jersey de cachemira verde oliva de Sybilla, con las coderas raídas como parte del diseño. Las invitadas lucían sus mejores galas. Las más atrevidas, sabiendo que asistirían las modernísimas primas Morán, habían comprado indumentaria de Manuel Piña o la propia Sybilla para la ocasión. Claro que nadie podía competir con el traje negro con flecos rojos, torera cortísima y bolso de mano fabricado con una matrícula de coche que había elegido Covadonga. Era un modelo de su amigo Antonio Alvarado, con el que colaboraba en su atelier de CaveWoman de Madrid.

Tras los saludos, las sonrisas y la apertura de regalos, Maite se sintió un poco perdida. Una señora que no recordaba conocer le estaba contando su reciente viaje a Lourdes. Necesitaba escapar. Echó un vistazo a los grupos que se habían formado en el salón y decidió acercarse al que encabezaba su prima, bajo la inmensa lámpara de araña traída del castillo de Lausana del barón Keller, que ella temía que cayera sobre alguien en cualquier momento. Murmuró un «disculpa, voy a saludar a...», y se encaminó diligente hacia ellos, casi corriendo; quería evitar que la interceptaran para contarle anécdotas de su niñez. Cuando alguien la agarró delicadamente del brazo, estuvo a punto de zafarse bruscamente, pero controló su impulso. Una voz ronca empezó una frase: «Veo que somos los únicos...». Maite se dio la vuelta y casi chocó con una sonrisa que transmitía goce, la de un hombre llamativamente alto, con unos antebrazos bien formados y bronceados, cubiertos por un vello rubio, a juego con una melena recogida en una coleta y unos ojos negros que le sonaban. Le dejó acabar la sentencia: «... que hemos venido para pasar un día en el campo». Maite le miró de arriba abajo, encantada de lo que veía. Con su tono más cálido, atusándose el moño deshecho, le contestó:

—Eso me habían dicho. ¿También ha sido una fiesta sorpresa para ti?

—Debo confesarte que no quería venir, pero no he podido zafarme de la insistencia de mi madre. No tienes ni idea de quién soy, ¿verdad?

Maite le escrutó y no caía, aunque sabía que se trataba de alguien conocido, con el que tenía una familiaridad que le hacía sentirse a gusto. Cuando él se pasó un mechón por detrás de la oreja derecha, supo quién era. Le faltaba la parte de arriba del pabellón auditivo, un defecto de nacimiento que Maite recordaba; algunos de la pandilla, incluido Alfonso, le llamaban el Mediaoreja. A ella, ese tipo de acoso la había espantado siempre, pero especialmente en el caso de Pelayo Alonso, con el que había entablado durante años una cierta amistad basada en su gusto compartido por la lectura y la música.

—¿Pelayo? No puede ser.

—¿Me creías muerto?

—No, no puede ser que no te haya reconocido.

—Es que en veinte años he cambiado mucho. En cambio, tú, nada.

—¿Veinte? Más bien treinta.

—No, nos encontramos una vez en la confitería De Blas. ¿No te acuerdas?

Maite no sabía qué responder. No lograba rememorar aquella ocasión. Tenía la imagen del Pelayo de los dieciocho años, de la última vez que recordaba haberle visto antes de que se fuera a estudiar a Oxford. Entonces, Pelayo era un chico larguirucho, delgadísimo, con gafas, encantador, tímido e inteligente. Se había transformado en un hombre maduro y atlético, pero con un interior que parecía mantener intacto. Esa mirada era la misma.

—¿Qué haces en Oviedo? Lo último que supe de ti, por la prensa, era que estabas en Egipto. Me mandó mi madre el recorte de *El País*. Contaban que habías descubierto algo en… ¿Luxor?

—Los restos de una mastaba en Dahshur. Sí, he vivido allí diez años. Pero me divorcié hace dos y decidí volver a Oviedo. Mi madre está cada día peor y, bueno, ya sabes, los hijos únicos…

—¿Te acuerdas de lo orgullosos que estábamos de ser la excepción de la pandilla? Felices de no tener hermanos.

—Ahora echo de menos no tenerlos, la verdad.

—Supongo que es muy duro cuidarla tu solo.

—Lo es, pero especialmente a la hora de tomar decisiones. Pero hablemos de ti. También he estado al tanto de tus éxitos por la prensa. La reina de la noche marbellí.

Maite esbozó una sonrisa triste y, por la mirada de Pelayo, intuyó que entendía lo que pensaba, como cuando eran unos niños que coqueteaban con la adolescencia y charlaban en el banco de enfrente de casa de ella.

—Estas harta, ¿no?

Maite asintió con la cabeza y notó cómo las lágrimas le llegaban a los ojos. Se mordió la lengua y fue a decir algo. Pelayo se adelantó.

—Te entiendo perfectamente. No sabes lo feliz que estoy aquí de vuelta. Lejos de la vorágine. A ver si vienes más a menudo y nos vemos.

—Me quedo una semana más. Hacía siglos que no estaba tanto tiempo en Asturias.

—¿El martes tienes algún plan? Por si te apetece venirte a Infiesto, los martes voy a cuidar a Furia, mi caballo, y luego a comer a Casa Pío, una taberna que tiene el mejor pote de berzas que hayas probado.

—No tengo ningún plan ningún día, me encantará conocer a Furia.

—¿Te recojo aquí?

—No, me estoy quedando en la casa de Oviedo.

—Volvemos a ser vecinos entonces. Pues a las 10.30 el martes. Te llamo al telefonillo y bajas —dijo Pelayo evocando sus encuentros en el banco, que siempre empezaban así—. Nos vamos a ir ya. Mi madre estará cansada. Se apunta a un bombardeo, pero ya es muy tarde para ella.

Se acercó para darle un beso en la mejilla y la agarró por la cintura con un atrevimiento que a Maite le erizó el vello.

Cuando Pelayo estuvo a una distancia prudencial, Mila

inició el intento de acercarse a donde estaba su hija, que se había quedado paralizada en medio del salón. El vestido de Jesús del Pozo de lana fría color buganvilla le impedía avanzar más deprisa.

—Esta falda tubo me está matando, parezco una geisha. Espero que no se produzca un incendio y tengamos que salir corriendo.

—Estás divina, mamá.

—Ya lo sé, por eso aguanto este sufrimiento. ¿Has visto lo cambiado que está Pelayo?

—Sí, ya no lleva gafas… Supongo que no habréis montado esta fiesta su madre y tú para que nos encontremos, ¿verdad, mamá?

—Por supuesto que no, ¿por quién me tomas? ¿Quedasteis para veros?

—Sí, el martes.

—Muy bien, muy bien. Ponte falda, por Dios.

—Vamos a montar a caballo y luego a comer a un sitio de Infiesto, Casa Pío.

Mila agitó la cabeza dando a entender que no comprendería nunca a la juventud actual. En ese momento se acercó Covadonga.

—¿Qué te cuentas, querida tía?

—Pelayo Alonso lleva a tu prima a montar a caballo y a un bar de mala muerte en su primera cita.

—¿Pelayo Alonso, el de Oxford? ¿Cita?

—A ver, no es una cita. Sí, el de Oxford. Ese de ahí, el que está poniéndole el chal a la señora de la silla de ruedas.

—¿Ese es Pelayo? Pero si era horroroso. Un encanto, yo le

adoraba, pero ahora está impresionante... Voy a saludarle. Le tenía mucho cariño y estaba loquito por ti.

—¡Anda ya!

—Sí, sí, yo era su paño de lágrimas. Se quedó destrozado cuando empezaste a salir con Alfonso. De hecho, eso influyó para que se fuera a Oxford.

Mila sonrió cómplice y Maite miró a ambas, desconcertada.

—Así es. Su madre me lo contó hace unos meses. Dice que, de no haber empezado a salir tú con el chico ese, posiblemente no le habrían convencido para irse a Inglaterra. También me contó que tuvo un mal divorcio. La ex es una egipcia rica, malísima. Al pobre todas le destrozáis el corazón.

—Ya estamos. Pero si yo no tenía ni idea de que le gustaba.

—Lo digo en broma. Según creo, antes de casarse era un conquistador. Tenía a su madre desesperada.

—No lo dudo. Conmigo, en su momento, creo que se enfadó por algo que nunca supe. Ahora que vais a ser novios, aprovecharé para preguntarle —dijo Covadonga con sorna.

—Sois insoportables. Tanto que me vais a hacer ir a saludar a tía Jovita.

Mila guiñó un ojo a Covadonga, la cogió del brazo y se encaminaron juntas a despedir a Pelayo y su madre. Mientras la sobrina recordaba viejos tiempos con el joven, las madres cuchicheaban triunfantes. Desde lejos, Maite observaba la escena y le enternecía y reconfortaba saber que su madre la protegía, que seguía intentado arreglarle la vida. Más aún la de Pelayo, que, tras la fractura de cadera, no podía valerse por sí misma y se iba deteriorando, pero tenía fuerzas para hacer de casamentera de su hijo y dejarse arrastrar por el huracán Mila Morán.

A eso de las ocho de la tarde, los camareros dejaron de pasar canapés; Mila daba por terminada la fiesta. El horario no se debía al azar, porque varios de los invitados habían reservado mesa en Chez Morán, donde, excepcionalmente, ese día iban a doblar turno. Mila era una gran anfitriona, pero eso no quitaba para que tuviera la regla de no convidar a nadie en su exclusivo restaurante. Maite, a medida que había ido descubriendo a su madre, entendía de dónde le venía su habilidad para los negocios y por qué había conectado de inmediato con mujeres fuertes y emprendedoras como Ira de Fürstenberg, Monique y Pilar Banús: Mila Morán era como ellas. El barón Keller solía comentar, con ese aire frívolo con el que la aristocracia aborda los temas profundos, que su unión con Mila era el mejor negocio de su vida: «Con ella he duplicado mi patrimonio; hace magia con el dinero». Efectivamente, el negocio de Chez Morán no podía ser más rentable. La materia prima era barata y lo que los clientes pagaban eran la exclusividad y los platos caseros de Pilarín, que se había convertido en una celebridad como la gran chef de la cocina de mercado. Ya no trabajaba como interna con ellos, aunque mantenía su habitación en la casa de Oviedo, donde se refugiaba cuando estaba harta de Pepón y, por supuesto, si iban sus niñas: Covadonga y Maite. Pepón y ella habían tenido que mudarse cuando la casa de los Morán se vendió siete años atrás. La muerte del anciano patriarca y una herencia dividida entre hermanos, hijos y primos hizo que desprenderse de la villa familiar de Muros fuera lo más cabal. Así que, con una parte de la herencia, en la que estaban incluidos, compraron una casita en Arriondas, el pueblo natal de Pepón, que a él le encantaba, pero que a Pilarín, que se había vuelto urbanita, se le caía encima. A sus sesenta y siete años y con su nuevo estatus de chef, consideraba que quedarse en la finca era enterrarse en vida. En el camino hacia Oviedo, a la mañana siguiente de la fiesta, se lo explicó con detalle a Maite, que era la única que consideraba que no la juzgaría.

—Sí, la casina presta mucho. Hicimos la reforma a conciencia y no tiene humedades ni ratones. Pero yo no me acostumbro a estar con él. Me aburro, me molesta con sus ruidos por la mañana...

—Claro. Es que realmente nunca habéis vivido juntos. Tú has estado en Oviedo y él, en Muros. Me acuerdo de que muchos sábados te quedabas en casa, aunque no trabajaras, con excusas que al principio me creía, pero luego me di cuenta de que lo que pasaba es que estabas más a gusto con nosotros.

—¡Ay, qué apuro! Pero es verdad.

—¿Y no has pensado en divorciarte?

—¿Divorciarme? ¿Está usted loca? Aparte... ¿para qué?

—Pues no sé, mira mi madre, ha rehecho su vida.

—Quite, quite, yo con un hombre tuve bastante.

Durante un rato guardaron silencio. El paisaje de montañas, prados inmensos con vacas blancas y negras espolvoreando el tapiz verde y el río Sella bajando revuelto ayudaba a ver y callar, pero, en el caso de Pilarín, había algo que tenía atragantado y no sabía bien cómo abordar. Maite ya no era una niña, y tampoco su señorita (cómo le había costado apearla del tratamiento, ante su insistencia), pero se movía en un terreno de respeto y confianza difícil de calibrar. Se estiró el jersey verde con coderas que cubría parte del pantalón de franela gris que tanto le abrigaba, carraspeó y se lanzó:

—Muchas gracias por llevarme a Oviedo, pudo traerme la señora Cova.

—Mi tía no debería conducir, por mucho que se empeñe. Yo encantada, me apetecía estar en Oviedo…

—Me dijo su madre que va a quedar con Pelayo. Es muy buen muchacho. Todos los días a las cinco en punto sale a pasear con su madre. Da gusto ver el cariño con el que la trata. Alguna vez me preguntó por usted.

—¿Sí? ¿Qué le contaste?

—Que llevaba mucho tiempo sin novio.

Pilarín miró de reojo a Maite, consciente de que había metido la pata, y ella soltó una carcajada.

—No, él me preguntó. Está hecho muy buen mozo. Me acuerdo de una vez que vino a casa a merendar. Lo traía loco, cómo la miraba.

—Ahora resulta que todas sabíais que estaba enamorado de mí y nadie me dijo nada.

—Yo sí. ¿No se acuerda?

Maite intentó hacer memoria y negó con la cabeza.

—No me extraña, solo tenía ojos para Alfonso. En qué

hora. Pensar en que pueda llegar a ser alcalde me revuelve las tripas.

—¿Le ves alguna posibilidad?

—Su suegro tiene mucha influencia.

—Ya, el exgobernador sigue mandando. Pobrecita, su hija, lo que debe estar pasando.

—O no. Dicen que es como él. También manda mucho en el partido ese.

—¿Ella, en Alianza Popular?

—Sí, dicen que lo mismo la envían a Madrid.

Al llegar a la casa de calle Uría, Maite estaba descolocada. La impresión de estar comiendo en la cocina con Pilarín le resultaba contradictoria. Por un lado, le era muy familiar, porque se sentía como cuando, de pequeña, sus padres tenían visita y ella debía cenar con Pilarín antes de que empezara a servir la mesa, mientras ultimaba los preparativos del ágape. A Maite le encantaba porque siempre le daba, a escondidas, una ración extra de tarta o dejaba que la ayudara a doblar las servilletas y abrillantar las copas buenas. Pero lo que más le gustaba era que le contara las historias de las vecinas del barrio, de su niñez en El Pito o las diversas versiones, llenas de anécdotas, de su viaje de novios a San Sebastián. Desde que su madre se había revelado tal y como era, al pensar en ella la situaba en su nueva casa y con su nueva pareja, en Cudillero, y el hogar de Oviedo lo asociaba a Pilarín y a su padre. La señora que llevaba la casa, decía haberla parido y vivía con ellos era otra a la que realmente había resultado ser su progenitora.

Mientras charlaban, Maite miraba nerviosa el reloj. Eran

aún las tres y cuarto y estaba deseando que dieran las cinco menos diez para salir a la calle y hacerse la encontradiza con Pelayo. No sabía si su interés por él tenía que ver con una deuda que consideraba que debía saldar o si era auténtico, influido por esa gloriosa transformación física. Tampoco le importaba; lo cierto era que Maite sentía un cosquilleo en el estómago que echaba de menos y una ilusión urgente por volver a verle. Pilarín se dio cuenta de que no paraba de fijarse en la hora. En uno de sus vistazos, se cruzaron sus miradas y Maite se vio en la necesidad de justificarse.

—Tengo que ir a comprar unas cosas a la farmacia. Abren a las cinco, ¿no?

—Sí, o las cuatro y media. Yo también tengo que hacer un recado en la mercería, puedo comprar lo que necesite.

—No, mejor vamos juntas, si te parece, y así damos un paseo.

A las cinco menos diez, Pilarín estaba peinándose la larga melena gris que solía recogerse en un moño. Maite esperaba impaciente, pero no podía pedirle que se apurara, porque en teoría daba igual a la hora que bajaran; no eran ellas las que iban abrir la farmacia, se dijo mientras ordenaba la alacena, por entretener la espera. Veinte minutos después estaban en el ascensor. Maite se miró en el espejo y consideró que se había arreglado demasiado; con esa luz, el maquillaje era excesivo para simplemente dar una vuelta. Su intento de ir arreglada pero informal no parecía haber dado resultado. Dos horas más tarde, la misma luna reflejaba la imagen de una Pilarín exhausta, tras la larguísima caminata, y una Maite también cansada y, para su sorpresa, triste.

Pese a su empeño de recorrer todo el vecindario, no se habían cruzado con Pelayo y su madre.

Durante los días que quedaban para su cita con el que fuera su amigo de la infancia, Maite decidió no salir a la calle a la hora que podría encontrárselo. Con los años había aprendido a evitar situaciones que le provocaran angustia, por absurdas que parecieran, y, por otro lado, quería hacerse la dura. Y temía que el truco de la encontradiza iba a notarse demasiado. Eso sí, a la hora señalada, se apostaba en el balcón de su casa para intentar ver a Pelayo. El primer día que lo vio le dio un vuelco el corazón. Tan alto, tan rubio, con ese Loden verde y arropando a su madre. El tercero, la tarde antes del día de su encuentro, la excitación ilusionada se tornó en disgusto. Una chica de unos treinta y pico años, que se intuía en la distancia muy atractiva, se había unido al paseo. Pelayo y ella charlaban con complicidad, se tocaban un brazo, iban muy juntos. Maite intentó ser cabal y pensar que quizá fuera alguien de la familia. Si tuviera novia, su madre no habría entrado en el juego de Mila Morán. Pero su diálogo interno respondió aportando el detalle de que la pobre Francisca, además del asunto de la cadera, padecía los primeros síntomas de demencia senil. Quizá se había liado.

Maite se incorporó y se escondió detrás de un armarito en el que su madre guardaba las sombrillas. Escrutó los gestos de su amado y, cuando le vio cogiéndola de la mano para cruzar la calle, con cuidado y cariño, tuvo suficiente. Entró en casa y se encerró en su cuarto con el corazón a mil y la cabeza bullendo de decepción y rabia.

22

5 de abril de 1983

La mañana del martes, Mila llegó a su casa de Oviedo con carbayones para desayunar y el *ABC* debajo del brazo. En el dominical del diario, Simone Ortega había citado el arroz con leche de Chez Morán como el mejor de los que había probado. Maite sospechaba que la excusa de traer el recorte el martes, horas antes de su cita, estaba relacionada con su empeño por controlar el estilismo de su hija. Desde su cuarto, aún en la cama, la oyó llegar y hablar con Pilarín, que estaba ilusionadísima con el comentario de la famosa gastrónoma, autora del libro *1080 recetas de cocina*.

—Pero, señora, si yo aprendí con ese libro que usted me regaló a hacer la paella y el bacalao al pilpil.

—Pilarín, la cuestión no es la receta, sino la mano. Yo, por mucho que siga las instrucciones del recetario, jamás seré capaz de hacer una tortilla de patata en condiciones. Te honra tu modestia, pero no se te ocurra ir contando que las recetas las sacas de ahí...

—No, las del restaurante no, esas son de mi madre y mi abuela. El pote, la fabada, los frixuelos, el pastel de pixín, los oricios, el arroz con leche... Todo, menos el cachopo, que es de mi suegra, viene de mi familia.

—Pues eso, mejor no meter a Simone Ortega, aunque quedemos muy honradas. ¿Te parece que le mandemos una carta de agradecimiento y la volvamos a invitar? Yo, desde luego, no la reconocí cuando vino.

—Claro, claro.

—¿Maitina sigue durmiendo? ¿O ya se levantó? ¿Fue ayer a la peluquería, como le dije?

—Duerme, creo.

Maite apareció al fondo del pasillo en pijama, desperezándose.

—Lo de la peluquería queda claro. Maitina, por Dios, que en dos horas te recoge Pelayo. Haz algo con esos pelos, que pareces un cartujo.

Maite llevaba un peinado corto, casi rapado por los lados y con un enorme flequillo que necesitaba domar para darle cierto estilo. Después de la visión de la chica de la larga melena rubia agarrada a Pelayo, se esforzó para que la cita con su amigo perdiera todo interés romántico. Desde entonces, había estado dándole vueltas a su arrogancia. A la de sus catorce años, por despreciar a ese chico intelectual, divertido y sensible que estaba enamorado de ella, y a la de treinta y un años después, por suponer que seguiría interesado por alguien como ella, cuando tenía la oportunidad de estar con cualquier chica a la que sacara un par de lustros.

—Dos horas y media. Mamá, no te empeñes, que es un

amigo. Recordaremos anécdotas del pasado, me daré una vuelta y listo. Obviamente no va a seguir enamorado de mí. Supongo que, si quiere tener pareja, buscará a una de treinta con la que formar una familia, y no a un vejestorio como yo.

Maite soltó la parrafada mientras engullía un carbayón, mordía otro y cogía un tercero, que mojó en el tazón de leche que se había servido. Mila miró extrañada a Pilarín, que se encogió de hombros. Le chocaba la parrafada fatalista de su hija, pero aún más esa gula. Maite era de desayunar un café con un yogur y jamás probaba la leche supernatada que traía Pilarín de su finca.

—¿Estás bien? ¿Has dormido?

—Estupendamente. Nunca he estado mejor.

—Pues me alegro, y también de que tengas ese apetito. En mi cuarto hay unos pantalones de montar que hacen un tipo excelente y unas botas. No admito discusión.

—Mamá, que no vamos a la hípica. Es montar caballos salvajes...

—Un pantalón de montar nunca estorba y creo que no has oído mi última frase. Está perdiendo usted el oído, señora, con la edad. A ver, sonríe. No, así no, con los dientes, con tu sonrisa preciosa. Muy bien.

A las 10.28 sonó el telefonillo. Maite estaba en su cuarto. Su madre gritó: «¿Contesto?». Maite respondió, sin poder evitar una oleada de nerviosismo: «Dile que ahora bajo». Pilarín, desde la terraza de la cocina, observaba cómo Pelayo esperaba nervioso, alternando el peso del cuerpo de una pierna a la otra e, igual que tres décadas atrás, mordiéndose las uñas. Oyó a Maite despedirse con un «volveré pronto» y, a continuación, los pasos de su madre, apresurados, para unirse al fisgoneo. Intuyeron que Maite había llegado al portal cuando Pelayo dejó de devorarse los dedos y cambió su postura para apoyarse en la pared de las escaleras, poniendo la planta del pie sobre el muro. La sonrisa que le iluminó cuando vio aparecer a Maite hizo que ambas se miraran triunfantes. Fueron a darse dos besos, pero en el intercambio hubo un segundo en el que hubiera podido sellarse uno en los labios. Pelayo tenía aparcado su Land Rover verde frente al portal. Le abrió la puerta del copiloto a Maite y, al dar la vuelta para subirse, lanzó una breve mirada, sonriendo, hacia arriba, donde ellas estaban observando.

—¿Nos vio?

—Me temo que nos tiene caladas desde hace muchos años. Da igual. Ay, Pilarín, esto marcha. A ver si a esta hija mía se le quitan las tonterías de la cabeza y no mete la pata. ¿Tú sabes qué mosca le picó antes?

—Los caminos de la señorita Maite son inescrutables, señora. Desde la fiesta está muy esquiva.

Los primeros veinte minutos de camino en el coche fueron tensos. Maite reconocía que estaba siendo poco madura; actuaba como cuando algo le sentaba mal de Roberto, mostraba su malestar sin explicar la causa y esperaba que su novio adivinara en qué había fallado. La noche anterior, tras reflexionar sobre su enojo, había llegado a la conclusión de que era ridículo. Pelayo la había invitado a montar a caballo y a comer en un día entre semana en el que su novia o lo que fuera probablemente estaría trabajando. Que ella considerara que era una cita amorosa era su problema. En cualquier caso, no podía evitar estar seca y, si eran amigos, había confianza suficiente para estar callados. Después de que Pelayo se rindiera y dejara de intentar mantener una conversación cordial, el larguísimo silencio hizo a Maite reflexionar y rectificar. Decidió, parafraseando mentalmente a su madre, dejarse de niñerías.

—¿En qué estás trabajando ahora? ¿Planeas escribir otro libro?

Maite notó como Pelayo la miraba extrañado pero con alivio. Y tuvo que reconocer que se había pasado.

—Sí, lo bueno de mi trabajo es que puedo seguir investigando, escribiendo y haciendo algún artículo desde casa. También doy clases dos veces por semana en la universidad. Ahora estoy escribiendo sobre Dahshur; a raíz de los descubrimientos que hicimos, hay mucho que contar.

—Supongo que te costó adaptarte a Oviedo. ¿Has hecho amigos, te has integrado?

—Integrado, sí, aunque yo soy bastante solitario. Pero no tengo mucha gente con la que salir, y tampoco la busco. Un par de amigos de la universidad y poco más; de nuestro grupo de la adolescencia no he recuperado a nadie. Trabajo por la mañana, hago la comida, saco a pasear a mi madre y a veces viene a vernos Marta.

—¿Marta? —interrumpió Maite, sin poder reprimirse.

—Sí, mi prima segunda. Hija de mi prima Berta. ¿Te acuerdas de ella?

—Sí, claro. Era un bellezón. Recuerdo su melena rubia,

me daba muchísima envidia. Tuvo una hija con síndrome de Down, ¿no?

—Marta. Se parece bastante a ella, tiene el mismo pelo y color de ojos, verdes verdes. Hoy mi madre se ha quedado con ella. Se adoran y a mí me ayuda mucho. Es muy divertida, me río como nunca con ella en nuestras caminatas. Si no es conmigo y mi madre, se niega a salir.

Maite sonrió y advirtió como Pelayo la miraba de reojo. Se recompuso, porque entendió que no era normal esa alegría.

—Es enternecedora, sí, un día de estos puedes unirte al paseo y la conoces.

Maite intentó controlarse. Su primer impulso fue paliar, con una simpatía arrolladora, su mutismo inicial. Pero fue moderada; no quería que Pelayo pensara que estaba loca, aunque no estaba segura de si no sería ya demasiado tarde.

El resto del trayecto transcurrió con ambos contando anécdotas de su vida que convergían en algunos aspectos como el de no haber tenido hijos, acercarse a sus madres ya entrados en la madurez y emprender proyectos en los que pocos creían (en el caso de Pelayo, una excavación arqueológica que había hecho historia). A Maite le gustó la forma de contar la historia de ese hombre que reconocía en algunos gestos, pero que rezumaba una seguridad que le resultaba ignota. Le seducían su modestia, su manera de reírse de sí mismo, esa ironía que ya tenía de joven y lo honesto que parecía haber sido desde que entró en el competitivo mundo de Oxford. Pero lo que más le reconfortó fue que había pasado de puntillas por sus dos relaciones amorosas serias. Eso confirmaba que sus intenciones, *a priori*, podían ir más allá de la amistad. Maite observaba sus propias elucubraciones con asombro, como una tía que escucha a una sobrina adolescente hablar sobre el chico que le gusta y recuerda lo que sentía cuando ella se enamoró por primera vez. Tras la ruptura con Roberto, había tenido algunas aventuras que no habían durado más de unos meses. Reflexionando, se daba cuenta de que, si era sincera, de Roberto no había estado realmente enamorada; le había querido mucho, se habían llevado bien, pero, si sus tripas no la engañaban, lo que le estaba ocurriendo con Pelayo se parecía a ese pellizco delicioso del amor por el Alfonso adolescente. Se decía que era imposible, que lo había visto tres horas, pero su conexión de décadas atrás parecía haber construido el sustrato para que la pasión naciera.

Llegaron a la finca que Pelayo había heredado de su padre y aparcaron al lado de las cuadras. A lo lejos se distinguía el torreón de la casa. Parecía que acababan de restaurar la cubierta, que destacaba, con tejas verde musgo, entre el resto de los caseríos que se veían diseminados por el valle. Maite se sentía torpe con las botas de montar, porque le quedaban pequeñas y no estaba acostumbrada a ese calzado tan invernal. En Marbella se pasaba casi todo el año en alpargatas. El establo estaba impoluto y los caballos brillaban y relinchaban reconociendo a su amo. Pelayo le dio una manzana a Maite y la animó a acercarse al blanco, mientras acariciaba el cuello de uno marrón, imponente.

—Luego te presento formalmente a Furia, pero antes saluda a Toghai. Os vais a llevar bien, seguro, os parecéis. Es, además de guapísimo, tranquilo, inteligente y noble... Y cariñoso.

Maite acercó la manzana a la boca del caballo, pero, cuando el animal fue a cogerla, dio un salto hacia atrás.

—Tranquila, mi idea era que los conocieras y listo, pero al verte así vestida he supuesto que en este tiempo habías aprendido a montar...

—Ha sido idea de mi madre lo del modelito. Sigo sin saber montar. A ver, lo he hecho unas..., no sé, diez veces en mi vida, pero hace unos veinte años que no veo un caballo.

Soltaron una carcajada y Pelayo, resuelto, colocó la montura a Furia, subió a la silla de un salto y Maite enmudeció. Ese hombre estaba hecho para vivir sobre un animal como aquel. Su antebrazo en tensión, casi del color de Furia, parecía una prolongación del cuello del caballo, tenso, fibroso.

—¿O prefieres no montar?

—Perdona, ¿qué decías? —Maite había sido incapaz de oír la primera parte de la pregunta.

—Que con la escalera puedes subir fácilmente. Daremos un paseo corto, si te apetece, claro.

—O largo.

Maite se subió sin saber si debía acercarse o no, pero Pelayo le indicó, decidido:

—Júntate todo lo que puedas y ve inclinándote como yo. Furia debe notar que somos uno.

Maite obedeció. El paseo empezó tranquilo; pasaron por delante de la casa, bajaron un camino empinado que hizo que ella tuviera que, prácticamente, subirse a la espalda del jinete, cruzaron un riachuelo y llegaron a un valle inmenso, en el que era difícil distinguir el horizonte. Pelayo apretó las piernas, aflojó las riendas y puso a Furia al trote. Después de un rato, cuando Maite se sentía segura y empezaba a disfrutar, él gritó: «¡Agárrate!», y se lanzaron en una cabalgada que durante unos segundos asustó a Maite por su potencia para llevarla a un estado de abandono, placer y libertad que era nuevo para ella. Efectivamente, prendida a la cintura de aquel hombre, se sentía una con él y hubiera continuado así hasta la muerte. Cuando Furia volvió al trote, Maite no sabía el tiempo que había transcurrido. Fueron aminorando el paso hasta detenerse. Pelayo bajó del caballo y ofreció sus brazos extendidos a Maite para tomarla por la cintura. Al hacerlo, ella pensó que él iba a besarla, era lo que deseaba en ese instante: seguir abrazada y unirse plenamente a él. Por su expresión, parecía que él sentía lo mismo, pero Maite intuyó que el Pelayo tímido adolescente seguía oculto tras la apariencia del aventurero valiente, arrojado, sudoroso y aguerrido que en ese momento la dejaba en el suelo.

Él cogió la manta que había puesto sobre la silla de montar y la extendió en la hierba. Sacó un cigarrillo. Maite, que le miraba con disimulado embeleso, soltó una risita.

—¿De qué te ríes? ¿De mí?

—No, no.

—Ya, ya, era broma. ¿Qué se te ha ocurrido?

Maite, apurada, se sentó a su lado.

—Que así, con la cazadora y encendiendo el pitillo, te pareces al Hombre Marlboro.

—Me han dicho que me parezco a mucha gente, pero esto nunca.

—¿Con quién te han encontrado semejanza?

—Nada, tonterías. En Egipto, a los rubios nos comparan con las estrellas de cine.

—A ver... ¿con Robert Redford?

—Exacto.

—Es que tienes un aire, pero eres muchísimo más guapo.

Maite era poco aduladora con los hombres, pero con Pelayo se veía en la necesidad de dar a entender que le gustaba. De romper el karma de no haberle hecho caso de joven, haber escogido al patán de Alfonso y romperle el corazón. Con él intuía que, por primera vez en su vida, iba a tener que ser ella la que diera el primer paso, por justicia poética.

—Tú sí que eres guapa. Qué bien te sienta cabalgar, y a esos mofletes, bueno, pómulos sonrosados.

Maite sonrió y notó que se sonrojaba aún más. Se tumbó sobre la manta con un brazo doblado bajo la cabeza y el otro pidiendo a Pelayo que le pasara el cigarrillo. Habitualmente no fumaba. Lo había dejado un par de años antes, pero le parecía que el gesto confería una intimidad que necesitaba propiciar. El humo se mezclaba con el olor a hierba. Pelayo se tumbó a su lado y ella recordó sus charlas en la playa, mirando el sol.

—¿Te acuerdas cuando nos tirábamos horas charlando en Aguilar?

—Sí, bajo la estricta mirada de Pilarín, no fuera a ser que me sobrepasara. Aunque...

Maite se rio y giró la cara hacia él, que miraba al cielo.

Pelayo se incorporó y apagó el cigarrillo en la tierra mientras terminaba la frase:

—… ganas no me faltaban.

—Bueno, ahora no está Pilarín.

Pelayo la miró a los ojos con una sonrisa que a Maite le resultaba familiar y acogedora. Intensificaba el hoyuelo de su barbilla y esas arrugas que, como un paréntesis, le enmarcaban la boca. Se agachó con delicadeza para besarla y la agarró de la cintura para atraerla hacia él. Maite sintió cómo el antebrazo de Pelayo le rodeaba las caderas y sus dedos se le clavaban en los glúteos. Ella curvó instintivamente la espalda y se dejó llevar. Una ola de electricidad le golpeó el cuerpo. Nunca había sentido algo así. La seguridad de aquel hombre rompía los cánones de esa torpeza inherente a los primeros encuentros. Los besos eran húmedos, tiernos y llenos de sexo, con la confianza de dos amantes experimentados y la excitación de la novedad. Pelayo la apretó contra sí y ella rodeó con la pierna sus caderas. Se acariciaban, lamían, mordían suavemente. Él le desabrochó el sostén y, como dos adolescentes, empezaron a sobarse por encima de la ropa y a frotarse con una fogosidad que producía en Maite una excitación tal que le hacía difícil controlar sus manos para no bajarle la cremallera de los vaqueros. En un instante en el que consiguió atenuar ligeramente el ardor, abrió los ojos y, más allá de la deliciosa expresión de arrebatamiento de un Pelayo entregado y dedicado, oteó el valle; estaba vacío, pero le vino a la mente la idea de que alguien podía sorprenderlos en tan comprometida situación. Pelayo notó el cambio de energía, abrió los ojos y murmuró: «No te preocupes, estas tierras son de la familia, aquí no viene nadie». La besó y volvió a separarse para mirarla, cariñoso y serio.

—Pero podemos volver, quizá estás incómoda.

—No, no, estoy bien. Bueno, mucho más que bien.

Pelayo volvió a tumbarse sobre la manta y Maite se acurrucó apoyando la cabeza en su axila y posando la mano en su pecho. Él la rodeó con el brazo, la atrajo hasta pegarla a su cuerpo y le besó el pelo. Maite volvió en sí tras ese tiempo, que ignoraba cuánto había sido, pero por el hambre que tenía calculaba que quizá dos horas, en el que se vio transportada a otra dimensión. La envolvió una timidez, cierta incomodidad que le hizo romper el silencio que, hasta entonces, le había resultado natural.

—Parecemos adolescentes.

—Desde luego. Supongo que estamos quemando fases que tú y yo teníamos pendientes. Es curioso que hayamos roto el hielo así, aquí.

—Espera, acabo de caer… ¿Este es el prado en el que estuvimos el día aquel que me intentaste besar y yo, que era una tonta, te dije que iba a comprometerme con Alfonso?

—Exacto.

—¡Dios mío! Lo siento.

—¿El qué?

—Pues todo. Haberte hecho daño, no haberte besado, decirte esa estupidez teniendo en cuenta que Alfonso no me había dicho nada de salir aún. Era un empeño que tenía.

—Pero te salió bien el deseo, al poco tiempo os hicisteis novios.

—Sí, la verdad es que siempre que doy por hecho, que verbalizo algo que quiero que ocurra, termina pasando.

Maite no sabía si continuar o cambiar definitivamente de tema, y Pelayo tampoco estaba seguro de si tenía ganas de romper la magia hablando del primer novio de su primer amor.

—En ese caso, me podía haber callado...

—Entiendo que no te hizo feliz ¿nunca?

—Fui feliz a ratos, porque imaginaba que él era como yo quería, pero no porque encajáramos ni él pusiera de su parte.

—Lo siento...

Maite le miró y soltó una carcajada con sarcasmo. Él la contempló serio.

—De verdad. Me gustaría que hubieras estado tranquila y viviendo un amor a la altura de tu entusiasmo por él, como merecías.

Maite no sabía qué responder. Pelayo parecía sincero, pero a esas alturas de su vida mantenía cierta reserva; sabía de lo que un hombre era capaz para lograr algo que se le hubiera resistido. Estaba claro que, tras una existencia llena de objetivos conseguidos y sueños rematados, ella era una cuenta pendiente para Pelayo. Se acercó, le besó los labios y se juró mantener fría la cabeza esta vez.

23

12 de noviembre de 1983

Maite era una mujer de palabra, con una fuerza de voluntad encomiable, pero a veces se fallaba a sí misma cuando se trataba de cumplir propósitos. Ocho meses después de aquel encuentro en la hierba con su enamorado de juventud, indicaba a los operarios de la mudanza dónde colocar sus muebles en la casona familiar de Pelayo. No eran muchos; simplemente un par de mesitas de noche de Le Corbusier, el colchón de dos metros por dos hecho a medida y, eso sí, todo su vestidor. Covadonga, como en todos los momentos importantes de su vida, la acompañaba.

—Hacéis bien guardando la cama con dosel.

—Sí, era de la bisabuela de Pelayo.

—No me refería a eso; pensaba en que fue donde... No se me ocurre ninguna metáfora. Donde os acostasteis por primera vez.

—¡Qué cosas tienes!

Maite intentaba disimular el vértigo que sentía. Era una

mezcla entre ilusión palpitante y miedo. Le resultaba ilógico y le recordaba a cuando se marchó de Asturias para instalarse en Torremolinos. Pensó que quizá el tiempo había dulcificado el recuerdo, pero tenía la impresión de que la inquietud actual era más profunda que cuando aterrizó en el aeropuerto de Málaga. Ante los demás necesitaba aparentar seguridad, la certeza inquebrantable de que abandonar el mundo del glamour y los negocios para refugiarse en el campo con el que parecía el hombre de su vida era la mejor decisión posible. Covadonga llevaba un rato en silencio, viendo a Maite moverse de un lado a otro, como si colocara objetos.

—Estás acojonada, ¿no? No, no…, no respondas, porque me contarás una milonga. Lo de Pelayo no es un espejismo, va a salir bien y Marbella era un pozo. Adela y Börj van a seguir con el negocio de maravilla y están felices.

—Lo sé, lo sé, pero no puedo evitar tener ciertas dudas indefinidas…

Maite cortó la frase. Se oía de fondo la voz grave de Pelayo dando instrucciones a los operarios, liderados por Pepón.

—No, por favor, esas cajas no las metan en esa habitación, van en la del fondo. Todo lo que no se haya limpiado previamente de polvo va al trastero. Tengan cuidado con eso porque mi mujer es alérgica. Se lo agradezco.

Maite miró ilusionada a su prima.

—No se puede ser más detallista.

—¡Cómo te cuida!

En ese momento entró él en el cuarto portando dos sillas con una mano, como el que acarrea una manta, liviano y hábil. A Maite le encandilaban por igual tanto detalles como ese de su facilidad para el trabajo físico como otros relativos a su personalidad. Le gustaba cómo trataba a la gente, cómo la cuidaba silenciosamente, reparando en cuestiones que ni a ella misma se le hubieran ocurrido, y cómo afrontaba su relación con una naturalidad (le encantaba oírle decir «mi mujer») que hacía que todo fluyera como si el destino los guiara.

Pelayo dejó las sillas Ghost de Philippe Starck en una esquina y, con un gesto, preguntó a Maite si le gustaban allí. Ella asintió y él se acercó para besarla en los labios y rodearle la cintura mientras le susurraba: «A ver si acaban pronto y estrenamos tu cama». Ella sonrió y se apretó más a su pecho, le encantaba ese leve olor a sudor que emanaba de su cuerpo. Le hacía revivir sus sesiones interminables y salvajes de sexo, en las que disfrutaba como nunca lo había hecho con anterioridad.

—También podemos decirles que terminen más pronto…

—Buena idea.

Covadonga, que estaba presenciando la escena, se ofreció a ayudar y así dejarlos solos.

—Ya voy yo. Entiendo que lo que queréis es que se centren en la cama, ¿no? Lo demás que lo dejen para mañana. En cualquier caso, ya casi va a anochecer.

En ese instante entró Pepón en la estancia, transportando una lámpara llena de polvo que puso sobre la mesilla de noche. Pelayo le miró serio, estaba claro que no se llevaba bien con él. Maite lo achacaba a que Pepón tendía a no hacerle caso ni a él ni a Maite; la seguía viendo como la niña que había crecido con ellos y la trataba con un paternalismo al que estaba acostumbrada, pero que desagradaba a su novio. Pelayo afirmaba que no tenía que ver con eso, que había algo en él que le producía desconfianza. En eso coincidía con Covadonga; siempre se había llevado mal con el esposo de Pilarín, pero Maite le tenía un cariño familiar, como a un tío chapado a la antigua: machista, sabelotodo y autoritario, pero de buen fondo.

—Pepón, de momento no vamos a meter nada en este dormitorio, aparte de la cama. Esa lámpara está sucia…

Pepón sacó un trapo mugriento y empezó a sacudir la pantalla de tela roja, creando una nube de ácaros.

—Bah, no tiene casi nada. La señorita Maite anda con la manía del polvo desde pequeña.

—No es una manía, es alergia —protestó Covadonga.

Pelayo cogió la lámpara, lanzó una mirada enfurecida al hombre y salió de la habitación con ella en la mano. Pepón se lo quedó mirando con una sonrisita que a Maite le sacó de quicio. Le había visto contestar así a Pilarín más de una vez. Ya en el umbral de la puerta, dirigiéndose hacia ella, remató:

—Bueno, voy marchando. Con las pastillas esas se le quita lo del polvo, ¿no? ¿Quiere que le traiga mañana?

Maite estaba a punto de contestar, pero Pelayo se le adelantó. Sacó la billetera y, mientras le pagaba lo acordado por los dos últimos días de arreglos y mudanza, le despidió.

—La idea es que no tenga que tomar la medicación. Mañana no hace falta que vengas. Ya te llamaremos.

Dos semanas más tarde, Maite y Pelayo estaban sentados en el porche de su nuevo hogar. Habían acabado de comer, Francisca estaba echando la siesta y ellos disfrutaban de ese sol tenue del otoño asturiano y de las vistas del valle verde y silencioso, salpicado con la figura de los caballos. La casa ya estaba acondicionada. En la planta baja se había instalado Francisca con Gladys, la cocinera cubana que llevaba toda la vida trabajando en la casa y que era quien se ocupaba de ella. También había una habitación para la prima Marta, que iba de vez en cuando. En la primera, los novios habían construido su espacio. Había sitio más que suficiente: dos salones, tres dormitorios y una sala de juegos que Pelayo había convertido en su despacho. Maite decidió tomarse un tiempo para ver a qué se dedicaba, aparte de llevar las cuentas de sus alquileres y supervisar los negocios. Estaba encantada leyendo, aprendiendo a montar, paseando, visitando a menudo a su madre y consagrando los días a lo que le ocupaba la mayor parte del tiempo: retozar con Pelayo, quien, excepto los martes, cuando impartía su clase en la universidad, trabajaba en casa escribiendo. Maite nunca imaginó que en su relación iba a mandar la sensualidad por encima de todo lo demás, pero ver, oler, sentir el roce de Pelayo la llevaba a un estado alterado al que no podía ni quería resistirse. En ese momento, con el café, tumbados en el sofá del porche, arropada por los brazos de su amante, que empezaba a bajar su mano hasta acariciarle el pecho, con el pezón ya inhiesto, la visión de la furgoneta Dyane 400 blanca de Pilarín le resultó de lo más inconveniente. Su idea era, como ya habían instaurado, acabar el café y las caricias para seguidamente entrar en la casa y pasar la hora de la siesta explorando las distintas formas de hacer el amor en las que ella y Pelayo se compenetraban en una sincronía mágica.

Cuando vio salir de su recién comprado coche a una Pilarín sudorosa y ofuscada, ambos se levantaron preocupados, pensando en Mila.

—¿Qué ha pasado? ¿Mi madre?

—No, no, la señora está bien.

Maite respiró tranquila y se acercó a Pilarín, que, claramente, había estado llorando. La acercó a ella cogiéndola por los hombros. Pelayo no se atrevía a intervenir, prudente, intuyendo que quizá se trataba de algún problema familiar en el que su presencia estorbaba.

—Tranquila. Ven, siéntate. ¿Quieres una tila?

Pilarín negó con la cabeza.

—No, no, no quiero molestar.

Pelayo fue hacia el interior de la casa mientras decía en voz baja: «Ahora te la traigo, os dejo un rato tranquilas». Maite le había contado que Pepón y Pilarín solían discutir y que él, a veces, se volvía violento. Pilarín afirmaba que jamás le había puesto la mano encima, que se «limitaba» a lanzar un vaso contra la pared o a dar un puñetazo a una puerta, pero ellos no tenían claro que fuera así.

—¿Qué ha pasado? ¿Uno de los arrebatos de Pepón?

—No.

Maite no quiso presionar. Se limitó a cogerle la mano y estar en silencio. Pelayo llegó con la infusión y le hizo un gesto a su novia para ver si sobraba; ella le animó a sentarse a su lado. Pilarín tomó un sorbo y se lanzó.

—Alfonso compró la casona de Muros.
—¿La nuestra? Quiero decir: ¿la que era nuestra?
—Sí.
—Pero si hace tres meses hablé con los dueños y me dijeron que no tenían intención...
—Incluso les hicimos una oferta económica por si cambiaban de opinión. Queríamos recuperarla —intervino Pelayo.
—El hijo es amigo de Alfonso. Se lo contaron y él pagó el doble, con la condición de que lo mantuvieran en secreto.
—Hijo de puta —farfulló Pelayo.

Maite miró a Pilarín con dureza. Le resultaba difícil de creer que hubiera estado al tanto y no les dijera nada.

—No, señorita. Yo no lo sabía. Me enteré anoche.

Maite se relajó y le apretó la mano.

—No, no, claro, ya imaginaba...
—Ayer llegó Pepón borracho a la casa. Yo, cuando viene así, marcho pa Oviedo, a su casa.
—Que es la tuya.
—Gracias, señorita. Dijo que tenía que contarme, así que, para no enfadarle, quedeme. Resulta que Alfonso prometió darle un jornal como encargado de la finca y su secretario personal. Ellos desde hace tiempo tuvieron contacto. Yo nunca pregunté. Solo una vez... ¡Ay, Maitina! Pero eso viene luego.
—Eso, Maitina, nada de señorita. Pero me estás preocupando.
—Bueno, pues resulta que Alfonso se echó atrás y no le dará el trabajo, así que él, mi esposo, ayer me lo contó y yo vine en cuanto pude.

—Pero ¿está firmada la venta? —intervino Pelayo.

—Sí, ayer. Bien que se ocupó Alfonso de decirle que no le daba el trabajo cuando estuvo todo atado. Yo sé la ilusión que le hacía a usted recuperar su casona. Ese Alfonso es un sinvergüenza.

—Y tu marido, con todo el respeto, tampoco se queda atrás —apostilló Pelayo con una dureza serena que Maite apreció.

—Ese es peor. Le voy a pedir el divorcio. Tenía que haberle hecho caso antes, señorita.

—Pues sí. Mira, si esto sirve para que te separes del patán ese, demos por buena la reventa de la casa. Por cierto, que no había visto el nuevo coche… Estás hecha una potentada. Lo siguiente, la casa en la playa, y tú, a tu aire. Sola.

A Pilarín se le iluminó el rostro por un instante. Efectivamente estaba ganando mucho dinero; había optado por aceptar la oferta de ser socia, en vez de tener un sueldo fijo, y se sentía muy orgullosa de sus logros. Lo primero había sido sacarse el carnet de conducir y comprarse la furgoneta que le permitía moverse sin depender de su marido, ni sufrir los eternos trayectos en el autobús interurbano para visitar a su hermana o trasladarse a Oviedo.

—¿Le gusta la furgoneta? Mis buenas pesetas me ha costado. El restaurante es que va muy bien…

—Es estupenda. Además, puedes cargar de todo, así no tienes que esperar a que te lleven la mercancía de los pueblos.

—Tres costillares de ternera cargué el otro día.

Tras un silencio, Pilarín volvió a la gravedad.

—¡Ay! Yo espero que me entiendan. Llevo años con esto clavado en el alma, pero no quería que metieran preso a Pepón...

—Sea lo que sea, no pasa nada, yo jamás me voy a enfadar contigo.

—Dios la oiga. ¿Usted se acuerda de las cartas de su padre que Alfonso le llevó a Marbella?

Maite asintió y le hizo un gesto de «ya te contaré» a un Pelayo desconcertado. Pilarín rompió a llorar. Entrecortadamente, confesó que habían estado en la casina de guardeses de Muros, donde el padre de Maite pasaba días en compañía de Pepón. Se habían quedado en un cajón. Pepón, de vez en cuando, hacía trabajos para Alfonso y, en una de las conversaciones, le contó que había un par de cajas con cosas del señor que había descubierto recogiendo el trastero. Que las llevaría a Oviedo uno de esos días. Alfonso le pidió verlas, él se resistió, pero tras unas sidras fueron a abrirlas. Cuando vio que había un archivador con la etiqueta de «Cartas a Maite», Alfonso le ofreció diez mil pesetas a Pepón, comprando las misivas y su silencio. Pepón apareció días después de aquello con un reloj Omega. Pilarín, conociéndole, le interrogó hasta que consiguió sacarle la confesión.

—Estuve tiempo pensando en qué hacer. Aquello era un robo. Pero por entonces yo no sabía cómo era Alfonso y creí que tampoco era malo... Pepón me dijo que Alfonso se las daría a usted; si se las hubiera quedado, sería otra cosa.

—No te disculpes, te entiendo perfectamente. Esa sabandija tenía engañado a todo el mundo.

—Lo que no me cabe en la cabeza es esa inquina contra usted.

—Ni a mí… Supongo que es porque le rechacé.

—Yo creo que va más bien por el señor Pelayo…

—Pues sí, supongo que no soporta que esté con un hombre que ha salido en el *The New Yorker*. Cosmopolita, inteligente y…, mejor no sigo.

—Y, con su permiso, guapo. Que, antes de que usted volviera, tenía locas a todas las chicas de Oviedo.

Los tres soltaron una carcajada y Maite le dio un abrazo a esa mujer que tanto la había cuidado. Pelayo se disculpó, alegando que iba a ver si cómo andaban su madre y Marta, pero realmente lo que quería era dejarlas a solas un rato y reflexionar sobre toda la información que acababa de recibir. Maite agradeció que Pilarín tuviera que marcharse para atender el restaurante; estaba deseando entrar en la casa y hablar con su novio. El asunto de las cartas no se lo había contado. Se percató de que, aunque habían tenido largas conversaciones sobre su vida pasada y alcanzado niveles de intimidad propios de un matrimonio que cumpliera sus bodas de plata, había cosas que, en esos meses de relación, se habían quedado en el tintero. La pasión y la complicidad habían sido arrolladoras, pero, con detalles como aquel, Maite notaba que, en algunos aspectos, se hacía patente el poco tiempo que habían pasado juntos. También lo apreciaba en los arrebatos de inseguridad que la invadían de vez en cuando. Era todo tan perfecto que le acechaba la sensación de que Pelayo acabaría por descubrir algo que le desenamoraría, y era especialmente cuidadosa con todo lo referente a Alfonso. Quería que tuviera una idea general, pero evitaba ahondar en los detalles.

Entró a la casa y fue al salón de Francisca, buscándole. Su suegra estaba con Gladys y Marta, en animada charla. Ella apoyaba con entrega su relación, estaba feliz de que su único hijo estuviera con una mujer como Maite, y su deseo de no molestar, aunque compartieran casa, era enternecedor; consiguió que su nuera la adorara.

—Pelayo está arriba. Anda, sube, que te estará echando de menos. Llévate estas filloas, que antes le he ofrecido, pero andaba raro.

Maite subió a la primera planta y se encontró a Pelayo sentado en el sillón de cuero verde de la biblioteca, meditabundo. Le dio una punzada en el corazón, nunca le había visto así. Respiró hondo y pensó que debía acostumbrarse; hasta entonces todo había sido enajenación sensorial, diversión e ilusiones. Enseñarle Marbella, descubrir juntos el Madrid de Covadonga, hacer excursiones deliciosas por Asturias... Ella intuía que con él cualquier dificultad iba a ser liviana, pero no podía evitar una cierta inquietud al verle con esa expresión taciturna.

Se giró hacia ella y el ceño fruncido mutó en esa sonrisa que dibujaba unos paréntesis que enmarcaban el punto de su barbilla. Se levantó, le acarició ambas mejillas y la atrajo hacia él para besarla. A Maite le arrebataba que sus besos jamás se quedaran en un roce de labios. Si unían sus bocas era para fundirse. Cuando se lo comentó, él le respondió: «Besarse es algo muy serio, no puede quedarse en una formalidad». Pelayo la miró grave, apartándose un poco.

—¿Cómo estás, mi amor?

Maite se recogió el pelo en el lado derecho y acarició la melena suelta de Pelayo, que le cosquilleaba los hombros casi al descubierto por su camisa de cuello barco.

—Bien. Hombre, no puedo negar que me da rabia que ese imbécil quiera fastidiarme de esta manera, pero creo que lo más inteligente es que nos olvidemos del tema. Es mejor no malgastar ni un ápice de energía en pensar en él, ¿no te parece?

—No, esto es la guerra. Tú no te preocupes. Efectivamente, lo mejor es que no pienses en el asunto, pero yo no lo voy a dejar así. Ha escogido un rival que no tiene ni idea de lo que es capaz.

—Me estás asustando... —dijo Maite con una mezcla entre temor impostado y algo primitivo que la hacía disfrutar de que su amor se encargara de vengarla. Tras ese primer arrebato romántico, reconoció que el ajuste de cuentas también conectaba con el enfrentamiento de ambos hombres desde la adolescencia. Eso le hizo sentirse menos culpable y a su vez redujo su entusiasmo telúrico.

24

22 de septiembre de 1984

La paciencia y el tesón eran dos cualidades que siempre habían acompañado a Pelayo. También estaba acostumbrado a encontrar caminos que le llevaran a dar rápida y certeramente con su objetivo, así que durante los días posteriores a lo que decidió bautizar, en la intimidad, como «el gran fallo de Alfonso», se dedicó a investigar posibles frentes por los que atacar. Le pidió a Maite que le contara todo lo que se le hubiera quedado en el tintero respecto a Alfonso. Covadonga se unió al encuentro, «por si a Maite se le pasa algo». Ella se había convertido en la gran aliada de Pelayo en esa misión e insistió en que su prima volviera a narrar todo lo que recordara, aunque ya lo hubiera relatado varias veces. Maite notaba que a Pelayo no le resultaba fácil escuchar los desplantes de su ex, pero aún menos ver cómo ella se había dejado humillar una y otra vez.

En su primera versión de la historia, ella había obviado algunos puntos que la dejaban en mal lugar, pero Covadonga fue implacable y allí estaba, como la voz de su conciencia, apostillando con pormenores poco favorecedores para Maite. A lo largo de esas noches de charlas que se le hacían interminables, Maite corroboró que Pelayo era la persona con la que quería estar. Fue sensible, discreto, cariñoso, pero a la vez mantuvo la distancia que se espera de una pareja; estaba claro que el papel de amigo con el hombro siempre disponible había quedado atrás.

Durante las semanas siguientes, Maite sospechaba que su novio seguía dándole vueltas a cómo hundir a Alfonso, pero, por encima de todo, a la manera de recuperar la casa que había pertenecido a cuatro generaciones de los Morán. El tema no salía a colación en sus conversaciones y ella lo agradeció, porque hubiera empañado esas charlas deliciosas mientras paseaban por el bosque, buscando setas, o esas mañanas en las que madrugaban, desayunaban y volvían a la cama para retozar y quedarse hasta la hora de comer abrazados, intercambiando anécdotas de su pasado por separado o del conjunto de su infancia que a Maite le venían a la mente con destellos de detalles que creía haber olvidado. Pormenores que la hacían entender por qué se sentía tan comprendida y tan adorada, tan cerca y tan enganchada a ese hombre, a sus brazos, su mandíbula, su pelo y sus muslos. En él se sentía bella, inteligente, ingeniosa. Le hacía verse realmente como la diosa que él afirmaba que era.

El 25 de septiembre se festejaba el aniversario de la apertura de Chez Morán y, unos días antes, habían llegado a Oviedo Claudia y Anja. Todos los años asistían a la celebración de esa efeméride, aunque sus viajes a Asturias eran frecuentes para visitar a Mila y Hugo. Con Maite allí, tenían un motivo más que sobrado. Claudia tenía poco tiempo libre; su cargo como asesora de Interior del Partido Socialista no le dejaba la libertad que quería, pero su amistad con el filósofo Gustavo Bueno le servía, dado su carácter responsable y su vocación por el servicio público, como excusa para no sentirse culpable por tomarse unos días de vacaciones.

La pareja se alojaba en casa de Maite y Pelayo, y aquella tarde de mediados de septiembre se habían refugiado en la soleada galería, decorada con vidrieras de tulipanes, en la que les sobraba la rebequita típica de esas horas de sobremesa. Las dos parejas conversaban sobre vaguedades. Anja y Maite glosaban las bondades de vivir de las rentas, Pelayo y Claudia hablaban sobre sus experiencias como colaboradores de prensa: él, en la revista *Cambio 16*, con reportajes sobre historia, y ella, con columnas de opinión esporádicas en *El País*. Maite las notó distantes. Anja parecía achacar a su pareja estar demasiado volcada en el trabajo y Claudia respondía con indirectas, dando a entender que la alemana no comprendía la relevancia de su misión.

Oyeron la llegada de un coche y supusieron que era Covadonga. Efectivamente, un instante después aparecía sofocada, casi sin respiración, agitando un ejemplar de *La Nueva España*.

—¡Lo tenemos!

Se apoyó sobre el respaldo del sillón de terciopelo granate en el que reposaba Maite y, recuperando el aliento, le dio un beso en el pelo.

—Alfonso. Le entrevistan en *La Nueva España*.

—¿Se presenta a la alcaldía? —preguntó Maite sin entender el entusiasmo de su prima.

—No, no. Está en el comité o la mesa o como se llame de Alianza Popular para la Ley del aborto. ¡Él! Y las declaraciones no tienen desperdicio.

—Un momento. ¿Tu Alfonso? —inquirió Claudia, dirigiéndose a Maite y luego a Pelayo—. Perdón, bueno, ya me entendéis: el gilipollas ese que ha comprado la casa ¿es Alfonso Gaspar de Uriarte?

—Sí, claro.

—Por supuesto que lo conozco. Es lo peor. Y su postura contra el aborto, de una radicalidad que asusta. Por lo que sé, es la voz de su amo. De su suegro, que era íntimo de Marcial Maciel, el fundador de los Legionarios de Cristo. Pero no tenía ni idea de que era el mismo. Os oía hablar de Alfonso, pero... ¡qué espanto de hombre!

—Yo nunca sabía su apellido. Pero lo cierto es que Claudia me ha hablado de Alfonso Gaspar de Uriarte como un ser detestable —apostilló Anja.

Pelayo le había cogido el periódico a Covadonga y leía concentrado la entrevista, agitando la cabeza y con los labios apretados.

—¿Qué dice? —preguntó Maite bajito. No estaba segura de poder soportar el contenido.

—El titular no tiene desperdicio. Será hijodelagranputa. «El aborto debe estar penado con cárcel. Las madres y los padres que lo practican son asesinos».

Claudia se levantó y se acercó al sofá donde Pelayo sostenía el diario.

—Pero ¿está loco? En su partido deben de estar contentos, una de las líneas rojas era respetar a los progenitores. Está yendo muy lejos y muchos de Alianza Popular le tienen ganas. Muchas ganas.

—¿Tú qué haces tan serio, Pelayo? Es lo que queríamos. Tenemos la clave para acabar con él —dijo Covadonga.

—No es tan fácil. Sería la palabra de Maite contra la suya. Y además, lo del aborto, que recordemos que no se produjo, fue hace muchos años. Puede decir que se trató de un arrebato de juventud… Tampoco creo que Maite quiera pasar por algo así.

—Por mi parte no hay problema en estar implicada. Recuerda que fui yo con quien habló para ver dónde abortaba ella en Londres.

—Pues igual, no hay pruebas.

Maite se levantó en silencio, despacio. Estaba pálida y Anja la sujetó porque dio un traspiés.

—Ahora vengo, disculpadme.

—¿Te acompaño? ¿Estás bien?

—Sí, Cave, estoy bien. Vengo en un segundo.

Pelayo hizo ademán de ir con ella, pero hizo caso a Anja, que le indicó que la dejara sola. Permanecieron en silencio un par de minutos.

—Debe de ser muy duro para ella. Lo pasó tan malamente —dijo Anja.

—Sin pruebas, meternos en esto es arriesgado. Puede volverse en contra de Maite. Lo que está claro es que hay gente en su partido que estaría feliz de filtrar esto a la prensa… Se me ocurren dos nombres, así, sin pensar. La candidatura a la alcaldía de Oviedo es muy jugosa y con algo así quedaría fuera de juego —apuntó Claudia, interrumpiendo a su novia.

Maite volvió a la sala, seria y menos pálida.

—¿Serviría una carta de su puño y letra, de hace diez años, implorando que yo le perdonara por haber organizado todo para que abortara?

Claudia y Pelayo se abalanzaron sobre el papel que Maite llevaba en la mano. Covadonga le reprochaba que no le hubiera dejado terminar de leerla en su momento, en Marbella, mientras saltaba abrazada a Anja, que murmuraba algo sobre el karma. Maite permanecía inmóvil viendo como todos se agitaban a su alrededor y un rayo del último sol de la tarde creaba una purpurina con el polvo de la estancia.

—Entonces ¿recuperamos la casona de Muros?

Todos la miraron y se acercaron a abrazarla. Pelayo le murmuró al oído: «Eso y mucho más, mi amor».

Al día siguiente tenían planeado ir a Cudillero de excursión y quedarse a dormir en un hotel rural que habían abierto cerca de El Pito. Pero Pelayo se compinchó con las tres para que, sin decirle nada a Maite, se organizaran por su cuenta. Había decidido darle una sorpresa: llevarla a cenar a Londres, de copas al Annabel's y a dormir en el Dorchester. Sabía que ese tipo de planes improvisados apasionaban a su novia, y era una alegría para él, porque no resultaba fácil encontrar a una mujer capaz de hacer el equipaje de mano en dos horas y que confiara tan ciegamente como para no pedir más explicación que la temperatura en el lugar de destino.

A la mañana siguiente, cuando Pelayo la despertó con ese café solo sin azúcar que le llevaba siempre a la cama y un largo beso, Maite, al principio, se extrañó. Habitualmente, aquello iba seguido de una ristra de juegos de lengua hasta llegar a su sexo, que él sabía despertar tan bien, y una sesión de caricias y amor húmedo que constituía el mejor comienzo de día posible. Al ver que se separaba de ella, preguntó mimosa:

—¿Ya está?

—Sí, de momento no hay más. Levántate, que nuestro avión sale a la una. Coge un vestido de noche y algo de abrigo.

—Pero si pasado mañana es lo de mi madre.

—Mañana por la tarde volvemos. Tenemos mucho que celebrar.

—¿Y Anja y...?

Pelayo se acercó a la cama, la destapó, la cogió en sus brazos y la llevó en volandas hasta la bañera de hierro con patas en forma de garras de águila que habían restaurado. Estaba llena, cubierta de espuma. La introdujo cuidadosamente.

—Cómo me gusta que duermas desnuda, pero es imposible controlarse contigo así. Me voy a hacer la maleta, que, si no, perderemos el avión. Está todo arreglado, tú déjate llevar. Confía en mí.

Maite se recogió el pelo con una pinza, consciente de que, si se lo mojaba, no llegarían a tiempo. Cerró los ojos. El aroma a las sales de rosas que había traído de su último viaje a Egipto le hacían sentir una plenitud calma. Con Pelayo se había acostumbrado a disfrutar de esos olores dulzones de Oriente Próximo. Esa era la punta de un iceberg de nuevas formas de sentir la vida que había interiorizado como si formaran parte de su naturaleza. Estaba aprendiendo a dejarse llevar, a no necesitar dominar las riendas y conocer los detalles de todo, a confiar ciegamente en el que a todas luces parecía que era el hombre de su vida.

Allí, flotando en ese líquido perfumado y caliente, en una postura fetal, pensó que Pelayo y ella se habían encontrado de nuevo en el momento justo, cuando ambos tenían claro lo que era importante, habían alcanzado más allá de las metas soñadas y estaban a un paso de quedarse con lo esencial. Durante la vorágine, no se había dado cuenta de la energía que derrochaba en ganar más dinero, tener más locales y estar más ocupada para, en el fondo, ignorar un desastre de vida personal. Ahora podía darse el lujo de ir a lo básico. En eso coincidía con Pelayo, que, además, parecía disfrutar de cuidarla, darle sorpresas, hacerla feliz. No dudaba de que le gustaba porque ella sentía lo mismo. En plena reflexión casi mística, cuando el agua empezaba a enfriarse y tuvo que cambiar de postura para abrir el grifo de la caliente, la Maite cínica se coló para romper el empalago. El dinero también ayudaba a pensar así. Tenía que hacer muy poco para, simplemente, no gastar de sus pingües ahorros. No tener que trabajar lo facilitaba todo.

No sabía cuánto tiempo había pasado, pero decidió levantarse para darse una ducha que le quitara la espuma y la espabilase. Acostumbrada a organizar su vida y la de los demás, cayó en el pensamiento de si Pelayo habría avisado a su madre.

—¡Indianajonesss!
—Dime, Cleopatra de mi vida.
—¿Has avisado a mi madre?
—Pues no, me parecía entrometerme demasiado.
—Tú nunca te entrometes demasiado.

Pelayo, que había hablado desde el dormitorio contiguo, entró en el baño, donde Maite se estaba aplicando el aceite de argán aromatizado con jazmín. Se acercó también desnudo para entrar en la ducha, miró su Omega Okapi Sensorquartz 1640, susurró «tenemos tiempo», la cogió en volandas y la sentó sobre el poyete de la ventana que daba al valle inmenso. Empezó a besarla por el cuello, le acarició las nalgas y le mordió los pezones. Cuando notó que estaba preparada, entró en ella lentamente, sintiendo cómo sus piernas se agarraban cada vez más fuerte a él. Unos minutos más tarde, estaban en el suelo. Maite deseaba con toda su alma continuar hasta alcanzar el clímax, pero Pelayo paró, la besó, sonrió y musitó: «Se nos va a hacer tarde. Seguimos esta noche». Maite murmuró un «nooooo», mientras se levantaba y le apartaba, traviesa; le gustaba seguir ese juego. Doce horas después se hallaban en su habitación del Dorchester de Londres. Las vistas eran casi idénticas en color a las de su casa: un mar verde, esta vez de la copa de los árboles de Hyde Park.

Pelayo se había encargado de mantener la tensión sexual del acto inconcluso aquella mañana. Caricias en el muslo durante el viaje que alcanzaban, de pasada, territorios prohibidos; algún agradable roce durante la cena que quedaba escondido por los largos manteles de hilo del Rules… La llegada al hotel fue una explosión incontrolable que empezó en el ascensor. Maite veía en el espejo la ancha espalda de Pelayo, rematada por su melena suelta, y aquello la excitaba casi tanto como sus besos en el cuello. Ya en la habitación, usaron la *chaise longue* adamascada dorada y roja como campo para juguetear vestidos, y luego siguieron en la cama, en la repisa de la chimenea, que servía de apoyo a Maite mientras Pelayo la tomaba por detrás, y en la inmensa bañera, donde acabaron por relajarse, conscientes de que la guerra no había terminado; quedaban batallas por reñir. Estaba amaneciendo cuando, sin haber dormido, Pelayo se levantó, desnudo, para coger una manzana de la cesta de frutas que les habían dejado junto a una botella de Moët & Chandon, de la que no quedaba una gota. Maite se avergonzó por lo tópico de la imagen que le había suscitado esa escena. La luz del alba se colaba en un rayo certero sobre el pecho de su amado y ella recordó el *Adán* de Durero y el *Martirio de san Sebastián* de Mantegna. Pelayo sonrió.

—¿Estás bien?

—Sí, sí, me ha dado una especie de éxtasis bíblico, pero debe ser por la falta de sueño y la felicidad.

Se levantó y fue a la maleta a sacar el salto de cama de seda negro y puntillas que, por supuesto, no había estrenado en ese viaje. Pelayo la miró con admiración.

—Te iba a decir que te cubrieras, que si no perderemos el avión. ¿Qué haces para estar así de guapa sin haber pegado ojo?

—Tú me pones guapa.

La lanzó sobre la cama y empezó a desnudarla, cuando sonó el teléfono. Era la llamada de despertador desde la recepción.

—Estoy muerta de hambre.
—Pedimos al *room service*, ¿no?
—Sí, sí, ningún interés en bajar.

Un rato más tarde, estaban desayunando en la cama. Maite se sentía en plena forma, no entendía cómo podía estar así de eufórica sin haber dormido y recordó la canción de Roxy Music «Love is the Drug». Sin pensarlo demasiado, porque de lo contrario no lo hubiera hecho, decidió sacar un tema que llevaba tiempo meditando. Pelayo le había dejado claro en varias ocasiones que carecía de instinto paternal. En una de ellas, añadió que se alegraba de que ella tampoco quisiera tener hijos y que estuvieran en una edad donde ya quedaba claro que no iban a ser padres. La primera premisa tenía un fundamento: Maite le había contado que Roberto había insistido con el tema de ser padres y que ella se negó siempre. La segunda parecía evidente, pero la ciencia estaba avanzando y dos de sus amigas, Monique y Diana, habían sido madres muy pasados los cuarenta. Maite no se atrevía a decirle que a ella le gustaría intentarlo. Estando con él, le había vuelto el sentido maternal de su juventud con una fuerza irracional, pero no tanto como para lanzarse a sacar el tema, porque, al fin y al cabo, a sus cuarenta y seis años, las posibilidades de un embarazo eran escasas. Así que lo hizo tangencialmente, con la esperanza de que quizá sonara la flauta y él le dijera que podían arriesgarse.

—Estaba pensando que quizá debería ponerme un DIU. Llevo demasiado tiempo tomando la píldora y fumo y, bueno, tengo una edad.

—Pero eso duele ¿no? Mi amor.

—Supongo que al ponerlo, pero no será para tanto.

—También puedo protegerme yo, no tengo ningún problema en usar preservativos.

—Ya, pero no termino de fiarme… A veces fallan.

Maite había hecho ese comentario poniéndole en bandeja la opción de un «pues tampoco pasaría nada».

—Otra opción es la vasectomía.

Maite tragó saliva y negó con la cabeza.

—No, casi prefiero lo del DIU…

El teléfono interrumpió la conversación. Era de recepción. Pelayo respondió que no era necesario.

—Que si queremos que suban a hacernos la maleta. Pero no, claro.

Maite negó con la cabeza y se encaminó hacia la ducha.

—Son las once, tenemos que ir activándonos.

Maite dejaba correr el agua por su rostro y aspiraba reposadamente el olor del gel de Musk que, desde hacía unos meses, llevaba siempre consigo. Intentaba analizar por qué le dolía que Pelayo no le dijera que quería ser padre con ella. Su parte más salvaje la desgarraba, pero trataba de calmarse. Los riesgos de un embarazo (si llegaba) eran altos y además, fundamentalmente, ella no había expresado ese deseo que cada vez sentía más fuerte y, conociendo a su novio, parecía probable que simplemente estuviera siguiendo las intenciones de no maternidad que ella había expuesto. Agitó la cabeza como si así espantara esos pensamientos y salió de la ducha resuelta a ser realista y positiva y no buscar problemas donde no los había.

Un mes y medio más tarde, el escándalo de Alfonso Gaspar de Uriarte saltaba en la revista *Cambio 16*. El nombre de Maite no aparecía, pero en Asturias todo el mundo sospechaba que ella era esa chica a la que Alfonso Gaspar de Uriarte había intentado obligar a abortar y, años después, pedía en matrimonio. Antes de Navidad, Alfonso, tras dimitir de su cargo, había entregado el carnet del partido y vivía un proceso de divorcio que no iba a resultarle precisamente fácil. La estrategia hasta la publicación del artículo se había basado en el silencio. Acordaron que nadie fuera de esos muros podía hablar del tema. El resto fue mucho más sencillo, porque, como bien sospechaba Claudia, un grupo numeroso de compañeros de militancia en Alianza Popular estaba deseando acabar con el soberbio, marrullero y enchufado Alfonso. La pista y la carta fueron munición más que suficientes para el fuego amigo, y el siguiente episodio no tardó en llegar.

El martes era el día en que Pelayo tenía su clase en la universidad. Aprovechaba para llevar a su madre a Oviedo y que, acompañada por Marta o por Maite, fuera a la peluquería y quedara con sus amigas. Aquel día de mediados de diciembre, Pelayo salía con prisa. Los alumnos le habían entretenido más de la cuenta y temía llegar tarde para recoger a su madre y llevarla, como mandaba la tradición desde que vivían en el campo, a comer a alguno de los restaurantes del centro de la ciudad.

Mientras bajaba las escaleras del edificio, reparó en un hombre con un abrigo largo azul marino que le miraba fijamente. Lo escrutó para ver si le reconocía, pero hasta que no estuvo más cerca no reparó en que se trataba de un Alfonso despeinado, ojeroso, pálido y desgarbado que nada tenía que ver con el engominado y pulcro don Alfonso Gaspar de Uriarte con el que se había cruzado en algún acto social durante los últimos años. A Pelayo le pareció que el deterioro en menos de un mes era exagerado, y también que, si lo que pretendía era pegarle una paliza, estaría encantado de pelear con él. Alfonso se le acercó y a unos dos metros ya atufaba a alcohol.

—Estarás contento.

—Sí, mucho. Gracias por la felicitación de boda. Es un detalle, teniendo en cuenta que no estás invitado.

Alfonso le miró iracundo. Nunca había soportado la ironía de Pelayo, que era incapaz de replicar.

—Dejémonos de dialéctica.

—Perfecto. ¿A qué has venido?

—A hacerte una oferta.

Pelayo no dijo nada. Se mantuvo en silencio hasta que Alfonso volvió a arrancar:

—Os vendo la casona de Muros. Por lo mismo que me costó.

Pelayo estuvo en un tris de decirle que él no era el interlocutor, que eso debía hablarlo con la dueña natural, Maite. Pero se lo pensó dos veces y decidió que aprovecharía la ocasión, y sí, de la operación se encargaría él. Tenía el aval para conseguir la financiación suficiente como para regalarle la que era su casa a su futura esposa. Agradeció que la torpeza de Alfonso le brindara esa oportunidad. Se permitió el lujo de no negociar el precio y a la mañana siguiente se presentaba en el notario para arreglar la compraventa.

25

6 de agosto de 1985

La espectacular falda con cancán del vestido de Vivienne Westwood se le había manchado de verdín, pero a Maite no le importaba. Tampoco que el corpiño con la serigrafía de *La dama del lago* de Waterhouse, también firmado por la diseñadora británica, se le clavara en las axilas, y que el cardado se le estuviera bajando con la humedad del campo astur. Estaba agotada de tanta felicidad y de esa fiesta que empezaba a apaciguarse, con todos los invitados exhibiendo una sonrisa en los labios. Sus botas Doc Martens rojas de cordones negros y amarillos descansaban sobre el reposapiés que Pelayo, imponente con su chaqué sobrio que seguía los cánones clásicos, le había acercado. El sol se escondía detrás de uno de los cerros que tapaba la playa de Aguilar y allí, sentados por primera vez desde que se habían dado el «sí quiero» a las diez de la mañana, Maite sentía una plenitud que la emocionaba, le encogía el corazón y le mojaba los ojos. Intentó disimular que se le estaban saltando las lágrimas, pero Pelayo la conocía. Se acercó para lamerle suavemente la mejilla.

—Qué tonta estoy. Es que soy tan feliz. Necesitaba un momento de sentarme y estar a solas aquí, en nuestro escondite.

—Y yo, espero que tarden un rato en descubrirnos.

—Ay, mi amor, qué bueno hacerte caso. Ha sido un acierto montar un bodorrio por todo lo alto. Yo y mis tonterías de la discreción.

Pelayo se limitó a sonreír de esa manera que a Maite le impelía a lanzarse sobre su boca. Le besó y ambos callaron. Ella respiró profundamente su olor, mezclado con el de la hierba recién cortada y el de la flor del tilo bajo el que se refugiaban, lejos de sus invitados. En un principio había pensado que ese enlace tardío debía ser algo íntimo, familiar. Le parecía poco adecuado, a su edad, embarcarse en un festejo multitudinario, pero Pelayo le contagió ese entusiasmo que tanta vida le daba y esa manera de lanzarse a la aventura, a la que se había hecho adicta sin haber descubierto todavía sus límites. «No entiendo por qué no has dejado aflorar antes ese lado tuyo tan disparatado. Si es que te sale de manera natural; a veces me asustas, estás mucho más loca que yo», le había dicho Pelayo en una ocasión, y ella debía reconocer que estaba en lo cierto. Primero se había reprimido por Alfonso y la sociedad de Vetusta, luego por sus obligaciones como empresaria, pero por fin, gracias a su media naranja, daba rienda suelta a su impronta más delirante. Así que allí estaba en su boda, la cual sobrepasaba lo que había soñado a los catorce años. Con 453 invitados venidos de los cinco continentes, una semana de festejos y Ravi Shankar interpretando «Within You Without You» mientras ella hacía su entrada, del brazo de su madre, en la capilla de la casona de Muros. O The Master Musicians of Jajouka, en ese momento, al atardecer, haciendo sonar sus flautas de Pan por cortesía de su amistad con el novio. Al oír los primeros golpes de los tambores del grupo llegado desde las montañas del Atlas de Marruecos, Maite volvió en sí; le parecía descortés no estar presente en la ceremonia de despedida del sol que, por sugerencia de Anja, habían preparado para los asistentes. Pero, por si acaso, en ese instante apareció su madre, ataviada con un vestido de Gaultier que le daba un aire a una de las heroínas de Almodóvar. Los andares estaban acorde, tambaleantes por los tacones de veinte centímetros y el Dom Pérignon.

—Ya sabía yo que estarían aquí los tortolitos. En el escondite de mi niña. El peor del mundo, porque, cuando desaparecías, todos sabíamos dónde te refugiabas.

Los tres rieron y Maite se levantó.

—Sí, ya vamos, que está empezando el concierto...

—Sí, sí, pero esperad un momento. Tengo una noticia que daros... Hugo está un poco piripi y se lo está diciendo a todo el mundo y no quería que...

—¡Te ha pedido en matrimonio! —gritó Maite.

Mila asintió enseñando coqueta el anillo con una esmeralda rodeada de diamantes que le hacían brillar los ojos y el dedo anular. Maite sabía lo importante que era para su madre una formalidad como esa y el tiempo que llevaba esperándola. A sus sesenta y cuatro años, aunque aparentara diez menos, no tenía tiempo que perder. Se abrazó a ella y ambas rompieron a llorar. Pelayo sonreía discreto. En ese momento llegó Pilarín con don Fabrilo Llorente, el ya retirado médico del pueblo, al que conocía de toda la vida y que se había convertido en su novio cuatro semanas antes. Dos meses después de haber obtenido el divorcio de Pepón, un dato que satisfizo a las malas lenguas de los alrededores. Ese día lo presentaba en sociedad. Al ver la escena, supuso que, una vez más, celebraban el enlace de Maite, así que, decidida, interrumpió:

—Imaginé que estaban aquí. Vinimos a despedirnos. Ni Fabrilo ni yo conducimos bien de noche y, aunque la casina de Aguilar no está lejos, preferimos marchar ya.

En vista de que las Morán no se despegaban ni podían hablar, Pelayo se encargó de anunciar la buena nueva del próximo enlace. Pilarín se unió al abrazo y al mar de lágrimas. Mila logró reaccionar y puso orden.

—Dejémonos de emociones y vamos a la fiesta. Vosotros tened cuidado conduciendo. Pasado mañana, antes de que los novios partan para su viaje al transiberiano (qué manía con pasar frío), tenemos la reunión con los decoradores. Hay que meterles prisa, me niego a retrasar la inauguración.

—Sí, claro que estaré. Hay cosas de la cocina que debemos cambiar.

—Lo que tú digas, Pilarín. Maite también quería ver con ellos no sé qué de los baños, ahora que le ha dado por lo oriental.

De camino al escenario decorado con hortensias blancas

y calas, Maite y Mila, acompañadas por la percusión del grupo de fondo, iban hablando de negocios. Después de recuperar la casona de Muros, regalo de Pelayo, a Mila se le ocurrió convertirla en un hotel boutique de diez habitaciones tan exclusivo como su restaurante. Maite no quería volver a implicarse en ningún trabajo fijo, pero terminó asumiendo las riendas; empezaba a notar que necesitaba algo de acción y le hacía ilusión iniciar esa empresa con su madre, Pilarín y Covadonga, que así sí que se decidía a volver a Asturias. Por otra parte, era una manera de rentabilizar el regalo de su ya esposo; sabía que Pelayo había hipotecado su casa de Madrid para poder afrontar el pago de la casona. No estaba acostumbrada a ese tipo de dádivas, a que se endeudaran por ella, y consideraba que sacar rentabilidad a esa inversión era una manera de calmar su conciencia y proteger a Pelayo. Por otra parte, aunque Maite se negaba a reconocerlo, un incentivo para embarcarse en una boda por todo lo alto era hacer promoción del hotel que iban a poner en marcha. Sin duda estaba dando resultado. El entorno era idílico y lo habían convertido en mágico. Los caminos de piedra del jardín se habían cubierto de pétalos de rosas; las jaimas que, de día, habían servido para proteger a los invitados del sol, en el anochecer se tornaban espacios rojizos misteriosos, con cojines y alfombras persas dispuestas para que reposaran tras una jornada de baile, emociones y música. Los salones interiores, elegantemente decorados, manteniendo ese estilo clásico que, desde principios del siglo XIX, marcaba la casa, servían de cobijo para los menos atrevidos. Rocío, la ya adolescente primogénita de Adela y Börj, se había acercado maravillada a Maite para decirle que era el lugar más bonito en el que había estado nunca, que era como vivir en un cuento de hadas. Entre *Las mil y una noches* y la fiesta del príncipe de *La cenicienta*. Maite tuvo que reconocer que algo de ello había. Una mezcla entre su pasado común y lo que la vida les había ido aportando, tanto a Pelayo como a ella.

La fiesta se había dividido de forma natural. En las carpas yacían lánguidamente los que Pelayo había calificado como «nómadas»: un grupo heterogéneo en el que la jet set marbellí, que a lo largo del año repartía su vida itinerante entre Marbella, Londres, Nueva York y Gstaad, se mezclaba con los amigos de Pelayo, una pandilla formada por egipcios de origen palestino, iraníes, paquistaníes, indios y kurdos vinculados con el mundo de la arqueología y el arte, con ancestros nómadas y viajeros de vocación. Ira de Fürstenberg conversaba animadamente con el célebre egiptólogo Zahi Hawass, recostada sobre un suzani que cubría una *chaise longue* de suelo. Adela, Börj, Diane y Mario se ponían al día con Monique y su marido saudí, Ahmed, sobre sus últimos doce años de vida, que era el tiempo que llevaban sin verse. Mark Birley y su nueva novia, la top model sudanesa Eón, charlaban con Carmen, Kurt y el músico Nusrat Fateh Ali Khan acerca de su reciente visita a Srinagar y sus lagos repletos de lotos. En una esquina, Anja y Covadonga compartían una botella de licor de café gallego con Mila y Pilar Banús, que alternaban la carpa con los salones interiores. Allí reinaba Francisca como anfitriona perfecta de la familia de los novios y la sociedad ovetense, acompañada por tía Cova, cuyas articulaciones no le permitían reposar grácilmente en el suelo de las tiendas.

Maite observaba desde lejos el cónclave de su madre y Covadonga. Claudia había roto con Anja poco después del viaje a Asturias en el que se pergeñó la venganza contra Alfonso. Ninguna había dado los motivos, pero Maite y su madre sospechaban que la racional e intuitiva Claudia se había percatado (como ellas) de la conexión entre Covadonga y la alemana, que, en los últimos tiempos, en Madrid, habían vuelto a verse con frecuencia. Elegantemente se había retirado.

Maite no podía quitar ojo al grupo. Le encantaba observar cómo su madre intentaba acercar a su prima y Anja. Estaba claro que bendecía la relación y que todos notaban cómo la química las envolvía. El análisis lo llevaba a cabo, lo más discretamente posible, desde su posición, rodeada por el grupo de los padres y sus hijos, divertida con los comentarios de sus damas de honor. Adelita, que era igual que su madre, a sus cuatro años ejercía de mamá de su hermana pequeña, a la que sostenía en brazos. La pequeña Inka empezó a llorar y Maite instintivamente la cogió. Al minuto de arroparla, las lágrimas cesaron y la bebé empezó a sonreír, mirándola. Maite estaba concentrada haciéndole carantoñas, con Adelita reposando su larga melena rubia y su cabecita medio dormida sobre su regazo. Adela la observaba con una sonrisa dulce, sin atreverse a decir nada, cuidadosa ante el posible dolor que Maite podía sentir ese día, en el que la mayoría de las novias piensan en una futura maternidad y ella lo tenía complicado. Adela recordaba la aflicción de aquellos días en La Carihuela, en los que Maite había perdido su bebé, y cómo esa sombra de la ausencia la había acompañado durante años. No le parecía adecuado decir lo evidente: que sería una madre maravillosa, que menuda mano tenía con los niños. Maite estaba ensimismada, mirando cómo Inka movía la boquita lentamente y arrugaba la nariz con un mohín delicioso. El olor a Fahrenheit de Dior que anunciaba la presencia de Pelayo le hizo levantar la vista. La estaba mirando con una ternura que la confundía. Maite se sintió como pillada en falta; habían quedado en que ninguno de los dos albergaba la posibilidad de tener niños y mostrar esa vulnerabilidad de embebecimiento con la casi recién nacida Inka le parecía una traición. Pelayo tendió la mano para ayudarla a levantarse. Adelita la aprovechó para incorporarse ella mientras admiraba embelesada al que, según había confesado a su madre, le gustaría que fuera su novio de mayor. Maite devolvió a Inka a los brazos de su madre y la niña inició un llanto desconsolado que parecía imposible de parar. Aceptó la mano de su marido, que le susurró: «Vamos arriba». Maite obedeció y le siguió sorteando a la gente que se acercaba a felicitarlos por el éxito de la fiesta y de su amor, pero atajaron rodeando el jardín por la parte trasera. Cuando llegaron a la habitación principal, Pelayo se acercó al balcón, desde el que se veía a los invitados bailar y a la orquesta interpretar el listado de canciones románticas que habían elegido para esa parte de la celebración. Sonaba el «Slave to Love» de Bryan Ferry. Pelayo atrajo a su esposa para abrazarla y besarla con suavidad. Se retiró unos milímetros y la miró a los ojos.

—Llevo semanas pensando en esto, pero no sabía si tú estarías de acuerdo. Tenía miedo de que no. Y ahora, viéndote con el bebé... Creo que estoy perdiendo el tiempo... ¿Quieres tener un hijo conmigo?

Maite abrió los ojos con sorpresa y tardó en contestar. Quería comprobar si Pelayo estaba borracho o le decía aquello por complacerla, tras la escena que acababa de presenciar. Era evidente que las posibilidades de quedarse embarazada a sus años eran escasas, pero el hecho de que se lo propusiera la hacía feliz.

—¿Estás seguro?

—Sí. Me encantaría tener un hijo contigo. Nunca he querido ser padre, pero contigo sí. Me parece de tontos no criar a un ser humano juntos.

—Sí, claro que sí. Bueno..., si podemos. No sé si a mi edad...

—Ya veremos si podemos, y si no, adoptamos, ¿no? No podía esperar más para...

En ese momento se oyó un acople en el micrófono del cantante de la banda de versiones. Miraron hacia el escenario y vieron a una Covadonga bellísima, con su traje pantalón de lamé plateado y su pelo recogido en una crestita rosa, iluminada por los focos como una estrella, eso sí, un poco bamboleante. Al fondo del escenario se vislumbraba a Anja agitando los brazos, con su caftán de seda esmeralda al viento, haciéndole gestos a Covadonga para que parara y abandonara el estrado.

—Perdón, perdón por la interrupción, pero, como prima de la novia, quería, lo primero, dar la enhorabuena a los contrayentes. Son la pareja más perfecta que he conocido en mi vida. Felicidades por deciros a uniros para siempre, después de treinta años. Y, con el beneplácito de mi madre y de mi tía, que me han animado a subir aquí, quiero agradecer públicamente la paciencia, el amor y su sabiduría a la mujer de mi vida: Anja, aquí presente. Mi novia, de nuevo. Soy, después de Maite, la mujer más afortunada del planeta Tierra.

Mientras los presentes aplaudían, una Maite empapada en lágrimas de emociones superpuestas corría escaleras abajo, de la mano de Pelayo, y enfilaba hacia el escenario. Covadonga acababa de decir algo al oído del cantante de la banda y empezó a sonar «Ni tú ni nadie», el último éxito de Alaska y Dinarama. Ofreció su mano a Anja para bajar a la pista a bailar. Maite se les unió y abrazó a las novias, que estaban exultantes. Iba a estallar de plenitud, no sabía cómo expresar la felicidad de ese instante en el que todo encajaba, como si la boda hubiera sido un conjuro que contagiara de coraje a sus seres más queridos. Se agarró de la mano con las novias, su marido y su madre para formar un círculo y bailar, saltar y cantar a pecho descubierto. Mientras se desgañitaba coreando el estribillo, Maite pensó que en su corazón también sonaban mil campanas y que a ninguna de ellas, nunca nadie las había podido hacer cambiar.